AQUARIUS

AQUARIUS

AQUARIUS

AQUARIUS

每個人心中都有一座島嶼，

藉文字呼息而靜謐，

Island，我們心靈的岸。

牧師的小熊僕人

Rovasti Huuskosen petomainen miespalvelija

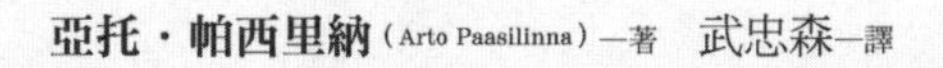

亞托・帕西里納（Arto Paasilinna）—著　武忠森—譯

目錄

第一部　小熊孤兒

第三部 虔誠的熊

第一部　小熊孤兒

1 一隻母熊的悲慘下場

「魔鬼就像一頭不斷咆哮的獅子在你我之間遊晃！」

歐司卡．胡斯寇南牧師，雙手撐在佈道講壇的欄杆上，無懈可擊的目光盯著聚集在他足下的努門帕教區信眾，他因為原罪的重量而低著頭。這座以富含樹脂的原木搭建而成的教堂，外側粉刷成黏土紅，內部則是近似天空的藍灰色。主祭壇與講壇則是用來自北方呈現古銅色澤的老松木製成的。在第一排座位裡，擠著這地區的各個顯赫人士：農業事務顧問卡庫里、水泥廠業主哈帕拉、少將馬克西姆．羅伊寇能、西波．所悠能、藥劑師、教師若干、營建執照局主任、消防局長……以及牧師太太莎拉．胡斯寇南。莎拉看起來像一位盛氣凌人的美女，彷彿一直以來已經因為聽了太多她丈夫的佈道而吃足了苦頭。

「但是當上帝鞭打著他的脊椎時，揚起了些許毛髮，這壞傢伙就當場在自己的長褲裡拉屎了！」

歐司卡牧師長是個生性易怒的佈道人，對於他的信眾從來不寬容，這和他別的年輕同事恰恰相反。在艱難時期裡培養出的神職人員一個個都個性強悍，他就是其中一個。

同一天稍早的時候，在同樣這個教區裡，一頭成年的母熊正在教導牠的熊寶寶覓食。生命就是如此現實，獵食其實應當要趁夜晚，趁著所有殘忍的人類都熟睡的時候，然後大白天的時候隱身在濃密的松樹林裡才對。但對於這個熊家庭來說，整個冬天都蟄居在獸穴裡，牠們靜待的，就是夏季來臨時可以展開自由無拘束的生活。

春季已經來臨好一陣子，這母棕熊也脫離冬眠狀態有大約一個半月的時間。陪伴牠的是兩隻小熊，一公一母，是牠的兒子和女兒，真是可愛又惹人憐惜的毛茸茸小傢伙，牠們是在外頭覆蓋著大雪的熊穴深處誕生的，如今體型已有一般小狗大小。母熊生產過程極其順利，一點也不複雜，也沒有驚慌失措的狀況：不需要產婆幫忙，也不用公熊隨侍參與整個過程，一切就在伸手不見五指的獸穴裡自然發生。當時，熊媽媽才一睡醒，就發現自己即將臨盆；而剛出生的熊寶寶就像一團團的毛線球一樣，熊媽媽只需用熊掌把小傢伙推到奶頭部位，剩下的就順其自然了。

在五月將近尾聲的這個時候，夏夜仍顯得明亮。這三球毛茸茸的傢伙漫步在穿越過住宅區的高壓電線底下，走在一片滿布著樺樹以及花楸的土地，其間不時會遇到一些比較乾的區域，則長著濃密的刺柏以及新生的耶誕松樹。努門帕鄰近薩馬地（Sammatti）以及索梅洛（Somero），位於巫西馬（Uusimaa）省的西北部，而穿越努門帕的高壓電線，就是要將北部電廠的電輸送到首府去，因為那兒的用電量非常大。熊媽媽將熊洞挖在距離小鎮郊區十公里的地方，那是一處地形起伏的松樹林深處，而牠以往整個夏天就在附近活動，在農莊邊界閒晃，偶爾撲殺一頭駝鹿或是馴鹿，或者像現在這樣教導熊寶寶採食蟻卵的技術。在高壓電線底下的確有個蟻巢，而母熊一來到蟻巢旁，一記熊掌便將蟻巢開了個大洞，然後才繼續朝內部挖掘。牠就這麼用熊爪謹慎地挖掘著，直到充斥著白色蟻卵的夾層。此刻只需要動作迅速地將這些蟻卵送進嘴裡，並且注意不要同時間吞進太多松針以及其他的髒東西就行。通常要劫掠蟻巢，最好是在夜間進行，因為工蟻都在睡覺，而所有的幼蟲都整齊地在牠們各自的位置上待著。兩隻小熊就這樣興高采烈地翻攪蟻巢，以便享用熊媽媽為牠們找到的美味。這比青蛙可口多了，也不像埋在雪地下一整個冬季的莓果那麼酸。

等到牠們都吃飽了，熊媽媽便草草地將蟻巢回填：牠們無意摧毀蟻巢，只不過是要拿點熊都喜歡吃的蟻卵罷了。

再到稍遠一點的地方，那裡有一處空地，樹木都才剛被砍伐不久，熊媽媽刨下一段樹根的樹皮，以迫使那一隻隻有著強健下顎的白色肥蠕蟲現身，讓熊寶寶們至少也能嚐嚐這不輸蟻卵的好滋味。熊從小就是美食家。

清晨天剛亮的時候，這個短尾家族來到了郊區的邊緣，熊媽媽在那兒專業地用熊掌破壞了一個養蜂場：牠將柵欄打開一個缺口，帶著小熊鑽進去，然後打翻了第一個養蜂箱，熟練地抽出一層層的隔板，並且帶著貪吃鬼的神情仔細地舔著所有的蜂蜜，完全不在意那些急得狂亂飛舞的蜜蜂。熊媽媽並不會將隔板損壞，而是將所有舔乾淨的蜂巢堆放在地上。這隻母熊既不粗魯，也不喜造成爭端。

在享用過蜂蜜大餐後，三隻熊繼續沿著高壓電線前進，直到小鎮的邊界。一隻狐狸犬見狀大聲吠叫著。熊媽媽於是要兩隻小熊躲到一棵大樹底下，自己則趴在地上，接著，因為一直不見那隻狐狸犬有所平息，母熊於是低鳴了一聲，以示警告。狐狸犬立刻全身毛髮直豎，尾巴垂下夾在兩隻後腿之間，隨即便躲進狗窩裡。此時除了牠那濕潤而顫抖的鼻尖還露在外頭，沒有人看得見牠身體其他部位。

過了一會兒，母熊站起身子，嗅著空氣好一陣子，在確認一切都沒事之後，又帶著牠的小熊繼續上路了。在配電所旁邊，立著幾棟房舍，而在森林邊界，則有一些倉庫，其中一間庫房是努門帕地區的「麥葡公司手工啤酒廠」。在清晨的涼爽空氣裡飄散著從屋裡漫出來的香醇啤酒味，這氣味令母熊難以抗拒。母熊在屋外繞著圈子，試圖找個入口，但是每扇門都上了鎖。這下，牠只能非法入侵了：牠將全身的力量壓在那一扇薄薄的門扉上，然後緩緩地，門扉被推開了，也同時塌了，但這幾乎沒有半點聲響。母熊在耳聽八方一陣之後，便輕聲步入倉庫內，後面跟隨著牠的熊寶寶。

這屋子裡面非常暗，但憑藉著幾乎從不失手的動物本能，牠們絲毫不費力就找到了裝有兩百公升發酵中的濃稠麥汁的酒槽。牠們渴極了！熊媽媽貪婪地舔著這漂浮了泡沫的液體，而兩隻小熊也用後腳站立著，試圖將牠們的嘴伸進酒槽裡。在噴氣數次後，牠們很快對這酒產生了興趣。母熊大口大口喝著，可不是每天都能找到這麼好喝的飲料啊！這三隻短尾動物停了一會兒，以便更進一步檢查廠房內部。接著，牠們找到一個大箱子，裡頭裝著半滿用來製作麥芽的麥粒，牠們立即用熊掌大把大把抓起麥粒來嚼食，然後又轉身去喝酒解渴。牠們越玩越開心，啤酒一下子讓牠們都昏了頭，令牠們忘卻了謹慎的天性；兩隻小熊開始發酒瘋，熊媽媽則想要跳薩拉班德舞，幸虧牠年紀大了，還有點自制力。

一會兒後，兩隻小熊拉肚子了。幸好空間夠大，不會有誰淹死在這一點點熊糞裡，再說，熊是不穿內褲的，因此也不怕會弄髒自己，即便牠們玩得有點過火了。

在喝到已經不再口渴之後，熊媽媽帶著兩隻小熊離開啤酒廠，並將牠們帶到高壓電線底下稍作休息。熊媽媽體型龐大，至少有一百五十公斤重，站立起來少說也有八十公分高。濃密的毛皮以及毛茸茸的雙頰，讓牠看起來比一般母熊更加迷人。牠在這個區域很受其他公熊歡迎，而且在發情期間，不太怎麼需要勾引，就能夠吸引這些公熊，平時已經有太多的公熊不斷在對牠獻殷勤。這時候，三隻熊已經不只是微醺了；牠們應該要回到森林裡的家才對，卻反而快樂地繼續朝配電所走去。途中，牠們經過了外燴女廚師亞絲翠的家，新的食物氣味再次刺激了牠們鼻子：因為實在無法抗拒這些美食的誘人香氣，熊媽媽遂決定走進女廚師的儲藏室，全然不在乎此時太陽已經升得很高。牠輕而易舉地拆下了門，熊鼻子因為興奮而不斷抖動著。接下來，這三隻短尾動物便溜進了小木屋，發現屋裡有一堆美味的食物，那是前一天夜裡才擺放的各式慶典佳餚：濃醬燉肉，各種蘸醬，卡列里亞滷蔬菜、焗烤鯡魚馬鈴薯、奶油辮子麵包、草莓蛋糕、生菜沙拉以及其他各式美食。面對這些佳餚，牠們簡直樂瘋了，立即將多毛的嘴巴伸進這一道道美味的點心裡，用牠們粗糙的舌頭愉悅地舔著這些多汁肉品，於是彈牙的肉凍及煙燻羔羊腿便消失在牠們的胃裡頭了。這三隻熊一下子就將外燴女廚師辛苦了數週的美味成果給摧殘殆盡。這些佳餚是因應一場婚禮的訂單而準備的：這天原本是要祝賀一個出了名從來幹不了什麼大事的怪手司機漢斯．洛伊姆基維，以及本地墓園業主獨生女瑪奇塔．哈帕拉共結連理。瑪奇塔．哈帕拉有一點點天真，但是個性溫柔惹人憐愛。這兩人都是這個教區的信徒，也都四十歲了。企業家哈帕拉於是決定委託亞絲翠準備這一場隆重而盛大的婚宴。然而，這場婚宴已經被這三隻醉熊用牠們雪白的牙齒、毫無罪惡感地盡情享用光了。

努門帕教區那座紅木教堂的鐘樓傳來了陣陣鐘聲，但是這幾隻動物盜賊一點也不慌張。牠們已經對這金屬聲響感到習以為常，因為這鐘聲的低沉回聲偶爾在隆冬之際，也會傳遞至牠們的熊洞裡。據牠們的經驗，這代表神聖的鐘聲，一點也沒有攻擊性。

兩隻小熊完全沉浸在牠們頭一次酒醉的喜悅當中，牠們此時已無法自制地低鳴或吼叫。堆滿食物的支架一個個塌了，好幾只大碗也在地上摔破了，盛裝蘸醬的小器皿一個個滾到各個角落。女廚師聞聲奔跑前來察看這些噪音來源，身上還穿著睡袍。

老天爺！儲藏室裡頭都是熊，鼻頭都沾著奶油和果醬！

女廚師抄起擺放在木屋走廊上的掃帚，朝著這些野蠻動物用力揮動。老實說，亞絲翠挺果斷的；在她活著的這五十年來，各種不堪入目的事見過了不少，期間還結過兩次婚——兩次！一定得強調這一點，因為她都嫁給了推土機駕駛員，不僅食量驚人，而且是酒鬼。

熊媽媽的鼻子狠狠地挨了一記掃帚。兩隻小熊迅速躲到母熊身後，牠們受到驚嚇而不斷發出叫聲，同時看著暴怒中的女廚師在門口用力揮舞著掃帚。

又急又氣的熊媽媽立刻挺身保護孩子。牠憤怒地一把抓住亞絲翠的捲髮，迫使她鬆開手中的掃帚，然後將她從走廊遠遠拋擲到草地上。隨後，牠命令兩隻小熊爬到院子一棵樹上去躲起來。一直還在吵吵鬧鬧的兩隻小熊迅速爬上一棵繁茂粗大的松樹。女廚師趁機逃跑，並且用盡全身的肺活量大聲呼救。她一路奔逃至配電所的圍牆，心裡暗自祈禱著柵門千萬別上鎖。感謝老天，柵門沒有上鎖。亞絲翠這口氣可沒法喘太久，因為熊媽媽已經緊追著她，朝配電所衝來。面對這危險，只有一個解決方法了，爬上超過二十公尺高的高壓電鐵塔。

她立刻行動，而熊媽媽也跟進。

也就是在此時，努門帕教堂敲響了喪鐘。一位叫做阿諾．馬利男的碎石機操作員在十天前過世，而今天教區牧師歐司卡身兼司祭，站在他的棺木前宣讀著：

「馬利男，你是塵土，也將重回塵土。在審判之日，我們的救世主耶穌基督將會讓你重生，讓你獲得釋放。」

歐司卡心想，在眼前這個時刻，與其說塵土，說碎石會不會比較好，但是基於對儀式的尊重，實在不由得他這樣任意刪改文字。

馬利男過世了，但是他在前往另外一個世界的旅程並不會孤單。女廚師亞絲翠仍敏捷地朝著高壓電塔高處繼續爬，母熊的血盆大口緊追著她的睡袍下襬。哪種下場會比較好？是爬上高壓電線好？還是在身處半空中讓一頭嗜血野獸咬得粉身碎骨而死？亞絲翠以出自女性的思維邏輯，雙手分別抓住低壓電纜。一道巨大的電弧出現了：這可憐的女子首先像烤牛肉那般被電流抓著，接著又像熟度剛好軟嫩的羔羊腿，最後就像是一尾在烤架上整個脫水捲曲的烤白鮭。

而賣力保護小熊的母熊，下場也沒有比較好：牠的牙齒已經緊緊扣住女廚師那已然冒著煙的腳，並且也受到了回報——顯然，牠受到的電擊比女廚師還要強烈。母熊立即成了烤野味，而一身濃密的毛皮也像火把一般燒了起來。最後，牠那已經炭化的骨骼仍掛在高壓電塔上，而牙齒裡還咬著女廚師焦黑的身軀。

這駭人的意外使得整個教區大跳電，所有燈光瞬間熄滅，而此刻正在醫學中心住院、並戴著呼吸器的退休牲畜人工授精師伊爾雅納．堤蘇里，也差點就走了。維修保養人員的確無法讓備用的柴油發電機啟動運轉，於是只得施行嘴對嘴人工呼吸，以維持病患的生命。這工作對於護士真是一點也不令人感到雀躍，因為堤蘇里一直都有嚼菸草的習慣，那味道實在令人作嘔，而且他在這般高齡下也總是盡可能不刷牙。

至於在女廚師亞絲翠的院子裡，靠近配電所的那一側，兩隻小熊仍在松樹高處咿咿呀呀的，內心因為恐懼而糾結在一起。牠們還不明白自己從今以後已經成了孤兒。

2 努門帕的逼婚記

努門帕木造教堂建於十七世紀，根據傳統，這個地方在更早之前是一座圓木小禮拜堂，人們僅在重大時刻聚集於此地舉行祭典，當時此地還隸屬於索梅洛教區。如今，努門帕已經是一個獨立教區，並由牧師長歐司卡負責。歐司卡牧師已婚，並且和牧師太太育有二女，皆已成年。兩名女兒也都早已各自成婚離開這個家了。他的生活一點都不快樂，尤其是處在這一個位於巫西馬省森林區中央幾乎沒有人跡的荒郊野外。他也經常感到孤獨，總覺得內心空虛痛苦。這是個有著火烈個性的神職人員，他原以為自己會在範圍較大也比較重要的教區傳教，或者在某個主教管區擔任要職。但是，不管他再怎麼努力，依然無法離開努門帕。也許原因出在他對《聖經》那偶爾令人感到不妥的解讀，他的佈道經常完全偏離當日的經文，還有他在宗教刊物上多次強烈的批評態度。歐司卡擁有神學博士學位，論文寫的是關於護教——換句話說，就是為基督教的真義辯護——而他當時也是最虔誠的教徒。但是這樣的歲月早已遠去。時至今日，他不再那麼確信他當初的論據是否仍堅不可摧，甚至連他自己的信仰都開始動搖了。

牧師太太莎拉．胡斯寇南出生於林奎斯特（Lindqvist），一直在努門帕初中教授瑞典文，也一直期盼能夠搬到一個比較富裕而有生氣的小鎮，但這個國家一直飽受不景氣與高失業率之苦，因此完全沒有別的職缺，再說，也沒有人會想要聘請一個四十九歲的語言教師。這一點也不令人意外，而且也不是歐司卡的錯，可是牧師太太仍然怪罪自己的丈夫，使得她必須在這個冷清的窮鄉僻壤度過餘生，與幽暗苦悶的冬季以及悶熱的夏季相伴，更別提夏天裡還有大批從農家糞坑飛出來的蒼蠅所製造出來的惱人嗡嗡聲。倘若歐司卡能夠更隨和一些，把話說得好聽一點，更加圓融，更加有度量一些，那麼他就會有更多機會在教會裡繼續升遷。說到底，一名神職人員最主要的任務在於宣揚慈善與人道，而他，究竟是哪根鬼神經不對，在日常生活中就這麼經常想要批評上級，並且在無意義的神學問題上和自己過不去？有點心眼的人都會閉上嘴巴，並在位於赫爾辛基的主教管區總部任職，等到合適的時機接受任命成為主教；他也應該明白，唯有在成功將妻子帶離這遺世獨立的地方之後，他才能夠專心針對教義的各個觀點撰文立論。

這個週日的本日經文截取自舊約，引用的是摩西對約書亞說的話：

「你為我們選出人來，出去和亞瑪力人爭戰。」

歐司卡回想起一個民族的戰爭，同時用來凸顯歐盟對於芬蘭人的無能為力，除非芬蘭人們有信仰，或除非他們在投下自己關鍵性的一票時手不會顫抖。他也補充了〈俄巴底亞書〉第一章，第二句：

「我使你以東在列國中成為小的；你被人大大藐視。」

這不是會讓人感到平和的佈道。教區裡的信眾們羞恥地聽著他們的牧師說話，因為他們當中少有人是可以免除所有罪行的，更別提他們在各個民族眼裡的罪行，而從歐司卡口中流瀉出來的先知俄巴底亞的種種恫嚇，就像是掉進了一塊沃腴的土壤裡。

「每一個國家都可能和一頭咆哮不已的獅子沒有兩樣。」他大聲說。

追悼碎石機操作員阿諾．馬利男的喪禮一結束，大家便簡短地敲著喪鐘，然後開始進行婚禮。在擔任牧師期間，歐司卡曾有過機會好好認識新娘瑪奇塔．哈帕拉（不僅是精神上，還有肉體上的認識，而且他對於體認到這一點感到尷尬不已）。這個金髮女子，臉色有如麵粉一般白皙，但心智發展卻相當遲緩。她是水泥廠業主哈帕拉的女兒。

這可憐的瘋女人已經有了身孕。大家早就都知道是漢斯・洛伊姆基維幹的好事，而後者也在各方壓力之下，同意娶瑪奇塔。牧師本人還向他簡述了這事，言語之中頗讚許他的男子氣概。

隨著孟德爾頌的婚禮進行曲的樂聲，這對準新人沿著中央走道朝祭壇逐步上前。一切看似都按照預定計畫進行，也許不能包含準新郎不悅的臉色。教堂裡擠滿了人，前來參加追思的人也都留下來見證這對門不當戶不對的新人婚禮。

突然間，所有的燈都滅了，停電了。歐司卡暗自在內心發了願！要有光❶！倘若有哪場婚禮是他寧可不在這老木造教堂裡面主持的，那就是這一場了。即便是這樣，這對準新人終於還是走到他的面前來了。他神情肅穆地注視著他們，然後開始主持婚禮。他原本已經決定要採用長版的婚禮儀式，並穿插許多引述自《聖經》裡頭的句子。他還想要發表一場充斥著許多優良建議的演說，這場演說特別是針對準新郎的，因為這個身無長物的傢伙需要好好學習生活。

歐司卡牧師用來勉勵新人的主題，引自〈尼希米記〉第十二章，第二十七句：

「為耶路撒冷城牆行奉獻之禮的時候，眾民把利未人從他們所在的各處找出來，把他們帶到耶路撒冷，好稱謝、歌唱、敲鈸、鼓瑟、彈琴，歡歡喜喜的行奉獻之禮。」

他特別強調這一天在努門帕教區裡，大家歡欣的程度，就像數千年前，人們慶賀耶路撒冷新聖殿落成一樣；於是在這個偏遠小村落裡將會響起手風琴的樂聲，因為沒有銅鑼，而且大家將會享用一頓由女廚師亞絲翠一手包辦的盛宴，並且還會一起跳舞歡唱。但是，在這樣的人間歡愉之中，最好謹記，緊接在婚禮之後是不可避免的日常生活，而且在日常生活裡，最好要遵守上帝的意旨，並且走在祂所引領的正直道路上。

就在牧師發表這番演說的同時，一名已經半醉的酒吧常客跑進教堂裡。就在剛剛他離開當地一家小酒館，漫步在路上的同時，目睹了一個駭人的場面，是關於女廚師亞絲翠以及一頭母熊之死，就在高壓電塔頂。醉鬼結巴地說著：

「你們快停下來！亞絲翠和一頭母熊爬上了一座高壓電塔！都死了！烤焦了！」

婚禮就在一陣難以言喻的慌亂中被打斷了，而公務維修部專員瑞那・海寇南又令狀況更加混亂。他全速奔向教堂。在教堂門口，他全力大聲喊著說醫院地下室緊急需要壯丁幫忙，以便讓柴油機組在停電的狀態下運作，並帶動發電機發電。沒有時間可以浪費了，一名缺氧的病人正在和死亡搏鬥。

「得徒手啟動機組，電池已經沒電，但光憑我一個人辦不到。」

❶《聖經》舊約〈創世紀〉一：三「神說，要有光，就有了光。」

歐司卡牧師只得做出決定，向教區信眾們宣布婚禮暫停，但是稍後會公布繼續進行的時刻，最好是在所有危機都排除了之後。於是在準新郎帶頭之下，一群人便從教堂湧出，甚至沒有聽完牧師說的話。可憐的準新娘則癱坐在一張長凳上，發抖的雙手還緊握著用初夏原野最美麗花朵所紮成的捧花。淚水已經在這位剛被拋棄的可憐女子嬌羞雙眼裡閃耀著。

歐司卡以迅雷不及掩耳的速度，跟隨著海寇南朝著醫學中心的住院部地下室奔跑而去。在經過配電所前方時，他看見了在高壓電塔上兩個冒著煙的形體，但是很難分辨出哪個是女廚師，哪個又是母熊。這可不是留下來針對這個問題好好沉思的時刻，得快點去啟動柴油機組，以便給呼吸器供電，並挽救病人的生命。

在地下室裡，歐司卡使盡手腕的力氣轉動著柴油機組的扳手，而維修專員則操作著控制儀表；馬達斷續發出聲響，終於發動了。一股救命電流便在醫院的電力網絡迅速流動了起來，呼吸器也重新運作了，也能夠為瀕死的退休牲畜人工授精師伊爾雅納・堤蘇里重新戴上氧氣罩。渾身是汗的護士小姐癱倒在休息室裡，雙手緊握在胸前。

「醫護這一行有時候很殘酷。」她喘著說。

歐司卡牧師急忙趕回教堂去。配電所外頭已經擠滿了圍觀的人群。女廚師和母熊的屍體已經透過消防車雲梯，從高壓電塔上運下來了。亞絲翠的身上已經覆蓋了一件毯子，而母熊的屍體就這樣光溜溜地擺放在草地上。空氣裡漫著一股烤肉焦味。

隨後，大家在鄰近一棵松樹上發現那兩隻驚慌的小熊，將牠們誘捕並關進儲藏室。儲藏室裡頭一片狼籍，顯然這三隻短尾動物已經盡情享樂一番了。

然而此時，整個村子已經雞飛狗跳了，也有人繪聲繪影地說準新郎漢斯・洛伊姆基維已經趁亂悄悄地溜了。就在他那哭得像淚人兒的未婚妻在教堂裡癡癡等他的同時，他已經逃之夭夭了。

歐司卡牧師可不認輸。他召集了一支由十來名壯丁組成的巡邏隊，準備去把逃跑的準新郎抓回來。在他家和酒吧當然都找不到他。一夥人翻遍了他所有親戚朋友的家，甚至連雜物櫃以及床底下都不放過，但是一無所獲。最後有人想到洛伊姆基維可能溜到狩獵協會位於努門帕湖畔的木屋裡去了，因為他是狩獵協會的副主席，不僅喜愛獵豔，也喜歡獵野味。結果，大家真的就是在那兒找到他：他爬到三溫暖浴室的閣樓，自以為那裡是個絕佳的藏身處。大家毫不費力就將他揪下樓來，而歐司卡牧師則將他拉到一旁進行面對面的小型談話。

牧師這次的談話比平常動用到更多肌肉。這位負責典禮的牧師特別強調婚姻關係的神聖特性，並且在強調時所用的言語份量，重到足以讓準新郎的臉幾乎捱近一旁的蕁麻叢。最後雙方總算達成協議：準新郎乖乖地回到教堂去，而牧師也按照規矩將中斷的婚禮繼續主持結束。

歐司卡牧師借用消防車穿梭在村子的大街小巷，並透過車頂的擴音器，宣布因為意外而中斷的婚禮儀式將在半個小時後恢復舉行。

「新娘父親家將備有茶點招待，但有鑒於今日發生的種種意外，婚宴已經取消。」

村子隨即又恢復往日的平靜，而教堂裡很快會再擠滿因為好奇而前來觀禮的信眾村民。新娘很漂亮，新郎身上的深色西裝有點皺了，他的表情凝重，臉部有點蕁麻過敏的反應，除此之外，一切都還算順利。牧師說了一些話來安慰女廚師亞絲翠的至親好友們。隨後他便果斷地為站在他面前的這對新人祝聖，他採用了最精簡的儀式，也沒有引述太多《聖經》典故。

3 牧師的生日禮物

在聖約翰日❷的前一週，歐司卡牧師歡度了他的五十歲生日。他是在六月十七日出生於羅凡尼耶米（Rovaniemi），父親是一名木材流放搬運領班。當時世界大戰剛剛出現了決定性的轉變，原本捷報不斷的德軍開始在浴血奮戰後節節敗退。他們在非洲遇到反撲，甚至猶太人也在華沙群起反抗。整個拉普蘭地區被淨空的時候，歐司卡才剛滿一歲，這時芬蘭人轉而起身對抗他們的老戰友。歐司卡一家當時也和其他公民一樣被迫遷離到瑞典。等到十八個月之後他們回到家園時，羅凡尼耶米已經不存在了。德國人不僅把那裡燒成灰燼，還讓這座曾經生氣蓬勃的小城變成一座煙囪叢林。

牧師的五十大壽，是由努門帕教堂唱詩班之友協會，以及塔依娜全程籌辦的。塔依娜已六十多歲，而且與牧師太太在同一所學校教書。她們兩個精心挑選了要在慶祝會

❷六月二十四日。

上演唱的禮讚聖歌清單，還邀來了在努門帕擁有一座豪宅的少將馬克西姆．羅伊寇能前來致詞，大家也絞盡腦汁該送什麼禮物給壽星。得要有創意，又帶有象徵意義的東西。於是有人建議，把大家不費吹灰之力從女廚師院子松樹上抓下來的那隻小公熊，送給牧師。之前大家好不容易才把小母熊送給了亞塔里（Ähtäri）動物園，但是小母熊的兄弟比較難找到新家，所以還一直待在努門帕。小公熊暫時被關在消防隊長勞諾家的車庫裡，起先他們把牠當成小狗養著，但也不停地建議亞塔里動物園收養這隻小熊孤兒，還去徵詢寇克亞薩里（Korkeasaari）動物園，甚至問了遠在瑞典的魯雷亞動物園。但是沒有人想要這隻小熊，也沒有人忍心宰殺小熊，現在正好可以趁機把牠當成禮物送給歐司卡牧師。這似乎是個好主意，因為牧師來自拉普蘭，又是木材流放搬運領班的兒子，在某種意義上是很親近原始野性的大自然，至少和他的出生地很搭，所以把小熊當成禮物送給他似乎完全恰當。更何況，這樣就不必讓教區所有信眾集資另外購買禮物了。這個提議沒有人提出異議，只有人表示：選一隻活生生的小熊當成禮物，送給這位個性倔強的祭典牧師，實在是太妙了，如此一來，他要思考的事情就更多了。此外，這更是一個好機會，可以對他那盛氣凌人的牧師太太殺殺銳氣，免得她老是以為自己的人格以及地位有多麼高尚，也不讓她總是迫不及待批評努門帕這地方以及所有的居民。等她有機會餵養這小熊，並清除客廳地毯上的熊大便時，或許她就會明白別人心裡是怎麼想她的。他們甚至可以暗自期盼等到小熊長大後，在某一天因為發怒而撲向牧師以及牧師太太，在獸性大發之下賞他們一掌，好報復多年來的積怨。

中學教師塔依娜聯繫了農業部，請他們為小熊核發一張野生動物豢養許可證，發證動機則記載為「因其母親已死亡，若將小熊放養在野外，則小熊必死」，因為小熊還不會獨自狩獵，並且不懂得避免危險。

經由視障聯盟的居中聯繫，大家在索梅洛鄰近的社區找到了一名盲眼編籃工匠，向他訂製一個堅固的籃子，以作為小熊的籠子。一側有扇貓門——或者更確切地說，是一扇熊門——另外一側則有個小窗，讓這隻年幼的短尾動物得以將鼻頭伸出窗外嗅聞空氣。大家在籠子底部疊放了一條柔軟的毯子，並且為小熊買了一只不鏽鋼大碗，一條有著銀色環釦的項圈，以及一個特別訂製的口罩。大家把小熊帶到洛賀亞（Lohja）市區一家寵物美容店去打扮一番，這才算是準備好可以把小熊送給新主人了。他們在籠子的四周綁上了一條絲質緞帶，並在頂部放了一束鮮花，這一切的準備功夫，當然都沒讓牧師和他太太知情。因為不確定他們會不會喜歡禮物，所以大家決定要謹慎一點，避免問太多沒有意義的問題，好讓這位已屆天命之年的牧師徹底享受這禮物所帶來的驚喜，不論他是否要一隻小熊。

歐司卡牧師生日這天終於到來。前來祝壽的賓客超過百位，其中來自赫爾辛基總部的主教郭磊夫．凱特史壯，還急忙趕來參加由教區舉辦的慶生會。一開場，教堂唱詩班便率先演唱了〈詩篇〉第一章第三節：

「他要像一棵樹栽在溪水旁，
按時令結果子，
葉子也不枯乾；
凡他所作的，盡都順利。」

緊接著，由少將馬克西姆發言。這名高大的怪漢（剛好符合他的名字❸）年近五十，是陸軍軍官。他的致詞相當誇張，甚至以充滿軍事風格的方式詳述了歐司卡牧師人生裡各個重大階段，最後則以不加修飾的祝賀來結束講詞。隨後，為了禮讚上帝的恩賜，大家以瑞典文合唱了傳統詩篇C章的最後一段：

「當感謝祂，頌讚祂的名！因為耶和華本為善；祂的慈愛存到永遠，祂的信實直到萬代。」

各個協會的代表紛紛獻上了禮物以及花束。教堂唱詩班的歌聲再起，這次唱的是通俗歌曲〈乘風破浪的水手〉，然後，就有人推出了神祕大驚奇禮物，也就是籠子裡等待著新男女主人的孤兒小熊。

在一片喜悅的氣氛中，這樣禮物就被獻給了歐司卡牧師。牧師原本還一頭霧水，不知道這籐編籠子裝的是什麼，直到他拉開了絲帶，才揭曉了謎底。小窗裡露出了一只濕潤的鼻頭。牧師太太不禁輕呼了一聲：

「真是見了貝爾柴的角❹……」

牧師瞪了太太一眼。此時爆粗話真是很不恰當，哪怕是他自己也被這禮物給嚇了一跳。但是傷害已經造成，因此從這天起，大家便很自然地叫小熊「貝爾柴」。

塔依娜隨後也應景說了些恭維的話。她提到了當日壽星多次表現出來的男子氣概，讓大家想起他那眾所皆知的動物之愛，並且強調再沒有更合適的方法，能比得上用一隻小公熊來榮耀這個教區備受愛戴的牧師。

「親愛的歐司卡，有時候，你自己就是一隻熊：你威嚴地留意著讓你的信眾們一直

❸Maksimus，有巨大之意。

❹意思是見鬼了。貝爾柴，Belzeb，是魔鬼的另外一個稱呼。

保有懺悔之心，你是一個充滿活力與熱忱的牧師，但我們每個人都知道你也有溫柔的一面，而且我敢說，你的溫柔絕對可以和這隻小熊的濃密毛皮相比。」她說。

眾人於是將小熊放出籠，並且請牧師將小熊抱在懷裡。一名努門帕新聞報記者便臨時充當這位五十歲壽星及小熊的攝影師。小熊舔了牧師的臉頰，甚至還舔到了他的舌頭反面，所有的人都認為這張照片非常完美。

主教則為這場慶生會做了個總結，他帶領大家祈禱，禱告中，他祝福歐司卡牧師能夠在上帝的羽翼下壽比南山。他看著小熊在牧師的腳邊嬉戲，於是又補充：

「也祝你長壽。」

稍後在晚間，等到牧師和牧師太太回到家裡，將所有鮮花都插進花瓶，並且只剩下他們獨處之後，他們為自己調製了濃烈的大杯雞尾酒，然後疲累地攤坐在長沙發上。

「為你的健康乾一杯。」莎拉懶洋洋地說著。隨後她又用較為刻薄的語氣補充：

「還有，怎麼會蠢得想要爬到電塔上，這個笨亞絲翠怎會以為爬到某個地方就能躲避一隻母熊的攻擊？這樣一來，變成我得用我的雙手來準備幾百人份的糕點以及薑餅，好像我沒別的事好忙，院子裡面的花木都乾枯了。」

「拜託一下，亞絲翠還沒下葬呢。」

「還下葬，也不過就剩一堆骨灰了！」

一看見小熊正在齧咬著沙發的一角，莎拉便伸手拍打了一下小熊的鼻頭。小熊發出一陣刺耳的尖叫聲，同時躲避到歐司卡的腿上。

「別煩這隻熊。」

「牠才搬進來沒多久，已經在損毀傢俱了。」

歐司卡一口氣喝光杯裡的酒，隨後脫下教士黑色袍服，並換上釣魚服裝。

「我要去島上轉一圈，順便撒漁網。」

「在你生日的這天去？」

「我不是很想慶祝生日。」

「順便也把這髒東西帶去，牠聞起來簡直像隻落水狗一樣臭。」

歐司卡牧師便將小熊夾在腋下，然後出門去。他坐進汽車駕駛座，並驅車前往努門帕湖，他的小船會在那兒下水。他讓小熊安坐在船首的長凳上，然後雙手握起船槳。小熊看起來有點驚慌，但是在歐司卡以安定的語氣對牠說話時，牠便平靜下來看著風景。大約在湖上行駛一公里後，他們便來到一座小島，島上有若干小木屋，其中一棟就是歐司卡一家子拿來當成儲藏漁具的地方。牧師將小船停靠在碼頭的末端，並將小熊抱上岸。隨後他便前往小木屋取出兩張漁網，然後回到小船上，以便前往蘆葦沼澤邊緣去投放漁網。小熊一面不安地發出低鳴，一面來到碼頭上看著主人的一舉一動，但因為牧師並未再次離去，小熊這才安靜下來。

歐司卡前去取回放置在距離岸邊有一小段距離的魚簍，魚簍底部有幾尾鱸魚和鯉魚掙扎著。他把所有的漁獲都送給小熊。小熊先是狐疑地嗅聞著，接著在判定這些魚容易馴服之後，便放心地大快朵頤。

牧師把所有的活都幹完了之後，便平躺在草地上。太陽正逐步西下，把朵朵白雲染成紅色。他的思緒開始翻騰，對他自己和信仰都起了疑惑。五十歲，就人生來說，還真是不算短。比半輩子還久，他這一生的大半輩子如今都已經流逝。他究竟成就了什麼大事？他的信仰還是那麼堅定無法動搖嗎？嗯……一切都有待觀察。他擁有神學博士的學位，有一個教區要管理，擁有首席祭司的頭銜，有個家庭，以及島上的這棟木屋。這可算不了什麼大成就。

「但我還是擁有一隻熊。」

躺在主人身旁的貝爾柴，也在欣賞著向晚的美麗景致。

4 家務事與新興運動

自從五十歲慶生會之後，歐司卡牧師便對自己的聖職任務感到疲憊提不起勁。在他還只是索梅洛一個年輕代理祭司的時代，他總是不停地從教區的一端跑到另外一端去為上帝服務，但此刻他感覺到了這工作的沉重，他不再像以往那樣被信仰的雙翼承載著。幸好，有著超過五千名信眾的努門帕教區，已經大到足以讓他能夠增加一名幫手——那是一個滿臉粉刺，沒有什麼血色的助理女牧師。這可憐的女牧師看起來一點也不秀色可餐。為什麼神學院一定要招收像這樣不討喜的女生呢？學校大可以招收一些比較有吸引力的女學生入學啊！神學院的學業都是保留給大學裡最其貌不揚的醜八怪，這是事實，最美麗出眾的女神們都進入了文學院去學習法文……而那些衣著邋遢且滿口粗話，但是天殺的性感女菸槍們，都在社會學院。歐司卡還記得很清楚他在年少學生時期的各個階級。

從傳教的效率角度來看，外在的美貌說不定遠比內在的熱忱還更加重要——以女性教士的例子來說，這是再明顯不過的了。歐司卡曾經是個極力主張女性也能擔任牧師的熱血份子，他曾經在媒體署名刊登許多支持平權以及其他議題的激進文章，這下倒可看看他當年努力爭取的成果。

也罷，教區助理女牧師無須對自己的生理外型感到抱歉。莎莉．朗奇南這年二十九歲，早已經獻身基督信仰，總是帶著狂熱吟唱聖詩與祈禱，並且顫抖著雙手宣讀聖禮。她是如此虔誠，以至於牧師有時候真的感到汗顏。

聖約翰日之後那一週，日常工作照舊。自週一早上，歐司卡就得在辦公室處理一堆廢紙，然後和一堆人通電話，準備兩場婚禮以及女廚師亞絲翠的喪禮。因為法醫驗屍以及行政單位一再催促要深入調查，葬禮不得不被迫延後舉行，這一拖延就延宕至今，而亞絲翠也在這樣的耽擱之後，總算能夠入土為安。

十點鐘的時候，林務工康坎帕來到牧師的辦公室，他腳上穿著一雙綴著銅釘的靴子，腋下挾著安全帽。他想要結婚，而他的未婚妻堅持要辦一場宗教儀式婚禮。問題在於康坎帕早已在年輕的時候正式和教會決裂，如今得要重新加入教會群體。因為他那共產黨員的激進性格使然，他甚至沒有進行按手禮。歐司卡告訴他，說他得要先去上宗教入門課。

「宗教入門課？我看不出有什麼必要讓我在經過四十年之後，去和孩子們坐在一起上課。」

牧師則安撫他，說他不需要和那些受洗的年輕人一樣參加進階宗教課。他只需要宣讀教義條文，然後連續五個晚上來上個別指導課，一週內就可以完成所有的入門程序。

「剩下的就是等下週日，讓我幫你進行按手禮儀式。」

「這樣一來，我就算是入教了嗎？」

「入教，而且可以結婚，就這麼簡單。」

「我並不是真的有信仰，這樣不會有妨礙嗎？」

牧師說，一個真誠的信仰嚴格說來並不取決於人。只要林務工有一天積極想著上帝以及宗教，那麼他就算是走上正途了。

「信仰有許多種形式，有完全不可動搖的，也有比較彈性的。」

林務工康坎帕於是苦讀著路德教派的教義，硬記下十誡以及其涵義，並且沉浸在其他詳細記載於第五章裡所有重要的觀點，包括一個未來的一家之主必須為家人負起的責任。

一結束早上所有的急事，歐司卡便回家去吃午餐，順便餵小熊。飯後，他前去參加一場茶會，為當地高齡八十歲的女經濟顧問愛蜜莉雅·尼齊力祝壽。這位老太太住在位於村子邊緣的一棟小房子裡。牧師簡短地致詞，來賓們一起合唱了聖歌〈主耶穌基督，我的幸福〉裡的第二段以及第三段，然後便一起喝了咖啡。有人提起了亞絲翠的喪禮究竟該由誰來買單呢，死者沒有家人。歐司卡表示，女廚師的銀行帳戶裡還有不少錢，可以用來支付這筆費用。

「這倒是真的，從事飲食業總是能夠賺不少錢。」高齡八十的本地女經濟顧問愉悅地說。

下午的時候，歐司卡牧師討論著木造教堂屋頂的維修事宜。兩名來自位於亞蘭群島（Aland）中的蘭波島（Lumperland）的屋頂工匠，前來測量屋頂，並且估價。歐司卡說很滿意他們的建議，並且保證會向教區評議會爭取整修費用。在自信滿滿送走這兩位屋頂工匠後，牧師立刻投入了另外一個重大計畫。教區的掘墓工人已經抱怨自己背痛好一陣子了，並且要求教堂購入一架新的挖土機。工人已經收集了兩家農具經銷商的報價，現在則必須二選一做出選擇。歐司卡選了一個芬蘭製造的廠牌「瓦爾塔」，是由「沃梅特」工廠生產的，這型號看起來很容易操作，而且很夠力，能夠挖掘結凍的土地。

要是教區決定不買挖土機，他就得強制掘墓工人退休。這樣很不公道，因為他這一輩子已經在努門帕墓園裡挖了數百個，甚至上千個墳墓了。

歐司卡牧師心想，說不定等到自己過世的時候，這架挖土機還在服役，甚至還用來挖他的墳墓呢。

「說不定這機器還是永久保固維修呢！」他略帶憂愁地想著。

牧師本來一直期待著要前往努門帕慈善協會參加一場研討會，但由於女廚師亞絲翠的喪禮已經安排在當晚舉行，他只好作罷。於是他埋頭草擬喪禮祝禱文，以便在教區民眾活動中心禮堂宣讀紀念這位在當地最有名氣的藍帶廚師。前來追思的人數不多，女廚師已經遭到遺忘。她在生前滿足了數以千計饕客般的嘴巴，喪禮上卻只有少數她的忠實顧客，而他們今天都沒有口福，只有咖啡以及市場販售的薑餅可用。

歐司卡牧師發表了一場動人的紀念亞絲翠的演說。他選用了〈約翰福音〉第二十一章第十五句為題：

「耶穌對他說，你餵養我的小羊。」

這個段落裡，使徒轉述耶穌是怎樣在湖邊現身於門徒的面前，並且在見到他們時讓他們得到驚人的漁獲。

牧師將女廚師亞絲翠的廚藝工作比擬為一項善舉，意在彰顯她對其他人的憂心與大愛。在耶穌出現後，大家就有魚有麵包可吃，這是理所當然的，因為這些門徒都是漁夫。亞絲翠也喜歡魚。她料理出太多美味可口的煙燻魚柳、鮭魚醬、烤魚丸、醃漬鯡魚、烤白鮭或烤魴魚……過去幾十年來，這位女廚師就是這樣款待努門帕所有慶典的賓客們。和耶穌那些門徒一樣，亞絲翠也是一名出色的麵包師傅：她很善於揉製黑麥小圓麵包、酸甜麵包、大麥麵餅以及棍子麵包，也很會烘製甜脆餅乾以及各種俄式包餡麵包。

「但是人並非僅靠吃麵包過活。這位受到我們大家敬愛的死者在肉類料理方面也是無人能出其右！真是上天的恩賜！」

歐司卡牧師誠心地列舉出，亞絲翠過去在各個筵席裡所呈現的幾道美味佳餚：

「請大家記住她所烹製的像是羔羊腿或是燉火腿……還有她做過的美味豬嘴肉以及其他冷盤或是燴松雞、雉雞胸肉、油炸腰子以及風乾鹿肩肉，更不用提她那全國知名的駝鹿肉醬！」

現場的少數人聽著牧師的致詞，聽得都快要流口水了。最後的祝禱詞結束後，大家便匆匆喝過咖啡，然後各自飛奔覓食去了，因為女廚師的喪禮喚醒了他們宛如食人怪一般的食慾。歐司卡牧師也迅速趕回家，餓扁的小熊正在家裡盼著他。他很慷慨地切了一大段香腸給小熊，然後詢問妻子晚餐吃什麼。

牧師太太給他端來了一盤從超市買來的小牛肝燉飯，不情願地切了幾段俄式醃黃瓜讓他當作配菜，接著為他倒了一杯水，便回房間去了。歐司卡將一小坨黃油丟進那令人感到噁心的泥狀食物裡，勉強自己咀嚼下嚥。這一頓簡餐絕對是上天的恩賜，並且值得世上所有人的尊重，但是牧師仍然覺得以他的地位要吃這種只能給狗吃的食物，實在有些不舒服。

用過餐之後，牧師抱起小熊，拖著腳步走向臥房，他那面有慍色的妻子已經在床上等著他了。

「我可不想讓這畜牲上我的床。」她酸溜溜地說著。

「但是這可憐的小貝爾柴已經習慣睡在這兒了，再說牠也可以幫妳暖腳。」牧師據理力爭著。

牧師太太就像個女戰士般，一下子挺起身子靠在枕頭上。

「你是真的不明白，還是裝蒜，豬腦袋，任何一個擁有聖潔心靈的女子都絕不會想和一隻熊睡在同一張床上！」

莎拉於是嘮叨地唸個不停：她再無法忍受必須替這畜牲把屎把尿，牠的腋下總是臭烘烘的，牠幾乎從來不舔自己的屁股，如果不每天強迫牠刷牙，那牠的牙齒就會臭得和腐爛的死魚沒兩樣，再說，這骯髒鬼總想在人家幫牠洗澡時咬人，牠也從來學不會乖乖坐在馬桶上，總是隨地大便，整個院子到客廳的沙發前都是牠的廁所，昨天一來就這樣。

歐司卡於是提醒妻子，年輕時她總是很開心能夠和他鑽進同一條被窩裡，並且熱情地在他耳邊輕聲說，他俊美強壯得就像一隻熊。

「現在妳手上有了一隻真正的熊，卻看起來一點也不高興。」

「讓這隻髒東西見鬼去吧！我只想安穩地睡覺！」

於是貝爾柴被關回籠子裡，但是一等到燈光被熄滅，小熊便驚恐地開始發出叫聲，令牠的一對主人完全無法入睡。歐司卡試圖要說服莎拉讓獨自被關進籠子而哭泣的小熊能夠上床來。牧師太太卻沒了耐心，於是連丈夫也趕下床了。

「我受夠熊了！你們兩個都給我滾出這房間！」

歐司卡只好拎著貝爾柴的籠子來到客廳，然後攤開沙發床，和小熊一起躺上去。小熊一被放出籠子外，立刻滿意地在主人的腳邊睡著了。偶爾，在睡夢中，這小傢伙的舌頭會掠過牧師毛茸茸的小腿。牧師還醒著好一陣子，默默想著自己活著的意義。

翌日早晨，歐司卡倦容未消，他無精打采地開始處理日常行政事務。教區辦公室正要關門時，來了一位年輕的農夫，手上拿著一根標槍，肩上還揹著一大圈布條。他是個三十出頭，名叫馬克拉的運動員，他想跟牧師商量一件重要的事。

「我想知道教區有沒有可能把教堂鐘樓出租給我，讓我能夠進行訓練。反正現在大家都不太敲鐘，都改用錄音播放鐘聲。」

租借鐘樓本身就是個很怪的想法，足以讓牧師想要進一步瞭解詳情。馬克拉於是把標槍靠牆立著，並把布條放在一張椅子上。接著他解釋，說他正在使用一種新方法練習投擲標槍，而這種新方法比傳統的訓練方法要求更高。

「我總算想起來了。您是馬克拉，曾經贏得省運標槍冠軍，對嗎？」

這位運動員不好意思地臉紅，但是很高興。還是有人記得他，牧師甚至還記得他在一九八九年夏天令人驚豔的表現。他當時擲出了六十三公尺二二，真是驚人的成績！

「我現在正在練垂直標槍投擲，而且很希望這個夏天能夠在鐘樓裡把這項技術練得更加完美。」

歐司卡告訴馬克拉，他們稍後必須再另找時間談租借鐘樓的事，因為他此刻正好有別的要辦，主教剛剛來過電話，正在等他一起共進午餐。

這位正在苦練新投擲技巧的農夫，在次日一早又來到牧師辦公室找他。這次他沒有攜帶標槍，但肩上仍揹著那一圈布條。歐司卡有一點被這鍥而不捨的運動員給激怒了，莫非這頭腦簡單的傢伙要不惜一切代價使用鐘樓嗎？難道他不明白沒有人在教堂進行運動訓練？更何況，沒有人能夠在鐘樓裡面投擲標槍，這個馬克拉是把他當成傻子嗎？

「您別生氣。我只是在想，這座空的鐘樓正好可以讓我用來練習改進這項新的技巧。」

馬克拉解釋，說自己是在一個爬升動作時想到垂直投擲標槍這點子的，這運動要求在運動員頭頂上方的天花板必須有足夠的高度空間，最好在屋頂還有一個活門，好讓標槍能夠射到外頭去。基於此一條件，他又前來提出租借教堂鐘樓直到夏季結束的要求。

「鐘樓是空的，而且沒有任何用途，再說，教區可以因此有點收入。」

歐司卡牧師詢問馬克拉，他到目前為止都在哪兒練習垂直投擲標槍。

「在我的曬穀場，但現在天花板已經不夠高了。我的成績已經大幅提升了。」

馬克拉得意地展現二頭肌。牧師這下完全明白了，有一種新的運動項目誕生了，而且還有一名全心投入訓練的頑強運動員。但是他可不能就這樣同意讓鐘樓移作運動用途，哪怕是這計畫有利可圖，甚至可以讓努門帕教區在當地以及全國大出風頭，誰曉得呢。

「隨後連續幾個週末，我到位於薩洛（Salo）的國家糧倉行政局的地窖去做了些試驗，那裡因為工程的原因，目前是空的。但是那邊太高了，標槍總是會掉在裡面。因此我不得不戴上頭盔。而且那地窖再過兩週就會又裝滿了東西。」

這個新的運動項目令牧師開始感到好奇，以至於他前去找教堂執事拿來了鐘樓鑰匙，並和馬克拉一起去探勘場地。這下布條派上了用場：這位標槍垂直射手爬上鐘樓的樓頂去測量這閒置的空間。他從鐘塔平台上喊著：

「超過十二公尺！我的紀錄是十四點三三公尺。只要樓頂的活門可以保持開啟，那就完美了。」

牧師請馬克拉先下來。他向馬克拉解釋，說在教堂鐘樓投擲標槍太危險，標槍有可能會落在任何一個經過教堂附近的行人背上。但根據這運動員的說法，危險性並沒有那麼高。可以暫時將鐘樓四周用柵欄圍起來，並且設置一些警告標語，請大家注意不時會有標槍從鐘樓屋頂活門射出。

「我向您保證不會在舉行祭典以及喪禮的時候進行訓練。」馬克拉強調。

牧師思索著，但是他很快便決定無法出租鐘樓。在這個教區，甚至是其他地方，已經很多人說他是個專權而行為怪異的神職人員了，要是他又讓人在他的教堂鐘樓裡進行這些活動，人家不知道要怎麼說他呢？一個高度危險的瘋子從裡頭投擲出標槍，還一面發出吼聲，這可是真正的公共危險啊！

「不行。您無法在其他地方練習標槍垂直投擲嗎？比方說在一個夠深的井裡？我們很少有如此乾的夏天，每個人都在抱怨水位創了歷年新低。」

馬克拉從沒想到過這可能性。太棒了！他一直都認為歐司卡牧師是個最好的顧問，如今他又有了最新的例證。

這位運動員立刻就想要動身去尋找一座枯井，讓他當成投擲場地。牧師決定要陪他走一趟，反正辦公室也要關了，而他這天又沒別的事要辦。但是，村子鬧區裡面已經沒有任何水井了，因為早在七〇年代已經建設了供水以及排水網絡，不過一出了村子，幾乎家家戶戶都有一口水井。細管式的水井對頂尖運動員派不上用場，但是在教區裡的各個農莊裡還有許多佔地廣大的老舊設施。牧師開車載著馬克拉到各個農場去轉了一圈，並用布條測量水井的深度。大部分的水井都太窄，無法讓正值壯年的運動員在裡頭練習標槍投擲，而且很多口水井裡面都還有水。有些地主對這個計畫感到非常懷疑，很難相信發展新的運動項目有什麼好處，可是歐司卡牧師的出現則很自然地消弭了這些疑慮。

經過兩個小時的尋覓，他們在距離村外六公里的瑞基太瓦（Rekitaival）農莊找到一口合適的井。那地方距離馬克拉位於馬基尼地（Mäkiniity）農莊的工作場所不算太遠，如果他想的話，可以每天晚上來這裡練習。這口井有十一公尺深，井壁是由二十二根直徑達到一百四十公分的水泥涵管豎立堆疊組成的。最後三截涵管浸在受到農場糞水污染的水裡，而這些水只能用來灌溉田裡蔬菜。這地方真是用來練習垂直投擲標槍的完美地點。

翌日晚間，在結束一輪禱告後的談話之後，歐司卡牧師便開車載著小熊前往瑞基太瓦農莊。馬克拉一點也沒浪費時間：他把推土機停在水井旁，並且藉著這部機器的油壓絞盤，在水井內距離底部一百八十公分處，安置了一個堅固的木製投擲平台，用意是讓他能夠平穩站在水面上。馬克拉的祖母薩娜，擔任他的助手，並幫忙測量成績。薩娜正幫著他披上一件用鍍鋅薄片銲接而成的甲冑，並且遞給他一頂玻璃纖維製成的工地用安全帽，以保護頭部。這些保護措施是要讓投擲手避免受傷，因為標槍可能在射出後因為某種原因而落回水井裡。

「但是這運動的危險性遠遠比不上拳擊或是冰上曲棍球，更別提一級方程式賽車。」

馬克拉套上一件可以套住胸部以下的漁夫褲裝，以防投擲後猛烈的後座力，讓他失去平衡，從木頭平台上跌落進混雜了糞污的井水。馬克拉腋下挾著五根標槍踏上投擲平台，再由他祖母透過絞盤緩慢而平穩地降下到沒有光線的水井深處。隨後她關閉農具車引擎的動力，並看著水井深處。一道宛如洞穴裡的聲音從井底傳了出來：

「我可以開始了嗎？」

「開始吧！」

老太太走到十多公尺外，目光如炬地盯著水井後方另外一棟馬廄屋頂的排水管。相較於直線連結她目光的排水管，標槍拋射出來時的最高點應該很容易辨認。接下來就只需要測量投擲成績。她用的是一個立在水井蓋上劃著刻度的樹枝，之後再加上水井的深度，所得到的成績就很精確，也很有公信力。當然還要減去投擲手腳上鞋跟高度。

這時，水井內部傳來了一道沉悶的低鳴聲，接著水井口便迸出一根標槍。歐司卡牧師嚇了一跳。這景象實在太壯觀，讓人感到不可思議，宛如從地獄傳來的一封無言的可怕訊息。

馬克拉的祖母以她鷹眼般銳利的目光，記錄下標槍最高點的位置。牧師幫忙舉起劃有刻度的棍子，然後在迅速計算之後，測得了一個十四公尺四〇的絕佳成績。這打破了馬克拉這個夏天的紀錄，更值得一書的是，這只是他第一次從井底投擲而已。在此前，他一直都是在地窖倉庫或是家族農場的曬穀場練習。另外四根標槍魚貫劃空而出。前兩根都比第一次投擲的成績差，第三根落回水井裡，引來了一連串粗話。最後一擲，馬克拉又將成績推高了二十公分。他並未重新投擲落回井裡的那根標槍，因為就他所知道的規則：投擲失敗是不能夠再次補射的。

一爬出水井，這運動員立刻仔細地研究他每次的投擲成績，並且記錄在黑色封面的小筆記本裡。他顯然很滿意自己的表現，而奶奶也以孫子為榮。

「我家馬克拉就是喜歡投擲各式各樣的玩意兒。他還很小的時候，有一次卻把他爺爺的手錶丟進湖裡。那手錶飛得老遠，再也找不回來，整個夏天他爺爺還是一直不死心地潛水到處找尋。但是也因為這樣，他變成了努門帕最傑出的游泳健將，甚至還入選了水球國家代表隊。」

農場主人瑞基太瓦也想要試試手氣。他說自己在年輕的時候也投擲過鐵餅和鉛球，但是馬克拉提醒他，水井太窄無法投擲鐵餅，而投擲鉛球又太過危險。

「要是讓一顆鐵球砸在頭上，就算是再堅固的安全帽也無法完全沒有損傷。」他經驗老到地說，並且提到，他曾經在自家曬穀場嘗試過垂直拋射鉛球。

農場主人在五次標槍投擲中，得到了不錯的成績，但是最佳成績仍是比馬克拉的紀錄少了一公尺半。

大家試圖說服歐司卡牧師也來體驗一下這項新運動。他有些心動，但是神職人員的身分令他不得不謹慎行事。最後他讓步了，並在其他人協助之下進入水井。可是這位牧師比較肥胖，因此花了一點時間找出比較合適的位置，畢竟標槍垂直投擲不同於傳統的水平投擲：標槍必須用右手握著，並且和右大腿保持平行，左手則抓著標槍頭，歪斜地瞄準高處。接著，標槍手必須迅速做出由下而上的旋轉動作，並且當心別讓手肘撞上水井的井壁。投射過程中，允許身體左側倚靠內壁以作為支撐；右手則同時將驚人的力量傳導進標槍裡。牧師的每一次投擲都成功了，其中最好的成績達到十二公尺七〇——就常青組而言，這是非常傑出的成績。

這競賽讓貝爾柴感到非常好奇，以至於牠不時前來向水井裡頭張望，渾然不知會有標槍擊中牠胸部的危險。於是，小熊被關進推土機的駕駛艙裡，從那裡牠可以像個專家一樣，關注著這些標槍垂直投擲選手的訓練過程。

時間就像閃電一樣稍縱即逝。夜幕迅速降臨了，而馬克拉的祖母也抱怨著已經看不清楚成績，因為她的夜視能力已經隨著年齡增加而降低許多。牧師心生一計，在標槍頂端用膠帶黏上手電筒，如此一來就能夠在標槍射出水井時，準確地記錄下高度。這個發想本身非常好，但是成本卻非常昂貴，因為手電筒的玻璃燈泡會在標槍每次落回井邊或是農場上的石頭時碎裂。大家於是想出替代的解決方案，用仙女棒取代手電筒，由射手在投擲前，於井底先點燃。結果，瑞基太瓦農場用來裝飾的仙女棒全都派上用場了，同時也造就了一幅奇觀，一根根帶著火花的標槍從水井裡迸出，簡直就像是在夏夜裡黑幕低垂時升空的煙火。

5 牧師的談話

老農夫桑泰立．雷闊拉的心中一直有個結打不開，彷彿一根一直扎在上帝心口上的刺，於是在七月的第三週，他被人發現上吊了。他走到自家農場廢棄多時的牛舍，在牛乳加溫機器排氣煙囪上的拉繩打了個活結，然後吊死在那兒好幾天。直到家人開始擔心他，才發現他已經上吊自盡了。在大家替老農夫除下他人生中用來自殺的最後一道領結時，幸好老農夫的太太不在場。老農婦賽咪．雷闊拉是個虔誠而溫柔的婦人，而死者生前則不折不扣是個飯桶，既難搞又粗魯。他才剛滿七十八歲，老婆比他年輕許多。至於孩子呢，不是兩人從來沒生過，就是早已離家多時了——總之，在這缺乏歡樂的大房子裡，只剩下一位脆弱而悲傷的寡婦，她的天地彷彿隨著丈夫的驟逝而崩塌了。

在發現屍體後，歐司卡牧師第一時間就趕到這不幸的婦人身邊安慰她，並且為葬禮後事提供一切必要的準備。賽咪泣不成聲。她完全手足無措，還害怕桑泰立沒辦法葬在神聖的墓園裡，因為他是上吊自殺，而不是自然老死。

歐司卡牧師向她解釋，說大家已經很久不用死因來給死者分類了，再說，自殺已經越來越常見，早已見怪不怪。但不管誰遇見這樣一樁慘劇，當然還是很難以承受的。

牧師鼓勵老農婦和醫學中心的所悠能醫生預約談談。在情緒最低落的時候，鎮靜劑是可以派上用場的，安眠藥恐怕也不算過分。而實驗證明，對上帝最堅貞不移的信念，也能夠助人度過苦痛。在這樣的艱難時刻，牧師為賽咪找來了一位家務阿姨，為她張羅打點先生的後事，也提供她心靈上的安慰。但是在七月底，桑泰立下葬之後，他的遺孀只是更加傷悲。歐司卡前去探望她數次，期盼透過談話，撫平她內心的傷痛。

「我的人生現在變得非常空虛。」賽咪抱怨著：「桑泰立儘管脾氣暴躁，甚至偶爾火爆，但是他這樣撇下我，我就真的一無所有了。一無所有了，真的。這間空蕩蕩的大房子顯得死氣沉沉，屋內再也沒有聲響迴盪，再也沒有人會看著我，沒有任何其他生命。桑泰立的死讓我覺得自己罪孽深重。我一點也不明白他的焦慮。」

「面對死亡，人總是會感覺到孤單而手足無措。」歐司卡牧師安慰著。在內心深處，他認為這死去的老農夫真不值得人家這麼為他傷心。他很清楚桑泰立．雷闊拉這個人。惡棍一個，總是找每個人的碴，遊手好閒又有暴力傾向，一旦喝多了，又常常會揍老婆出氣。桑泰立生前也經常用自家穀物來私釀酒，為此上了法庭好幾回，整個教區到處都有他的私生子，還因為酒駕以及詐騙坐了好幾回牢。天底下再沒有比他更惡劣的麻煩製造者！但是他的未亡人總是原諒他，而且此刻還悲傷地用虛弱的聲音斷續說著：

「我覺得自己好像被一個石臼給碾碎了，我的胸口鬱悶，有時候會哭上好幾個鐘頭。我一直沒有胃口，布置一個人的餐桌真是一件可怕的事，尤其是在準備了兩人餐點超過四十年以上。我常常在半夜裡醒來，以為桑泰立在前一天夜裡回來過，並且躺在我身邊，但是我想要伸手撫摸他的額頭時，床卻是空的，被子是冰冷而潮濕的，我怎樣也嗅不到他的氣味。」

「您思念丈夫，這也是很自然的。對逝者的愛有時候可以強烈到讓人像是身體上的病痛一般感覺到逝者。」牧師解釋著。根據警方針對桑泰立．雷闊拉自殺一案所進行的調查，死者顯然是麻煩纏身，他不僅欠了一屁股債，還跟一群匪徒維持可疑的關係，並且是許多投訴案件的主角，被指為是個肆無忌憚的主謀。他已經走投無路，未來已經是死路一條，而像他這樣頑固的傢伙，他寧可來個自我了斷，也不要吞嚥自己用這些惡行所調製出來的苦澀藥丸。這是個悲傷的故事，但是牧師哪怕是盡了自己最大的努力，也實在難以對死者感到同情。相反地，死者的未亡人已經完全忘卻自己所遭受過的一切屈辱，緬懷著丈夫的點點滴滴：

「今天早上，我套上了桑泰立的工作服，並且穿上他的橡膠長靴，即便對我來說，他的衣物鞋子都太大，我還是穿著它們去巡視土地，我到桑泰立工作的每個角落去巡視。我嗅著衣服上他的氣味，並且不停地流淚。」

歐司卡牧師思忖著，不知道這位悲傷欲絕的寡婦是否跟隨著桑泰立．雷闊拉往日的腳步，一直來到他釀私酒的地方；也不知她腳上是否踏著長靴，爬上牛舍裡放置乾草的閣樓，那兒是老農夫生前總用來炫耀自己偷情的地方。但牧師只是高聲地對這位可憐的婦人說：

「在孤獨的時候，揣摩已故配偶的言行，可證明了我們對死者的強烈情感，這甚至超越了死亡的界限。」

夜色已經降臨，牧師還得匆忙趕去瑞基太瓦農莊參加慶典委員會的會議，他將在會中大談他對於當日主題「如何刺激農村人的心靈生活」的想法。他想要藉機順便提升自己在垂直投擲標槍的表現，但或許桑泰立．雷闊拉未亡人那可怕傷痛的重擔，有一部分此刻也轉移到他肩上了——標槍僅攀升至十一公尺左右，便又落回井裡，並且撞擊著牧師頭上所戴的安全帽。歐司卡在水井深處思忖著，難道這些年的經歷已讓他瘋狂到如此地步，竟要將一根根的標槍擲出水井外！

回到牧師宿舍時，歐司卡牧師發現牧師太太正在院子裡面，用拍打地毯灰塵的棍子修理貝爾柴。小熊驚恐地叫喊著，甚至不時露出牙齒，只不過在牠的主人來得及衝過去拯救牠之前，牠已經結結實實挨了一頓打。

牧師太太莎拉簡直氣瘋了。整個白天都被獨自留在家裡的小熊，不僅將客廳的地毯撕得粉碎，還將廚房櫃子裡的糖全部撒在水槽裡面，並且打翻了麵粉。等全身都沾滿了白色粉末時，牠又在屋子裡面到處打滾。

「我得好好教訓這小魔鬼。你可沒看見我剛下課回到家時的一團混亂。」

「也不能夠因為這樣就拿這麼粗的棍棒打小熊啊！」

牧師抱起貝爾柴，帶牠回房間，並發誓再也不把牠獨自和妻子留在家裡。莎拉並非窮凶極惡，她只是個性強悍，而且只要一生氣就很容易失去理智。

牧師太太對於自己的失態感到很羞愧，但她不願意向丈夫低頭，反而用挖苦的語氣說：

「你教區的信眾們大可以再送你一隻猴子。」

「我要一隻猴子做啥？」

「所以你才要養一隻熊！你已經是這裡所有人的笑柄了，擁有神學博士學位的牧師漫步在村子裡，懷裡還抱著一隻無賴小熊。而且，還跟一個瘋子玩著將標槍射出水井的把戲。要是這一切被別人知道的話，我就要離開這個家。」

夜裡稍晚的時候，莎拉前來敲門，遞給歐司卡一只奶瓶，很像是他們夫妻二十年前用來給小孩餵食的器物。

「這是要給貝爾柴吃的，裡面有牛奶和蜂蜜。」莎拉說完後回到自己的房間裡。

小熊貪婪地吸食著混有蜂蜜的溫熱牛奶，閉著的雙眼滿是享受。

在睡前，歐司卡給受他保護的小熊唸了幾段由米恩（A.A. Milne）撰寫的《小熊維尼》，故事真是很感人。貝爾柴眼睛看著圖畫，耳朵聽著故事，彷彿牠都明白。但很快地，牠的雙眼都閉上了，於是牧師將牠抱上床。然後，牧師繼續為即將來臨的週日演說做好準備，他決定這次的演說內容要比平常更加尖銳。

隨後這週，歐司卡牧師得知賽咪開始到努門帕湖去捕魚了。這本來沒有什麼好大驚小怪的，這湖水裡多的是魚，住在湖邊的居民也都樂於撒網。但是老農婦在她老公仍在世的時候從未握過船槳，她總是留在農場上照顧牛群以及在廚房裡忙進忙出。但如今，她決定要使用小船，並學習撒網的方法，還向鄰居們打聽桑泰拉最喜歡的打魚地點。

賽咪穿上了亡夫的工作服，開始駕著農機在田裡工作。以前她只要坐在屋裡，透過窗戶看著丈夫在田裡工作，她就心滿意足了，而現在她卻親自下田耕種。

歐司卡牧師明白，老農婦內心的悲傷已經有一點點病態。他在六〇年代求學期間，曾經對美國行為心理學家艾瑞克・林德曼（Erich Lindemann）關於守喪的各種理論感到興趣，他也知道賽咪的種種舉動並不是很正常。事實上大家時有所聞，當一個人長期照顧一位久病臥床的親人直到臨終，往往在親人死去不久之後，也會出現賽咪的症狀：日漸憔悴並且必須接受別人的照料。活著的人在某種形式上延長了死者的疾病，否則他無法接受失去死者的打擊。賽咪如今正是在模仿丈夫生前的作息與工作，幸好，她還沒到學他釀私酒的地步，顯然是她對於亡夫見不得人的另外一面一無所知。

歐司卡帶著小熊前來探望老農婦，並開導她。

貝爾柴在農場大廳的地板上嬉戲著，一點也不擔心，牠還試著爬上賽咪的膝頭，討些甜食吃。老農婦於是從簍子裡拿出一小塊肉桂麵包，放進微波爐加熱，然後再切成小塊餵小熊。小熊歡喜地吃光麵包，然後繼續討食，並且得逞。

「這小熊真是可愛極了。」老農婦說。隨後她說起了自己的苦，不過這些苦已經稍減。

「我讓桑泰立的小船重新下水，也學會了捕魚，我的漁網裡捕到了不少白斑狗魚以及鯿魚。我還整了兩公頃的農地，然後運了一堆有機肥到馬鈴薯田裡。我打算在明年春天時，種些蔬菜。這本來是桑泰立一直打算要做的事，即便他最後幾乎沒有種植番薯，而且老實說也沒有種太多的黑麥。也許這是天意，要我來繼續他未完成的工作。」

歐司卡牧師本來還憂心，這農場和田地會因為工程中斷以及計畫閒置而荒廢了。他高聲說：

「看得出來，您好多了。儘管還在守喪，您仍是鼓起勇氣想到去捕魚，並且試著確保農作收成。我們每天能有麵包吃，也才能提供給我們所需要的力氣。」

「我還是感到非常孤單，總覺得自己是在受罰。我甚至連一隻貓也沒有，也不能就這樣隨便收養一隻，因為桑泰立不喜歡貓。」

「我可以在日間把我的小熊放在您這兒，這樣您也許就不會感到太孤單了。」

「真的嗎？桑泰立不知道會怎麼說呢？」

牧師差點要大吼，說他看不出這和那個死去的老壞蛋有什麼關係，但是他忍住了，並說：

「所有的熊都受到上天的特別保護，特別是像這樣的一隻小熊。」

歐司卡牧師向賽咪解釋，他接獲通知，必須前往赫爾辛基的主教管區總部，因為他在春天時的一場佈道以及在報紙上刊登的幾篇文章，惹得教會的教務長以及主教不痛快，所以找他去談話。他得在赫爾辛基過夜，因此他想知道老農婦是否可以代為照顧小熊兩天，或者至少讓牠在這兒睡一晚。

「牧師太太呢？我可不想剝奪她和這小可愛相處的機會啊！」

「我太太對動物過敏，所以才請您幫忙。」

這事一解決，歐司卡牧師便列出可以餵食貝爾柴的食物清單，並說明該讓小熊睡在何處以及給予小熊怎樣的呵護。他還提議要支付小熊的伙食費，但賽咪拒絕了。

「這麼大的一棟屋子裡，總是有點什麼東西可以餵飽小熊。」她開心地說。

夜裡，牧師獨自返回宿舍；孀居的老農婦則在就寢時刻，將貝爾柴安置在自己身旁。小熊起先還懷疑自己是否真的能夠上床，但是在賽咪輕撫牠的毛皮，並對牠輕聲細語說話時，牠立刻明白，在這間屋子裡面，牠可以做任何事，便跳上以前屬於桑泰立・雷闊拉的位置。小熊很快便進入夢鄉，老農婦也是，因為床上有個溫暖而多毛的伴，讓她感到安心。

6 耶穌的軍事傑作

初夏時，歐司卡牧師在《薩洛新聞報》刊登了一篇關於耶穌基督之軍事行動的文章，他當時的心態多少是有些開玩笑。他是神學博士，是教義詮釋與辯護專家，並且自認不僅能夠對宗教議題進行辯證，也能夠對於基督教義之歷史與客觀的意涵——特別是耶穌——進行推論。他熟知英國人喬艾．賈麥克（Joel Carmichael）的種種理論，此人是位專家，讓宗教研究稍稍掀起一股熱潮，特別是耶穌的煽動與革命起義的角色。

歐司卡依此想法，最後下的結論是：耶穌首先是個很有天分的演說家，吸引到很多聽眾以及信徒，特別是在貧窮階層。他也毫不掩飾地夢想著要驅逐那些把持權力的傳統教士，因為他們依靠的是佔領者羅馬人的武力，而他最終的幻想也許是要宣稱自己是猶太之王；就算他初次在他的土地上宣告而面臨失敗，但至少可以在天上當個猶太人之王。

在他那篇題為〈耶穌的軍事傑作〉的文章裡，歐司卡寫著，受到大眾擁戴的救世主，決定要踏上耶路撒冷，並奪下權力。因此，這絕對不是騎在驢子背上的和平之旅，不像虔誠信徒們想像中的那個模樣，而是在耶路撒冷神廟裡，一支紀律嚴明的突擊隊的突襲奪權行動。耶穌擁有一群狂熱的副手，他稱他們為門徒，而他們在面對武力時也絕不退縮。神廟由一支羅馬軍隊的幾名成員保護著，不到百人，此外還有數名神廟的猶太籍守衛。這些毫無招架之力的軍人一下子就被掃平了，耶穌也將那些兌換錢幣的人以及其他反對他行動的人通通趕出神廟之外。

以軍事角度來看，這些門徒其實不過是一群烏合之眾，攻佔神廟一開始的勝利很快便轉成頹勢，先鋒部隊失敗之後，耶穌不得不逃至伯大尼。無疑地，他本來可以用游擊戰的方式繼續這場戰爭，因為他具備擔任一名首領的各種能力以及影響力，但是他在當地的一名副手加略人猶大，卻臨陣倒戈，並且洩露這些反賊的藏身處。耶穌於是受到突襲，並且毫無反抗之力便束手就縛。他在當時的狀況下，所能採取的唯一合理的反應，便是消極的反抗。

顯然，這位反抗首領在當時一直很認真地夢想著要建立一個獨立的猶太人國家，而且也已經有了猶太人之王的稱號，他已經對羅馬人造成嚴重威脅。於是他被釘上十字架，遭到處決。這就是一般反抗起義之人在行動失敗之後的下場。歐司卡牧師在文章的最後一段裡，進一步闡釋他的想法，倘若耶穌生活在二十世紀初正處於內戰的芬蘭，他的命運也不會比較讓人羨慕：

倘若耶穌是一名布爾什維克黨徒，是一名紅軍份子，正如可以從他的政治傾向輕易猜測出來，人民大會一定會在他一復活時就任命他為革命政府的首長。舉例來說，鑒於他在發放補給物資方面的能力與經驗，他大有可能成為補給時期的人民委員——我在此想到的是他僅用一小塊麵包以及一尾魚便養活數千人的那日。他也絕對是一個有效率的煽動者、演說者以及記者，但顯然他沒能掌握機會證明自己也有當軍事領袖的才能。這似乎也很自然，身為深受宗教薰陶之人，他欣然地接納馬克斯的種種理論，並將這些理論加以改造，以符合他自己的想法。

在暴動遭到弭平時，耶穌不會如同其他紅軍頭目那樣逃往蘇聯，並在稍後加入芬蘭共產黨，反而是在戰敗時刻，和其他成千上萬的紅軍男女一樣，毫無反抗地向白軍投降。他有可能立刻被押送至砂石場槍決。至於要知道是否他能在第三日於眾多死者當中重生，所有的假設都是可能的。總之，布爾什維克黨人毫無疑問，會像當初的以色列那樣，說法一致。

即便耶穌能夠神奇地躲過一死，特別法庭也會判處他死刑或是終身監禁。倘若是終身監禁，可以猜想他可能首先會被囚禁在索門理納（Suomenlinna）的碉堡，然後移監至塔

米薩里（Tammisaari）苦役監獄，在那兒他找到一塊受上帝眷顧的土地，繼續從事他的非法行為，並撰寫他的政治文章。倘若耶穌還活著，他毫無疑問會成為紅軍的民族英雄，而奧托—威爾．庫西寧（Otto-Ville Kuusinen）則很有可能永遠沒有機會在共產國際的行動當中取得極高的權力。

因此可以斷言，倘若耶穌還活著，最終甚至可能取代史達林，並將史達林流放或者處死。如此一來，共產主義會在世界上有一番新的面貌，會更加關懷人道並且注重倫理，而且絕對不會崩壞。因此這實在很可惜，耶穌沒能參與芬蘭內戰。但也許這正就是萬能上帝的旨意。

八月初的時候，歐司卡牧師將貝爾柴寄養在農家寡婦賽咪家裡，自己前往赫爾辛基。他先在洲際飯店裡租了一個房間，然後才去向主教管區教務會報到。他抵達的時候已經十一點了，眾人已經恭候在陪審官員翰海賴南的辦公室裡，在場的還有主教管區主教悠雷維。陪審官員翰海賴南是個六十多歲的矮胖男人，禿頭卻和氣，至於悠雷維則是有著運動員外型，高大冷淡而不隨和。翰海賴南的寬敞工作室裡頭擺著一張用桃花心木製成的辦公桌，在辦公室另一端的書櫃前方，則放置了整套油亮的皮革沙發組。咖啡已經煮好放在茶几上了，茶几上另外還有一些小餅乾，由開設在附近的愛克伯糕餅店供應。主教和陪審官員一同起身並面帶微笑迎接訪客，同時還用寬厚的手熱情握住對方的手，此舉令歐司卡牧師意識到此刻實在不可大意。神職人員表現得越是友好，則代表他們的意圖越是險惡。

「你想吃點蜜餞嗎，親愛的歐司卡弟兄？這些蜜餞真是好吃，是產自波爾悟（Porvoo）的布朗柏格（Brunberg）。」翰海賴南提議著，但歐司卡婉拒了。他寧可打開天窗說亮話。

「好……這件事實在煩人。」郭磊夫主教發難。

「整件事不太樂觀。」陪審官員附和著。

主教說，不管是他或是教會，當然都不會干涉地區牧師長歐司卡的私生活，牧師長的私生活只和他自己有關。

「但是有人來向我們檢舉，說你在努門帕教區至少有兩個私生子，說不定有三個。還說你在佈道時總固執地發表些和牧師受規範該說的題旨無關的言論。」

郭磊夫大人假意地繼續說：

「你在那兒總抱著一隻活生生的熊到處閒晃，那隻熊好像還在聖器室裡便溺，並且在佈道時刻在教堂裡嬉戲，讓眾人受到驚嚇。但是話說回來，這些也都不過是一些很自然的事，主教管區也管不著。」

「我們還聽說，你進到一口深井裡頭去投擲標槍，但是這類消遣也絕對不是我們要管的事。」陪審官員帶著和藹的表情，接著說：「芬蘭路德教派教會很寬容，而且很體諒人。」

「但是，你那些刊登在媒體上的文章，就很蠱惑人心。」主教帶著滿面愁容，歎氣說著。

「好傢伙，你究竟是發什麼神經，竟然在《薩洛新聞報》上刊登這些胡言亂語。」陪審官員歎息。

「特別是你竟然讓別人從這些報紙上聽說耶穌本有可能成為一個共黨革命份子，」郭磊夫大人繼續說：「而且你竟還宣稱耶穌的信眾以及使徒們，有可能是一支訓練有素的游擊隊的各個頭目。而且救世主則變成一個叛亂份子，妄想要建立一個獨立的以色列國度，並且自立為王。」

他們暫停一會兒，喝口咖啡並品嘗小餅乾。隨後，主教又說：

「相信我，這樣的文章，可以說根本是魔鬼上身的傑作。這些文章讓芬蘭路德福音教派教會呈現奇怪的風貌，你甚至讓我們的宗教生活，從根本受到顛覆。你讓耶穌所代表的贖罪與寬恕的信息變了調。這真是荒唐而褻瀆神明，就和宣稱聖母瑪利亞並非處女產子沒有兩樣。」

歐司卡皺起眉頭，咕噥說：

「就我所知，至今還真沒人知道，究竟一名女子如何能夠只因為聖靈的關係而受孕！這聽起來還真像人工受孕。」

陪審官員一時語塞，隨後表示歐司卡在外頭有私生子，在這方面毫無疑問是比他更加清楚。

歐司卡開始按捺不住了，他向兩位同僚詢問這場談話的真正目的。究竟是要訓誡他，還是要對他處以比較具體的責罰，像是禁止他佈道、將他從教區召回，或是這類的其他處罰？

「這樣的處罰通通不會發生，別著急，」郭磊夫大人歎了一口氣：「這些問題的確太過敏感，但是在我看來，咱們似乎可以找到個折衷的解決方案。」

「親愛的歐司卡弟兄，我們建議你暫停在報章上刊登文章一陣子。」

「神職人員也是有言論自由的。」歐司卡強調。

「當然，」主教開心地說：「特別是說正確而有益處的話的自由，但是神職人員所傳遞的訊息必須絕對符合教會的教義規範，而不是無中生有。就宗教問題而言，不同的解釋是絕對不允許的。一定要遵守教條。在早期的基督教會裡已經……」

「在當時，隨便什麼人都可以胡說八道，而大家則在泥板上記下種種蠢話。」歐司卡辯解著。

「時代已經不同了，」陪審官員說：「而且《聖經》保留了神聖而真實的力量，任誰都無法否認。」

「這和你在《薩洛新聞報》上說的那些蠢話是兩回事。」郭磊夫大人說。

歐司卡牧師很樂意地承認這是兩回事，卻也沒準備要屈服在陪審官員及主教對他強加的寫作禁令之下。他說，他仍然不會改變自己的觀點，但是他也必須向他們提出一個建議：

「這個秋天我是可以暫時不寫文章，我有別的事要辦，沒空和你們僵持不下。我得讓我的小熊冬眠。」

陪審官員和主教紛紛鬆了一口氣，並且輪流又倒了點咖啡。

「要是我沒理解錯的話，你是真的打算要養這隻熊？」郭磊夫大人詢問，語氣已經因為先前對方的退讓而緩和許多。

歐司卡說自己已經習慣有這項生日禮物的作陪，並且無意殺害這隻小熊。他又說妻子一點也不喜歡這隻小熊，但是他已經為小熊找到一個避難處，讓一個成天以淚洗面的不幸寡婦照顧這隻小熊。

「倒是說來聽聽，這隻熊叫什麼名字？」主教微笑問著。

「貝爾柴。」

悠雷維大人覺得這個名字選得倒是不錯：「野獸總是多少有點與魔鬼無異。主教管區對這隻熊的小名倒沒什麼意見，對我們來說，這就像是把一個人叫做貝爾柴布特❺。」

❺Belzébuth，魔鬼的別稱。

7 拯救牧師人生的絨毛娃娃

歐司卡牧師已經習慣帶著貝爾柴上教堂，參加主持佈道以及包括洗禮、喪禮和婚禮在內的其他宗教儀式。起初，他會把小熊關在聖器室裡，但小熊一點也不喜歡被獨自隔離，他最後只好放小熊在教堂大殿自由活動，而小熊在那兒的舉止倒也莊重，恰如待在上帝的殿堂裡面該有的規矩。但是小熊好玩的天性，以及牠那無底洞一般的好奇心偶爾還是會浮現：牠會攀上管風琴的台子，甚至爬上佈道講壇，然後透過欄杆注視著聚集在牠腳底下的教區信眾。起初，音樂聲令牠感到驚恐，但牠很快便習慣於管風琴的強力回聲，並看似專心地聆聽著一首又一首的聖歌。牠似乎也準備好要隨時加入禮讚的行列，但是熊不會歌唱，所以這可由不得牠。

這隻可愛的淘氣小熊，很快地成了教區所有信眾最疼愛的寵物，沒有人認為這樣一隻野生動物出現在如此神聖的場所，對他們是種冒犯。相反地，這神聖之地每週日都聚集了忠實的信眾，他們莫不專心地觀看著貝爾柴的把戲；漸漸地，前來努門帕教堂的人數，是赫爾辛基教區其他任何一座教堂都比不上的。這一點也不讓人意外，因為小熊的表演讓人難以抗拒，有一點像是動物紀錄片，但是又比電視播出的影片更加生動自然。嚴格說來，牧師充滿怒火的演講內容也不錯。

在和主教那場有如試煉一般的談話之後，歐司卡決定要在他的佈道講稿裡頭加入更多的料。他是個老頑固：面對壓力時，他會不顧一切，宛如一輛以三倍速衝向城牆的馬車。

九月的一個週日，牧師因為仍在氣頭上，不顧一切地公開談論起自己的罪過。他聲稱自己對聖子、永遠的聖父，甚至於聖靈，失去了強烈的信念，過去從未如此。

「我深感罪孽深重，而更糟的是，我的求生意願和喜悅甚至已經和我的宗教信念一起消失了，我已然變成了一個在罪惡污泥裡打滾的無恥可憐蟲。」

牧師太太莎拉在第一排座位上如坐針氈。天哪！這傢伙的妄想症又發作了！牧師滔滔不絕地以這種風格佈道時，每一位信眾都是羞紅著臉仔細聽著，連貝爾柴也停止了玩耍。歐司卡擔心這會是他在教區裡的最後一場佈道。難道其他牧師從來都不曾在講壇上承認自己有罪？他倒是不記得自己曾經聽過這樣的佈道，但他剛剛卻這樣做了，而且音量之大也屬罕見。禮拜結束之後，牧師忐忑地等待著聽眾們的反應。他的職業生涯岌岌可危，或至少可能會被列入黑名單。此外，他已經傳教這麼久了，如今都已經五十開外，看看這傳教把他帶到什麼地方來了？這裡簡直讓人進退兩難。「我這幾十年來也大可以閉上嘴什麼都不說。」這年紀日漸老去的牧師心裡暗想著。

在教堂的出口，那些地位最重要的信眾紛紛前來與歐司卡牧師握手，並且為他那勇氣十足且感動人心的佈道致意。身兼教區議會主席的農業事務顧問卡庫里，帶著讚賞的神情說：

「你還真是真情流露！聽你這樣高談闊論人性的罪惡，我真是感動得都要哭了。幹得好，歐司卡，繼續保持！」

教堂唱詩班之友協會主席塔依娜喃喃說著：

「歐司卡，能夠像你這樣知道全力以赴，實在是上天的恩賜！」

在聖器室裡，助理女牧師莎莉．朗奇南也對牧師說，她要多多學習，希望自己的佈道也能和他一樣那麼鏗鏘有力。不知道他是否能夠給些父執輩的建議，讓她這個教會裡的年輕姐妹能夠有點收穫？

「好姐妹，一名牧師應當要在日常生活中找到佈道的題材。」歐司卡直接地回答。

這可真是值得人深思。莎莉．朗奇南心想自己該不會也要有點犯錯的想法：如此她就有點事可以在這個淚水深谷裡懺悔，而她的經驗也能夠拉起那些已然墮落的靈魂。同一時間，走入歧途的念頭也著實讓這年輕天真的助理女牧師感到心驚。不過，她有的是時間可以更晚一點再來體驗這條路——她最終乖乖地做出如此結論。

歐司卡牧師於是繼續在努門帕教區傳教。他一次又一次的佈道是那麼地讓人心神嚮往，而他的聽眾們總是聽得欲罷不能。歐司卡體認到即便是牧師，也能夠說出心裡話，只要有心即可；這遠遠不會削弱他所要傳遞的訊息的效力，相反地還能夠凝聚聽眾們的注意力。

不出幾週的時間，牧師佈道的內容已經傳進了悠雷維大人的耳朵裡了。「這驢脾氣的老頑固歐司卡，又犯了老毛病。虧他不久前才受到責罵，並且保證暫時不在媒體上發表那些沒意義的文章。聽說這下子卻在佈道講壇上發表這樣過分的言論，何況還是在每週日都擠滿了人的教堂。」主教大人決定親自前往努門帕去平息牧師的怒氣。此外，也可藉此良機下鄉走走，順便可以趕上獵鹿季節的開端。也許他還可以趕上一場圍獵行動？郭磊夫大人熱愛狩獵，特別喜歡獵殺鹿科動物。他撥了通電話給他的好友馬克西姆將軍。後者在努門帕有一棟別墅並且享有狩獵權。他安排好一切，讓自己能在獵鹿季節開跑的第一週便受邀參加狩獵。

歐司卡牧師在教區裡也已經注意到，隨著秋季的來臨，貝爾柴的食慾已經大幅增加了。牠已經可以一口氣吞食下最多兩公斤的次級熟香腸，接著在數個鐘頭之後再次索取食物。整個夏季，小熊已經長大許多，現在的身材已經和一隻大狗不相上下，牠的熊嘴也越來越嚇人。牠玩耍時不再像初夏時那般生龍活虎，反而像個食人怪那樣不斷進食，以準備冬眠。牧師太太抱怨著金額飛漲的食物帳單，以及她必須親自搬運的沉重儲糧袋子，連一個家中人口眾多的母親都沒有她這麼累。貝爾柴已經是他們夫妻間最常見的激烈爭吵來源，歐司卡發現，把小熊託付給寡婦賽咪妥善照料，才是上上之策。

牧師曾經致電給寇克亞薩里動物園以及亞塔里動物園，詢問他們是否能幫忙在冬季照料一隻教養良好的年幼公熊。這隻小熊因為吃得多，已經變得又大又肥，並且呵欠不斷。歐司卡不知道該拿他的寵物怎麼辦，他家沒有獸穴，更沒有母熊可以哄小熊入睡。

而那幾家動物園，早在春天的時候就已經不想收養貝爾柴了，如今更加不想收留牠。他們向歐司卡解釋，沒有一隻成年的熊會接納任何一隻陌生小熊出現在獸穴，而且被圈養的熊無論如何不會有太深的獸穴，很多熊甚至整個冬季都醒著，因為根本不可能保證讓牠們擁有絕對安靜以及不受打擾的環境。接到詢問電話的專家還聲稱，要解決問題的唯一方法就是在天冷之前殺掉小熊，或是試著幫牠挖個安靜而舒適的洞，讓牠好好冬眠。

「但是要怎樣才能讓牠入睡？」

「這就很難說了……您或許可以買個巨大的絨毛玩具熊，並訓練牠學會和絨毛熊一起睡覺。我們也沒有別的建議可以提供給您參考了，這種會冬眠的肉食動物在國內的研究並不算多。」

歐司卡最後致電烏魯（Oulu）大學附屬動物園，那邊的人建議他在一個與外界隔離的場所挖掘一個獸穴。動物行為專家索妮雅・薩馬立思托為他描述了野生熊選擇巢穴的一些習慣特點。歐司卡一一記下了這些意見。

剩下的，他只需要一個個打電話給赫爾辛基的玩具商店，因為他想要盡可能買到最大隻的絨毛玩具熊。結果，大家能夠輕易找到一堆小絨毛玩具熊，但似乎沒有人在販售成年大熊尺寸的絨毛玩具，連一隻也沒有。在「史托克曼百貨公司」的玩具部門，人家答覆他：

「等一下……您想要一隻高度約七十至一百公分，且身長約一百四十至兩百公分的絨毛熊，是嗎？這樣的玩具是要給誰玩啊？您的孩子們會不會有點長不大，牧師先生？」

「這並不好笑。」

「當然不好笑，請您原諒。」

「一隻擁有超過二十公分厚絨毛的成年尺寸玩具熊，你們會有這樣的東西嗎？」

似乎在百貨公司的儲藏間，確實有一隻尺寸符合要求的絨毛熊，在戰後被拿來當成耶誕節商品促銷櫥窗擺飾。但是這隻絨毛熊的毛皮比牧師所希望的要短些，而且也可能有些褪色，畢竟這隻絨毛熊也已經有幾十年的歷史了。

歐司卡牧師決定要立刻前往赫爾辛基，買下這隻全國最大隻的絨毛熊。牧師太太陪著他一起前往。她總是不輕易放棄任何一個機會，不僅要藉機去婦科診所問診，也要順便去首都逛一逛。歐司卡將汽車停放在火車站的停車場，接著這對夫婦便急忙趕往百貨公司。

「我可事先告訴你，」牧師太太說：「到了史托克曼，我只說瑞典語。」

「為什麼？可別告訴我，因為妳在教瑞典文，所以不能說芬蘭語。」

「在史托克曼說芬蘭話會被瞧不起，笨蛋。」

絨毛熊已經事先從儲藏室裡被挪了出來。然後在經過除塵之後，被送到位於百貨公司地下室的櫥窗設計師辦公室。交易協商準備在那兒進行。

「我們已經預備好以優惠價格廉讓給你們。你們覺得一萬馬克如何？」

「老天！」牧師太太歎息著：「這價格都可以買一架鋼琴了。」

百貨公司的代表特別強調這隻絨毛動物的頭和四肢都是活動的，就像模特兒模型那樣，可以任意調整姿勢。比方說，可以很容易地讓絨毛大熊躺下，以便小熊能夠鑽進大熊的腳掌之間，感受安全感。

「您在電話裡面說，是要給小熊當成代理媽媽。您不覺得這很像真熊嗎？」

「我可以付給您三千。牧師的薪水不多，而且養這隻小熊已經花我夠多錢了，自從天氣轉涼後，牠的食量就像個食人怪一樣。」

「熊這種動物還真是恐怖的貪吃鬼，」莎拉抱怨著：「但願牠快點去冬眠，我也能夠稍稍喘口氣。」

雙方最後就以三千馬克成交，史托克曼百貨堅持要和教會保持良好的關係。但不知牧師和牧師太太是自行開車來取貨，或是寧可將這隻代理母熊以托運的方式直接送到努門帕森林裡獸穴的門外？若是採取送貨，那麼費用將會多出兩千馬克，甚至更多，端看遠離產業道路的距離。

牧師說他沒有多餘的錢可以支付運費。他一把抓起絨毛大熊的肩部，決定要揹著走回火車站停車場。連包裝都不必了。店家則在大熊模型的一隻後腳上貼了張印有史托克曼百貨字樣的貼紙，以便歐司卡夫婦能夠順利將他們所購買的商品順利攜出店家。

「被迫買下這滿是灰塵的玩意兒，還真是生平的奇恥大辱。」牧師太太一走到門外的大馬路時，便用芬蘭語咕噥著。

這大熊模型還真是又大又沉，很難搬運。歐司卡牧師揹著它，讓它的一雙後腳在地磚上拖行著，一顆亂蓬蓬的熊頭阻礙著他辨識前進的方向。很顯然，想要安穩走在人行道上根本是不可能，他只能走在車道上。牧師感覺自己這樣揹著巨大絨毛玩具走在赫爾辛基市區裡實在很荒唐，但是又能怎麼辦呢？既然是個不甚富裕的神職人員，又是個動物之友，也只能夠咬緊牙關了。牧師太太拒絕提供任何協助，她走在人行道上，彷彿完全不認識丈夫，因為他看起來就是一副滑稽模樣，肩上扛著一個巨大絨毛熊，辛苦地走在孟納海姆（Mannerheim）大街上。

歐司卡牧師決定要沿著那條分開「索寇思百貨」以及中央郵局的馬路，走回停車處。依他之見，要到達目的地，最好的方式便是沿著電車軌道前進，因為他只看得見自己的腳，而他太太又不願意為他導航。起初，一切都很順利，但是一到郵局的前方，事情就不太妙了。

「噢，老天！這蠢蛋要被電車輾過了。」牧師太太莎拉大喊著。

一列三號線的電車從牧師後方的路口轉出來，在撞上牧師之前，電車司機根本沒看見牧師。於是，一陣可怕的聲響隨即傳出，若非歐司卡背上巨大的絨毛熊內部塞著鼓鼓的填充料，他這下必死無疑。歐司卡和那巨大的絨毛熊就這樣在電車前方滾動著，電車推著這一人一熊前進了約二十公尺才完全停下。被嚇壞了的司機立刻跳下車察看被撞的傢伙是否還活著。

「歐司卡，親愛的，告訴我你沒死。」牧師太太哭著搖晃她那昏厥過去了的丈夫。

牧師沒受到半點傷。是絨毛熊救了他一命。他抬頭望著天空，並感謝上帝；人總是在遭遇劫難之後，才又想起神明。面對死亡時，牧師內心的信仰畢竟還是夠堅定，才足以凌駕一切。

絨毛玩具熊的一隻後腿裂開了，而屁股部位則沾滿了塵土。圍觀看熱鬧的人群開始聚攏，遠方也傳來了救護車的警笛聲。不需要了，歐司卡有氣無力地說著，而莎拉也依他了。在旁人的幫忙下，絨毛熊再次上了牧師的背，讓他能夠小跑步奔向汽車。幾名路人過來幫了牧師大忙，就連莎拉也抬起了絨毛熊的一隻腳。到了停車場，他們將絨毛大熊塞進了汽車後座。空間不大不小剛好足夠讓絨毛熊以坐姿安置在後座。牧師關好車門便上路返回努門帕。在他的背後，安坐著一隻神情愉悅的絨毛大熊；在前座的歐司卡夫婦神情則略顯不快。

8 主教殺了駝鹿，牧師差點殺了主教

這天是個很平常的週三。早上九點鐘，歐司卡牧師便宣布召開教區人事的例行週會。出席的人包括助理女牧師莎莉·朗奇南以及禮拜堂長老泰穆·明基男。這位禮拜堂長老四十多歲，過去是個嬉皮，年輕時沉溺毒品，因此儘管擁有音樂天賦，卻落得在這遺世獨立之地當個唱詩班的頭目。另外還有教會慈善團團員海爾蜜，是一名上了年紀的和藹女士；以及青年活動負責人卡塔瑞娜，她一上任，便想要在教堂裡面積極策劃黑人福音音樂會。牧師則回應說，倘若唱詩還不夠，何不乾脆在祭壇四周部署海地巫毒儀式。

會議期間，大家重新檢視一遍未來兩週每個人要負責的工作。大家很快瀏覽了沃梅特工廠挖土機的說明書，而且一致同意，讓挖掘墓穴的工作機械化是個非常好的想法，何況教區裡高齡人口死亡率上升，對於老邁的掘墓工人來說，真是個沉重的負擔。青年活動負責人報告提到，沒有任何一個參加按手禮的人在宗教入門課程階段被抓到擁有毒品，這很令人滿意。

會議之後，歐司卡牧師便準備著牧師顧問大會的議程。接著他便跑至靜修室去進行每日的祈禱。有時候，歐司卡會靜下心來試圖預測出他接下來將依序為哪些老人舉行葬禮。教士們總是很快就學會嗅出死亡的味道；而歐司卡對於這方面的診斷很少出錯。他比醫學中心的團隊更具備判斷死亡順序的才能，只有所悠能醫師比他高竿。但是後者可是研究死亡的專業人士。

在下午的時候，歐司卡也主持了另外一場過去教友的談話聚會，這場聚會只限定男性參加，他在會中談到了「在知識老化中，種種男性與女性的顯現」，與會者都針對這個主題發表了許多有趣的觀點，而其中絕大部分都是令人感到難以置信的嚴重貶低女性的言辭。一整天就這樣結束了。

在這段期間，郭磊夫大人搭了公務車，在前來努門帕的路上，他的目的地是少將馬克西姆的別墅，他在那兒將換上獵裝，並在別墅大廳裡津津有味吃著豐盛的運動員早餐，所有的餐點全都佈置在一截松樹原木製成的桌上。隨後，在清理過武器之後，便出發前往森林。主教親身體驗了站在努門帕東側山腳下準備出發狩獵的珍貴機會。將軍和所有賓客能夠狩獵的駝鹿額度是三頭，他們決定要在這一整天的狩獵中，試著捕獵到一頭成鹿和一頭幼鹿。

郭磊夫大人站在覆著苔蘚的巨大石塊的陰影底下，望著在他眼前攤開來的一小塊農地，農地四周則疏落種植著樺樹，右手邊則是一座岩石裸露的小山丘。更遠一點的地方，有一面小池塘，平靜的池水閃閃發亮著。根據經驗，駝鹿總是會從池塘和山丘之間經過，這個地點是最理想的殺戮戰場。

在秋日有雲朵遮蔽的天空下，靜謐的原野看在眼裡是種享受，樺樹的葉子都還沒發黃，但是只要夜裡一開始結霜，所有的葉子就會立刻轉紅。

主教就這樣無聲無息站在原野之中，他感到內心澎湃：多美麗的原野啊！人家說森林是芬蘭的神殿，這話真是一點也不錯。在此地，人就像是和原野的無限寂靜融為一體，各種思緒自由自在奔跑著，而人的靈魂則以神聖的活力跳動著。

兩隻烏鴉從原野上方飛過。主教露出一絲不悅，這該死的飛禽竟敢來到上帝的聖殿放肆？他倒是很想把這兩隻烏鴉擊落，但是不可能。首先，用來狩獵大型獵物的獵槍不容易擊中這麼小隻的烏鴉；其次，他們來此地是要獵鹿，任何的槍砲聲都可能嚇跑他們要獵殺的走獸。再說，也是上帝創造了烏鴉，或者更確切地說，透過演化的手段創造了讓烏鴉出現的條件。而這一切不管怎麼說都是由天地造物主一手主導的，因此在主教眼中，認定此時此刻造物主的舉動是正開始或是已結束，這都不重要，因為事實上這是一個沒有間斷的行進過程。人只是看不見這樣的過程，因為在永恆底下的演化總是一點一滴前進著。「上帝的磨坊緩慢地運作著。」古老的格言都是這樣說的，郭磊夫大人內心思忖著。

他的背脊感到一陣涼，也該是駝鹿出現在森林邊緣的時候了，他也可以開槍了。少將馬克西姆手下那些負責驅趕獵物的人，是否找到了動物，並成功讓這些動物都奔跑起來了呢？主教會認識這名小他十歲的軍官，完全是因為一場軍事訓練，雖是臨時舉辦的，卻讓他們心靈滋潤不少。他們一起狩獵很多年了，常常都是和那一群名人一起，也經常有機會異業合作。教會和軍隊的關係，比起一般大眾所想像的還要親近；在戰爭期間，心靈的撫慰是基本的。大家向來都不夠重視神職人員對軍隊的重要性，特別是在他們為所有傷兵嚥下最後一口氣之前的祝禱。更不用提死亡將士英雄們回到出生地的葬禮。除了牧師們，還有誰會來一一為他們驗明正身呢？必要時，神職人員也是會拿起槍來的。因此，軍刀和聖水刷，都是為相同理由而提供服務的，為家庭以及祖國服務。主教心想，也別忘記，全能的主也是個易怒又愛報復的神，甚至是個戰神。咱們的上帝是一堵城牆，是件無法攻克的甲冑。

但這些再明顯不過的事實，都已經隨著六〇、七〇年代的逝去而遭人遺忘。幸好，指鹿為馬的年代早已過去，現在貓又是貓了。許多過去對史達林忠貞的黨人紛紛向主教懺悔，表示過去他們對上帝的詛咒是無用的。這曾經是種流行，他們都是受到蠱惑。重要的是，他們都懺悔了，郭磊夫大人為這些迷途知返的人都施洗了，他畢竟不是一個會記恨的人。

少將馬克西姆有一天也帶著滿口酒氣向他懺悔。那是在一次狩獵結束後，這位少將對他說了一些事，然後就突然喉頭一緊，眼眶泛著少見的淚水。在諸多令這位軍官悔恨的事件裡，主教得知少將馬克西姆竟和牧師太太莎拉有一腿，而且兩人還打得火熱。

這會是真的嗎？一般說來，牧師太太應該不會有外遇，但是，倘若對象是個將軍，也許外遇的機會還是有的。

郭磊夫這時一想起歐司卡牧師這個人，大自然的魅力一下子就碎裂了。這男子真是個災害，讓人不意外他的妻子偶爾會想要去看看別的地方。說到底，這對牧師來說也是好事一樁，他真應該設法讓牧師知道這件事才對——但即便他是個主教，也不能背叛告解者的祕密。

在他詛咒歐司卡的同時，聽見了從原野另外一側的樺樹林傳來了聲響，是踩踏枯枝的聲音。一頭體型龐大的母駝鹿快步下山，停在森林邊緣，用目光掃視四周，然後繼續快步穿過林間的空地。

郭磊夫大人的槍聲響了，林邊的母鹿應聲跪倒，回頭望著主教，接著翻倒在地，四隻腳在空中掙扎著，就這麼魂魄歸天了。郭磊夫隨即又開了兩槍作為信號：這場狩獵真是成果豐碩啊。

晚間，主教和少將前來敲了牧師宿舍的門，詢問歐司卡牧師是否在家。他們已經洗去手上的鮮血，也換掉了身上的服裝。牧師太太莎拉邀請這兩人進入屋內，並建議給他們倒杯咖啡或是來一杯烈酒，以慶祝他們獵鹿的大豐收，但是因為宿舍主人不在家，所以郭磊夫和馬克西姆都不願久留。

「歐司卡肯定是在瑞基太瓦進行訓練，他經常在夜間去那兒投擲標槍。」

主教和將軍便前往瑞基太瓦。當他們按照牧師太太的指示來到農莊時，天色才開始要變黑。當地居民告訴他們，歐司卡在庭院的水井裡，但是為了避免危險，最好不要靠近。不過，郭磊夫大人卻不覺得有什麼危險可以阻止他朝井裡瞧一眼。於是他踏步走進庭院，並朝水井口大喊：

「歐司卡，你在裡頭做什麼?快上來，我親愛的弟兄！」

水井深處突然冒出一根標槍，頂端還冒著仙女棒火花形成的光圈。標槍的尖頭迎著主教的胸部撞上來。在一道暗沉的聲響中，鐵製的槍頭從右側鎖骨下方刺入，穿透肌肉，卡在肩胛骨。郭磊夫大人身上在中了標槍後，隨即翻倒在地面，就像在日間被他以獵槍子彈射穿的那頭母鹿，他的雙腳也在空中狂亂抖動著。仙女棒將他的襯衫下襬燒掉了一截，並將肚臍周遭都燻黑了。

這真是一樁慘劇。少將馬克西姆立即用手機緊急撥了電話給所悠能醫師。醫生承諾，一定會像箭一樣抵達瑞基太瓦，並且再三叮囑，在他察看傷患之前，千萬不要魯莽嘗試拔出標槍。後來，所悠能醫師只花十五分鐘不到，便抵達瑞基太瓦的這座水井。這樣的狀況令他聯想起另外一個案件，是好多年前的案件：那是在一場牌局裡發生的事，名聞全拉普蘭地區的樵夫那堤于西在頭上挨了一斧頭。因為斧頭砍進頭顱深處，而凱米亞爾維（Kemijärvi）的醫生不敢輕舉妄動，便下令將傷患送往烏魯動手術。但是在啟程轉院之前，那堤于西堅持要醫生至少幫他把斧頭的手把鋸掉，這樣他才能夠把皮帽套在頭頂。當時的氣溫是零下四十度，而傷者必須躺在卡車後方的平台，運送至大醫院。

這一次，所悠能醫師剪斷了標槍的槍身，接著眾人合力將主教抬上剛剛抵達的救護車，隨即將主教送往努門帕醫學中心。稍後大家才想起了歐司卡還被遺忘在井底。少將馬克西姆則建議把牧師留在井底幾天，讓他學個教訓，或至少讓他在那兒待到清晨。刺傷一名尊貴的教士，這可是個很嚴重的行為，足以招致懲罰。

但是當地居民隨即幫助牧師爬出水井，而牧師也急忙趕往醫院去探望主教。

9 準備冬眠

在努門帕醫學中心的診療處，所悠能醫師從郭磊夫大人的胸部取出了標槍頭，而這名傷患則疼痛得不斷呻吟。歐司卡則站在手術台的尾端，專心觀察著他的行為所帶來的後果。

「這傷口相當深，而且有點意思。」所悠能一面探索著標槍所造成的傷口，一面咕噥著。

「若沒有肩胛骨擋著，標槍是否會穿透呢？」歐司卡好奇詢問著。

「這裡不需要你和你那些問題，歐司卡。」主教怒斥著。

「我是來探望你，並祈求你原諒的。一切都是我的錯，我應該吩咐個人站在井邊的小路上，阻止任何人像你那樣朝井口探出頭。沒有人警告過你嗎？」

主教不想繼續這個話題，而所悠能醫師也表示需要清場，以便治療傷患。歐司卡牧師於是又說了幾句安慰的話，然後退出診療處。但是他隨即又走回來，並問郭磊夫：

「這樁意外是不是要報警，並且做筆錄？」

主教大喊著沒得商量，他得儘快永遠忘卻這樁災難事件，阿們，接著便把牧師趕出去。

郭磊夫大人次日早晨便被轉院至赫爾辛基的慈善醫院，以便讓標槍所造成的傷口好好癒合。根據醫師們的診斷，他有好長一段時間將無法再去獵鹿，甚至連其他較小的獵物都不行，因為他的傷口就在鎖骨下方，正好是獵槍在擊發時，槍托後退時會撞擊的位置。但是院方向他保證，他半個月內就可以重返工作崗位，繼續領導教區事務。官方的公告會說，主教在打獵時因為絆到地上的木樁，不小心摔倒，肩膀受了輕傷。大家在評估醫院檔案以及教會檔案時，會認為這個謊言也不是什麼漫天大謊，在上帝的眼裡甚至不值得降罪。

歐司卡牧師繼續正常地傳教，至少表面上是如此，因為他預期主教教區那兒會有些反應。既然什麼都沒發生，他便平靜地重拾原本的消遣。除了垂直投射標槍之外，他也重新對年少時學習過的天文學感興趣。他對上帝的信仰越少，就對宇宙以及可能居住在外太空各種會思考的生物越感興趣。在得知「何瑞卡科技研究院」將舉行一場關於外星人智慧的國際研討會之後，牧師便前去聽演講，並且查閱許多現場提供的厚實資料。他也得知人類透過無線電望遠鏡監聽宇宙音頻訊號，已經有超過二十年的歷史；嚴謹的科學家們雖然早已認定人類可能並非宇宙唯一的高智慧生物，而歐司卡牧師也絕非不認同他們的觀點。倘若上帝創造了人類、動物、植物以及地球上其他的一切，為什麼祂不會在宇宙其他地方也創造生命呢，永恆統治著所有的太陽系以及銀河系，而不是只有這一小塊天地？

在鑽研天文知識的同時，歐司卡開始計畫為小熊挖洞。他打了電話給許多位專家，並且埋首在芬蘭出版的關於肉食野生動物的各種書籍，這些書的數量還真是不少。他甚至買了一本非常棒的書，附有許多圖片，書名是《棕熊》，裡頭的文章由熊類專家艾瑞克・S・尼宏（Erik S. Nyholm）執筆，搭配上動物攝影師愛洛・凱米拉（Ero Kemilä）的照片。此外，烏魯大學的動物行為專家索妮雅，她很慷慨地提供了許多建議，而寇克亞薩里動物園以及亞塔里動物園，也都提供了寶貴的意見。

歐司卡一開始打算在牧師宿舍的庭園裡挖洞，但是等他一把計畫告訴了牧師太太，她立刻大怒。

「你瘋了嗎？在我們房屋的台階底下挖洞！你不知道春天時可能會出現什麼樣的猛獸！冬天期間，這隻熊會在牠的洞裡長大許多，除了睡就是放屁，其他什麼事也不做，等春天一到，因為肚子餓了，牠第一件事就是把我們給宰來吃了。」

歐司卡只能耐心向她解釋，一隻熊在冬眠期間不會長大多少的，而且冬眠也不會增加牠的攻擊性，兩者一點關聯也沒有。

「那你把貝爾柴帶去賽咪的農場，你在那邊愛挖幾個洞，就挖幾個洞，反正我不想在牧師宿舍看見熊。你順便把這個卡灰塵的熊窩也帶走。」牧師太太一面說，一面指著歐司卡放在宿舍會客室裡的那隻大絨毛熊。那隻絨毛熊靠著牆，表情有點可笑。

賽咪很樂意讓牧師在她的農場挖熊洞。於是歐司卡買來了製圖用的方格紙、一把尺以及一支墨水筆。然後在他的書桌上開始畫起圖來。他決定用未經處理的半吋木板製作熊洞的骨架，然後鋪上十公分厚的玻璃棉作為保溫材料——當然，得使用名牌貨。至於土地面積，牧師估計大約十來平方公尺就足夠了；在野外，熊洞都小得多，但是在目前的狀況下，這個熊洞不僅要能容納貝爾柴，還有來自史托克曼百貨公司櫥窗的絨毛熊，並且要能容納一個人，以防萬一必須有人哄小熊睡覺。熊洞最好是蛋形的，以便把大絨毛熊塞到最深處，讓貝爾柴能夠窩在大絨毛熊的懷裡；同時要在比較寬敞的側邊擺上一張厚的海綿床墊，讓人可以睡在上頭並隨時留意小熊。至於讓人可以用爬姿進入的熊洞開口，則在另外一邊；而洞內的高度，在小熊睡覺的那端是七十公分，另外一端則有一公尺。

動物行為專家索妮雅從烏魯大學來電向牧師提議合作。她聽說牧師打算為自己豢養的小熊搭建一個熊洞，所以趕緊來表明自己也想要同時研究小熊的冬眠以及其器官的反應。大學方面預備分攤建造熊洞的費用，並提供一切必要的熊類生物學資訊。索妮雅事實上正在準備撰寫一份關於北歐肉食哺乳動物之冬眠的研究論文，而眼前正是一個天上掉下來的機會，讓她能夠從歐司卡牧師的小熊身上獲得冬眠的實驗數據。

熊洞內的溫度必須保持穩定。他們將透過安置在小熊身上的數個記錄器來觀察小熊的器官運作情況；所有的數據也都會被記錄在磁碟裡，以便稍後進行分析。

好極了！這計畫就這樣有了科學支援，而歐司卡也不必擔心他的小熊和熊洞又會成為所有人嘲笑的目標。他告訴了妻子烏魯大學的提議。

「看得出來，在這個國家裡，瘋子到處都是，連學術圈也不例外。」她說。

歐司卡打電話到地區的營建局去詢問是否要申請許可，才能夠進行這類的營建計畫。營建局的主任，顧問工程師塔維・索依能立即表示對這計畫感興趣，並且想看看設計圖。

等他一看見設計圖，便立刻和牧師討論起工程細節。

「依我看，熊洞的溫度和一間保溫效果好的屋子差不多。」塔維說：「我建議在屋頂骨架上鋪上二十公分厚的名牌玻璃棉，當然還要加一層塑膠片擋風。最外層的部分，最好的方式也許就是簡單覆上塗了瀝青的紙板，除非你比較喜歡鐵皮。鍍鋅或是包覆塑料的鐵皮當然是比較耐用，但是這樣的蛋形構造，有點像雪屋，比較難搭建，得要老經驗的屋頂師傅才行。再說，秋季的雨水可能會強力擊打在鐵皮上，讓貝爾柴不得安睡。」

「要是用木板呢？」歐司卡牧師問。

「防火法令嚴明禁止使用木材來作為住宅的屋頂最外層建料，就算是給動物住的也一樣，因為還要拉電線。」

歐司卡肯定地回應，熊洞裡會有電源，沒有人會想要待在全黑的環境裡，特別是哄小熊入睡恐怕要花上好幾週的時間。沒有書本作陪，時間會顯得特別長。而貝爾柴的冬眠科學研究也需要電。

「你也打算接水管嗎？」

「可以的話就太好了，這樣至少可以用水龍頭來洗手或解渴。不必外出找水，以免吵醒小熊。」

顧問工程師塔維另外又建議牧師，在熊洞裡供人休息的地方，可以規劃一處專放小型空調的地方，他的表弟就在葡萄牙和別人合資買了一台。

「這種小型空調非常安靜，而且不貴。」他說。他去表弟家度了一週的假期，完全沒有感受到熱浪。若有需要的話，空調機還可以反過來替熊洞增溫。

想當然，牧師也要在熊洞裡安置一台空調，以便讓可能封閉在洞裡的氣味獲得疏散。

「好，我要在設計圖裡增加安裝空調的必要空間以及通氣口。還可以在同一條管線裡安裝潛望鏡。你覺得如何，牧師？」

這點子不錯，當哄小熊睡覺的人躺在床墊上時，可以在必要時透過潛望鏡觀察外頭的動靜，而不必全副武裝來到冷颼颼的戶外。某種程度而言，熊洞就像一艘潛艇，在夢之國度載浮載沉，沒有任何對外窗與周遭的世界有所聯繫。

「電話？無線電收音機？」

「當然，但是要加裝耳機，以免電話鈴聲和電台的音樂聲打擾了小熊的睡眠。」

傳真機可能會派上用場。烏魯大學的動物行為專家索妮雅之前有告訴他，工作上會需要使用傳真機，這樣人家就可以透過電話網路和熊洞取得聯繫。

塔維也提議在設計圖裡，人的停留區域可以再增加一個凹槽，然後在那兒放一台小冰箱，這樣可以視需求擺些啤酒或是輕食。而且，或許還可以考慮安裝個壁爐或是加熱台？哄貝爾柴入睡，並觀察牠的睡眠恐怕要花很多時間，而人總是需要吃點熱的，我們又不像熊只需要在睡眠期間放放屁就好了。

「我會買一台微波爐，乾淨又不吵的。」歐司卡牧師決定。

顧問工程師承諾會把設計圖修改完善，然後送去營建局的許可委員會。

「其實，這麼小的建築面積不需要申請許可，但是委員會的意見很有用。另外，也該給這熊洞一個名目，因為營建法規裡面並沒有涵蓋熊洞。」

「你認為獸欄如何？」牧師在面對此一官僚問題時，提出這樣的建議。塔維贊同這個名目，並表示自己非常榮幸，可以成為世界上第一位頒發熊洞營建許可的顧問工程師。

「最後你只需要去滑雪場借來造雪機，在熊洞屋頂撒雪，讓它看起來又自然又有魅力。」

10 建造熊洞

貝爾柴一面張著嘴打呵欠，一面看著標槍手馬克拉在為熊洞釘牢那些半吋厚的木板。小熊懂的事不多，也對眼前的事不感興趣，但是牠很高興能夠在場，能夠成為整個行動的中心，和牠作伴的還有歐司卡牧師以及顧問工程師塔維。寡婦賽咪則定時為牠送來餐點充飢，通常是醃製的豬腰肉或是熟香腸，有時候還會有加了蜂蜜調味的甜麵包湯。飯後，小熊的雙眼便逕自瞇上了。

已經是十月了，起了陣寒冷的薄霧。馬克拉的標槍投擲成績已經推進到井外十六公尺四七的高度，許多熱心的支持者也紛紛加入這個新興的運動項目。他們成立了一個新的運動協會——努門帕垂直投擲射手聯盟，而且很快得到當地獅子會的支持。獅子會資助該協會購買專用的運動衫，這特殊的運動衫在投擲標槍那一手的手肘位置還多加了襯墊，同時在運動衫的背部繡上了下列字樣：

用我們的標槍
射得更高
努門帕
垂直投擲射手聯盟

「貝爾柴將會有個完美無缺的漂亮熊洞。」馬克拉道賀著，同時對自己的作品感到自豪。

「這真是個好點子，」他繼續若有所思地說：「要是所有人也都冬眠，我們這些農夫就多出許多時間了。只是，也要只支付夏季電視的收視費用，因為有誰睡覺時還收看電視呢？而且報紙也只需要在夏季訂閱即可。」

「所有的死者都在五月下葬，順便舉行按手禮。然後再也沒有耶誕節彌撒。」

顧問工程師剛剛帶了一大捲已經塗上瀝青的紙板來到熊洞工地，他說：

「在這建築物裡冬眠一下只有好處，特別是在我們這樣的氣候裡。尤其，混凝土的灌模以及管線的安裝，都要在結冰期以外才會比較容易。」

賽咪也覺得用睡覺來過冬好像也不錯：

「這樣就不必鏟雪，也不必為耶誕節製作糕點，反正一個孤獨的可憐寡婦也可以不慶祝耶穌誕生。只是得要在秋季的時候，徹底打掃屋子，洗淨所有的床單和地毯，才不必在春天一醒來就必須忙著把一切刷洗得亮晶晶。」

「整體說來，全國的經濟都會因為冬眠而受惠。」顧問工程師塔維說：「比如，所有的服務都能夠暫停，只留下加工業繼續運作，這都多虧了還醒著的外籍勞工，而出口業當然也還是賺得一樣多，不分夏冬。現在，那些失業的人總是一年到頭在轉手指，否則沒別的事做，但要是我們公布全國冬眠的話，這些人失業的時間就會大幅減少，只剩夏天失業。這樣一來，國家預算就會節省許多，特別是現在經濟又不景氣。」他做出如此結論後，便開始將塗了瀝青的紙板釘在木板溝槽以及屋頂搭接片上。

就在熊洞幾乎完工時，烏魯大學的動物行為專家索妮雅也抵達了，她混亂的行李裡包括了電腦數台、一堆書、數捆纜繩以及記錄器。這位科學家是位迷人的女士，身材非常豐滿，年紀還不滿四十歲，一口北方腔調。她搭計程車前來，並在工地卸下行李，然後詢問她是否能夠在農場住下，至少暫住幾週，讓她的研究能夠步上正軌。

「這是貝爾柴，對嗎？真可愛！我的小可愛，我們要在你的全身上下接一些線，試著瞭解你在漫長的冬夜都在想些什麼，都做些什麼夢，又或者你在睡覺時只會進行一些潛意識活動。」

貝爾柴前來蹭著索妮雅圓滾的大腿。歐司卡牧師望著女科學家的裙下風光，幻想著自己會很樂意把小熊從她的雙腿支開，並取代小熊磨蹭女科學家。

為了慶祝完成熊洞最後一根梁柱，牧師唸了一些祝禱經文，顧問工程師則如同往常類似的狀況，向工人們致謝，而此刻除了標槍射手馬克拉之外，也只不過有兩名工人。寡婦賽咪早就煮好了豆子湯，而大夥如同往常灌了好幾瓶啤酒。小熊這時在草地上打起了呵欠，牠變得比較胖一些了，也開始有年輕公熊的模樣。

儘管歐司卡邀請了妻子前來參觀搭建在農場上的熊洞，但她並未現身。

「可別算我一份，我對熊洞一點也沒有興趣。老實說，我已經開始受夠了所有這一切和熊有關的事，光是看見貝爾柴，就夠讓我火大。」

牧師對她說，她還真是有一副鐵石心腸呢。

「或許吧。要對全區的人解釋自己丈夫那一堆古怪行為，這的確是會讓一個女人變得鐵石心腸。」

牧師聽了反而很火大，她有什麼好向別人解釋的？

牧師太太莎拉提醒丈夫，在他諸多怪異的行為中，還包括不久前才用標槍刺傷了主教。

「我有時候在想，要是你也冬眠的話，人生應該會平靜許多。」

嗯，聽起來不錯。牧師覺得這點子不壞。他稍稍幻想了一下索妮雅那豐滿的外型。他正好可以利用自己的寒假，和這位動物行為專家一起待在熊洞裡。反正在洞裡還有一張又大又厚實供人休憩的床墊。

回到賽咪的農場後，牧師便繼續把屋頂上塗了瀝青的紙板一一用鐵釘固定好。索妮雅則把電腦搬進熊洞，而她的書籍和其他材料也都安置好了。

在數人通力合作之下，他們將那隻從史托克曼百貨買來的老舊絨毛熊也搬進了熊洞。他們先將絨毛熊的機械關節彎折，讓絨毛熊能夠以臥姿塞進最深處的角落，然後再把貝爾柴推進絨毛熊的懷裡。小熊因為太想睡了，所以沒怎麼反抗，但牠還是覺得這個地方很怪。大家此時就任由牠靜靜地探索這個新住所，畢竟收尾的工程還在進行著！一名電線師傅前來配置電線，而水管工人來接通自來水；索妮雅則從行李箱裡拿出一台傳真機。他們安裝了一條電話線，連結上一台數位式的電話機。所有的帳單，包括月租費以及通話費都根據牧師的指示直接寄往教區的行政部門。最後，他們安裝了空調，索妮雅希望這台機器能夠盡可能讓熊洞裡的空氣環境保持穩定，以便她那些靈敏的測量機器能夠正常運作。

終於，在十月中的時候，熊洞一切都準備妥當了。由於雪花只下了兩三朵，他們便去威堤（Vihti）滑雪場借來了造雪機，以便將熊洞建築外觀覆上五十公分厚的積雪。寡婦賽咪第一天整夜哄著小熊入睡。在早晨走出熊洞時，她說貝爾柴一開始有點焦慮，顯然是對於新住所感到困惑，但是很快就不敵睡意，並且睡得很沉。索妮雅刮除了小熊前胸和額頭的毛髮，貼上了不同的記錄器以收集科學數據，並將電腦以及空調都調整好。接著拉上區隔熊洞深處和研究室的簾幕。隨後，這個動物行為專家便坐在床墊上，翻閱著她帶來的一疊女性雜誌。他們先前已經約定好了，牧師負責在下午來監控貝爾柴開始進入冬眠的狀況，賽咪則承諾夜間要再來陪伴貝爾柴。

歐司卡牧師利用小熊開始睡眠的這一週，準備著關於〈馬太福音〉的佈道工作，那是第十四章第二十二及二十三句。其時耶穌在水上步行。相同的神奇能力也已經賜予彼得，但是彼得內心仍有疑慮，便掉進河水中；耶穌於是幫助他浮出水面，並爬上他的小船。

歐司卡在熊洞裡陷入沉思，默唸著他的佈道內容，思考著《聖經》裡頭的相關章節，並且回想著註釋《聖經》的那些相關文章。通常，他不會花這麼多時間來準備佈道，但是偶爾像這樣細心準備工作又能溫習年少時做過的功課，也挺好的。在教會佈道總是要遵守種種規定，即便是一個經驗豐富的牧師長，如果能夠偶爾深入剖析事情，也絕非無用。而正當他躺在貝爾柴的熊洞裡，聽著空調發出微弱的低鳴的同時，他的思慮卻已經自行飄向種種的宗教問題，就像以前他還只是個滿腔宗教熱血的代理牧師那樣。

牧師就這麼思索著護道論的目的。其實，「護道」的本意就是「辯護」，而護道論就是神學的一個分支，其主旨在於找出能夠辯護真實基督教義的言論。其他領域的科學家往往抱持懷疑論，為懷疑而懷疑，他們絕大部分既犬儒且吹毛求疵，常常沒有什麼宗教信仰。

歐司卡過去曾為了博士論文蒐集了大量的匿名科學家發表的言辭，但是此刻在熊洞的寂靜之中，他開始覺得護道論，或者至少護道，實在沒有什麼意義。當你自己內心的信仰開始在消逝，那麼為《聖經》的科學性來辯護又有什麼意義呢？

小熊似乎睡了。牠的呼吸緩慢而規律。索妮雅對於小熊冬眠的研究有了好的開始。據她所說，若能找出造成熊類需要如此長期冬眠的明確原因，可是一項了不起的科學發現。比如，未來或許可以使用延長睡眠療法來戒酒癮，甚至用來治療肥胖，以及許許多多的生理疾病，當然前提是必須為人類複製出伴隨熊類冬眠的睡眠環境。對於瘋子和窮人，冬季的長時間休息，在冬天這讓人感到沉重的無盡黑夜裡，也是個受歡迎的紓解之道。

但是這場佈道還不能休息。在入睡之前，歐司卡牧師模糊地想著，倘若耶穌是芬蘭人，行走在水面上應該不會是種不得了的奇蹟，至少在冬天是如此。這無關對宗教的狂熱程度，只和冰層的厚度有關。

11 積雪下的虔誠生活

歐司卡牧師開始覺得貝爾柴的熊洞像自家一樣。這地方安靜又舒適，他在洞裡有時間可以思考，可以遠離妻子那些刻薄的批評，以及來自教區的種種急事。在洞裡的人類休息區，飄散著索妮雅的香水味，而且歐司卡越來越常趁她還在洞裡閱讀女性雜誌時也爬進去。然而，一名牧師在熊洞裡總是受歡迎的：這位動物行為專家會在自己身旁挪出一點空間給他。他們低聲交談著，以免吵醒貝爾柴。牧師還讓手停留在索妮雅的腰際，動作看起來非常自然。

女科學家對牧師提出了許多關於宗教信仰的問題，而後者因為是專業人士，便很樂意談論著上帝、《聖經》、耶穌基督以及聖靈，總之就是一切他已經不再相信但是一直佔據其工作核心的事物。就一名科學家而言，索妮雅相當迷信，甚至有點幼稚，舉凡車站裡所賣的言情小說、八卦雜誌、占星以及其他各種廢話，她都感興趣。然而，她的人生是那麼健康而充實，實際上她一點也不蠢笨，只不過她天性單純過了頭。歐司卡牧師為她講述了《聖經》裡的各個故事，並且教導她聖人們的事蹟。開心的時光總是過得飛快。和索妮雅這樣接觸，歐司卡感覺自己變年輕了。有時候，他真懷疑自己是不是臨老入花叢，但是又很開心地確認狀況就是如此。

就這樣，在熊洞裡，索妮雅和歐司卡之間發生的關係已經不僅僅是精神上的，而是更加世俗的關係，套句牧師的可愛說法，是肉體上的友誼。他時常徹夜待在洞裡，陪伴這位年輕女子，期間只是打了通簡短的電話，告訴妻子說小熊病了，而他得日夜照顧牠。他甚至通知祕書，讓所有找他的電話都直接轉來熊洞裡。

而賽咪則為牧師和女專家煮了營養又美味的蔬菜燉鹿肉，順便也接手照看著貝爾柴的睡眠。每當她進到洞裡的時候，牧師就不見人影，大概是去處理行政庶務，或是在教區奔走主持各地慈善團體的祈福會。但是只要到了索妮雅要去監控電腦的時刻，歐司卡牧師就會迅速簡短用「阿們」來結束手邊的神職工作，並且宛如飛箭一樣奔回熊洞去會情婦。

秋天和距離耶誕節還有四週的將臨期，就這樣無聲息地流逝了，但是在耶誕節時，所有的事情對於歐司卡而言又變得複雜。索妮雅返回烏魯去過節。牧師一下子對貝爾柴的熊洞興趣全失。賽咪只好獨自睡在洞裡陪伴小熊，以免小熊醒來破壞所有的測量設備並逃之夭夭。事實上，曾經發生過有隻熊在隆冬之際，從冬眠中醒來，不知道為了什麼原因，竟然跑到冰天雪地裡。那隻熊當時反應很遲鈍，卻又特別暴躁而沒有方向感，竟然就在森林裡迷路了，這麼一隻森林裡的王者竟然找不到回家的路。

牧師本身在這個季節有各種的神職義務。他得要奔走在一場接一場的祈福會議，探視教區裡的教友，草擬耶誕節的佈道內容，並且還要多少準備一下慶祝這個家庭盛會。家庭盛會嗎？牧師太太莎拉可不覺得這有什麼必要。她肯定從來不明白耶穌誕生的深層意義。當然，她一向會出席耶誕禮拜，但總是面帶慍色，彷彿受到了什麼不適當的責罰。她丈夫的回聲在這座不怎麼溫暖的老教堂裡，一點也無法喚醒她的熱忱；坐在她身後的農人們散發著陣陣菸草味、機油味以及豬油味，這些似乎也令這位瑞典文教師的靈魂難以感到歡欣。

少將馬克西姆因為得回家盡義務，因此無法在耶誕節前來努門帕。若是他前來的話，肯定是神采飛揚，站在一架由兩匹白馬拖曳的雪車前座，朝馬臀上揮鞭，讓雪車行駛在小鎮積雪的街道上。可惜，又一次，牧師太太得從教堂搭著她那平凡牧師先生的日本車回家，那輛車甚至不是黑色的，而是灰色的，同時裡面都是熊毛。

牧師夫婦完全不用費心討論，便決定今年互不送禮物，也不邀請孩子們或是其他人來家裡過耶誕節。一切就這麼決定了。牧師太太先前訂購了已經預先烹調好的火腿，並且很省事地把火腿放進微波爐加熱，然後在同一個餐盤裡倒進一整罐的豌豆罐頭，接著漫不經心地在盤子四周擺上銀製餐具。她的丈夫在壁爐邊上點燃了一根蠟燭，但是沒有費心生火。他們興味索然地吃了一頓晚餐，而牧師克制著自己不加以評論。好個耶誕節！

自從莎拉用敲打地毯的棍棒揍了貝爾柴之後，這對夫妻就分房睡了。晚間，在各自回房間睡覺前，他們還是會互道晚安。在這個家裡，沒有公開的爭執，但是有那麼一股讓人感到彆扭的感覺。牧師太太躺在床上暗自為自己嫁了這麼一個頭殼壞去的男人而禱告。歐司卡的確是對現實失去了敏感度，而且他當然對此也毫無察覺：迷戀著一個輕佻小姑娘的老人，就像歐司卡迷戀這個來自烏魯的肉彈科學家，這事情本身就夠可笑也夠可悲的了，更何況又是在一處熊洞裡和她打得火熱！以他這把年紀來說，只能大歎老天啊！這真是讓人痛心疾首。莎拉之前曾經打過電話給一名心理醫師，甚至還以耶誕節採購為由，跑去赫爾辛基訴說她內心所感到的羞愧，但歐司卡只是聳聳肩。他宣稱自己心理非常健康，而莎拉總是無理取鬧，和以前沒兩樣。他甚至說這會不會是更年期作祟？

牧師太太莎拉氣呼呼地起床來到漆黑的客廳，從她的菸盒裡取出一根菸來抽。桌上還留著火腿，這是傳統，平安夜裡不會把吃剩的東西收進冰箱。一切都顯得凌亂，連一點細屑都還留在桌上。就和平日的人生無異，一切都是因為那滿身跳蚤的髒東西。莎拉將菸蒂在火腿旁邊壓熄，然後流著淚回床上睡覺去。

歐司卡也睡不著；他猜想妻子正在屋子裡頭閒蕩，於是起床聽著。

這個時候索妮雅在烏魯做什麼呢？她是否有未婚夫？這是理所當然的，像她這樣一個傻女孩，總是在閱讀愛情故事，這樣一個學者卻出乎意料地有這樣未開化的一面。但是在她身上也流露著一種勇於對抗的特質，是種北方人的豪邁性格。不管怎麼說，他很想念她，想念他們在貝爾柴的洞穴裡共度的那些夜晚。這的確有些大膽，八卦流言肯定早就傳遍了小鎮，說不定還已經傳到別處去了，但是這一切基本上都還可以用科學研究帶過。是生物學研究，這太正確了。他們連續數天的長時間低聲交談，就是談論著宗教以及世界的開創，就某種程度上而言，這也是他擔任牧師以及神學研究工作的一部分。這位動物行為專家渴望著提升自己的心靈，這是再明顯也不過的。牧師甚至還試著和她一起禱告。唯一的困擾是，索妮雅越是顯得虔誠，歐司卡就發覺自己的言辭變得越笨拙，覺得自己像個小孩在她耳邊講述各種《聖經》故事，彷彿這是宗教入門課。但時間就這樣流逝了，而信仰的力量則將索妮雅留在歐司卡的身邊，讓他們兩人一起待在熊洞裡。

郭磊夫大人的傷勢很幸運地復原了，而且整個事件也沒有遭到渲染，至少媒體方面是如此。

主教大人在耶誕節前來過一通電話，並且宣稱他永遠也不要再提起被標槍傷到的這件事。另外，他也告誡歐司卡牧師千萬不要做出丟臉的事。在他眼裡，一個教士幫助一名年輕女子進行臨時的自然科學研究，這樣不是很恰當。對他而言，一個曾經撰寫過〈各年代的護道論〉博士論文的神學家，應該要對熊類肉食動物的冬眠研究保持距離。看見一個教會人士這樣盲目投入，大家的觀感只會不好。

「一個已婚牧師在一個裡頭睡著一名未婚年輕女子的熊洞裡面能幹出什麼好事，你仔細想想，歐司卡。」

歐司卡牧師說自己得要照顧教區信徒們送給他的小熊。主教則說，要是他之前能預想到在努門帕會發生這麼多麻煩事，他早就親手扭斷這小畜牲的脖子。

從交談之中聽起來，好像是牧師太太莎拉把自己內心的憂慮告訴了主教。

「她擔心你的心理狀況，我也覺得她的憂慮很合理。」

「郭磊夫，你可不要妄下斷言說我瘋了。恕我直言，你自己才是冒失了點。」

「你別人身攻擊，歐司卡，我完全是出自一番兄弟情誼才跟你說這些話。我只是想要保護你。」

這一晚，牧師輕輕打開妻子房間的門，走近床邊，並將一隻手擺在妻子額頭。莎拉忍住了啜泣。

接著，他滑到了妻子身旁，而妻子也沒有表示反對。畢竟這是平安夜，他們兩人心裡如此想著，張開著雙眼在漆黑的牧師宿舍裡靜靜躺著。

12 牧師太太準備脫離教會

新年過後不久，索妮雅從烏魯回來了，並且繼續她的研究工作。她列印出了貝爾柴的睡眠數據，這些資料都是在過節期間由賽咪存在磁碟裡的，接著她便如同先前一般進駐熊洞去監控著小熊。歐司卡牧師一得知索妮雅回來了，他對於科學的熱情也隨即被喚醒了，他又開始把大部分的時間都花在熊洞裡。一切又和以前一樣，他們在積雪底下講悄悄話，並相互依偎。

索妮雅這趟回北部度假對於她的心靈很有幫助。她說自己有很多時間可以靜靜思考，並分析自己在信仰這方面的覺醒，她也思考了許多歐司卡對她的教導，而藉著耶誕節的機會，她上教堂了，並且在平常閱讀的言情小說之外，還閱讀了《聖經》以及基督教歷史。她現在是真的想要在宗教信仰方面能夠有更進一步的瞭解。

牧師有點受到驚嚇，他並沒有認真試著要感化索妮雅，因為就連他自己護道的熱忱，長期下來都已經被消磨得差不多了，但是該怎麼辦呢，她現在似乎開悟了。這樣的事終究會發生，尤其又是在一個熊洞裡和一名神職人員睡了這麼多個星期。

一月底的時候，歐司卡牧師購買了新的越野滑雪設備。似乎是因為牧師太太不願意讓出家用汽車，而他又沒有多餘的錢可以買車或租車，即便他在工作上也需要用車。倘若牧師住在家裡，一對夫妻用一輛車其實也足夠，但是他現在絕大部分的時間，以及幾乎每晚，都花在貝爾柴的熊洞裡，在索妮雅的耳邊輕聲細語說著如同《聖經》體裁般的甜言蜜語，而且不可避免的還會有一些海誓山盟出現。

牧師採用越野滑雪設備倒是解決了交通問題，因為從穿越森林的捷徑，賽咪的農場其實距離教堂也不太遠。歐司卡從熊洞到教區辦公室已經走出了一條軌跡，而牧師太太則可以留下家用車。偶爾，在週間，若遇有祝禱團體舉辦慶祝會，或者是有臨死的老婦需要聽些打氣的話，牧師也會套上滑雪板前往這些較偏遠的木屋去。對於一個接近耳順之年的人而言，歐司卡可以算是個技術精湛的滑雪好手，他的體態在過去幾個月之間待在熊洞裡奇蹟似地變得更精實了。而且別忘了他在夏季時還辛勤練習垂直標槍投擲，我們都知道這運動項目運動員等級的力氣。

很自然地，歐司卡牧師整個寒假都在賽咪農場裡的貝爾柴熊洞裡度過。他還額外請了無薪休假，讓自己能夠在熊洞裡放鬆到二月底。索妮雅於是有許多時間好好思考信仰，當然是有這位具備專業才能又鑽研《聖經》有成、且一直在場的神學家幫助。索妮雅是個虔誠的信徒：她對於宗教的開悟進展竟如此快，以至於她要求向歐司卡牧師告解。然而牧師卻反對變成自己情婦的心靈父親，就怕他們的關係會因此冷卻，肉體之愛也會衰退；但眼前情形看來，這一切幾乎完全被索妮雅的罪惡感給打敗了。怎麼會這樣呢？歐司卡氣惱地想著，她怎麼會真的遁入宗教！一開始，這根本不是他的目的，完全不是。唉，這類虔誠的女子，尤其是如果她們都還年輕，這根本就是災難——他就遇過這樣的倒楣事。信仰的啟發在某些女性的身上也是發瘋的關鍵，而且很多人永遠都無法恢復正常。

在小鎮上，大家開始盛傳歐司卡牧師被最可怕的色魔纏上了。這老不修在跟女生調情。這些流言全都傳到了牧師的耳朵裡，面對這種種指控他倒是老神在在。他宣稱一個成年男子，包括上了年紀的老人，不過就是一個晚年時對年輕歲月眷戀不忘的可憐老頭罷了。再說，這只不過是不變的自然法則：所有的年老雄性動物都會建立自己的後宮，只需要看看森林裡那些體型最壯碩的駝鹿和麋鹿就可以知道了；最有實力的公鹿會驅逐在牠土地勢力裡面的年輕競爭者，並且獨自統御一群母鹿，以便保存並進而提升整群鹿的活力。

牧師太太莎拉試了各種方法要把丈夫拉回正途，苦苦哀求他回牧師宿舍，哪怕這只是做給別人看的，但歐司卡仍舊是只要把工作告一個段落，就踩上滑雪板前往熊洞。他向妻子承認自己也許是變得有點怪，但絕對不是瘋子。他只是有一點點迷戀這位來自烏魯的動物行為專家，並且在她這個重要的研究裡幫點忙。不要太過大驚小怪，在他看來，這算不得不可饒恕的罪過。歐司卡還對莎拉提議在春天時一起去度假，比方說帶著小熊一起去拉普蘭，或是去南歐的山上。

「我可不想和這賤女人到任何地方，」牧師太太瞪了他一眼，並說：「而且，相信我，我絕對不會讓這該死的貝爾柴再踏進這裡半步。」她用堅定的語氣說著。

這個冬天，牧師的辦公室便臨時安置在賽咪農場上的熊洞裡。所有的行政來電都被轉接到熊洞來，歐司卡就在洞裡深處監督傳教工作的運作，領導他的教區，以及準備他一次又一次的佈道內容，在這天賜的寧靜裡，他感到內心平和。

隨著時間流逝，寒假也接近尾聲。歐司卡從雪堆底下出來，重新穿上滑雪板前往一場由慈善團體舉行的祈福會，他和往常一樣在教堂裡佈道，然後再回到熊洞過夜。而此時牧師太太莎拉來到了農場，她詢問寡婦賽咪自己的丈夫在哪兒。

「牧師在那邊……在熊洞裡。在進行科學研究。最好不要去打擾，不然可能會驚醒貝爾柴。」

但是莎拉要宣布一樁大事，什麼理由也無法阻攔她。她拿起門廊上的一把鏟子，便在雪地裡行走，直到熊洞前，便開始鏟開洞口的積雪。

在熊洞裡，歐司卡和索妮雅驚慌地從潛望鏡觀測著手裡拿著鏟子在憤怒進攻的牧師太太。動物行為專家要求牧師祈求上天的原諒，但他只是忿忿地咕噥了兩句。

憤怒的牧師太太揮了一記鏟子，把露出在雪堆外頭的潛望鏡給打斷了，然後繼續鏟除洞口的積雪，並且朝著洞內大喊：

「歐司卡，我是來提出脫離教會申請的！」

隨之而來的是個可怕的場景。索妮雅爬出洞外，一面哭一面祈禱並奔跑著躲進賽咪農場的客廳裡。歐司卡牧師蜷縮著躲在熊洞裡頭，試著要和妻子講道理，但是牧師太太累積了整個冬季的怒氣一發不可收拾。她大聲謾罵，結果也把貝爾柴吵醒了。小熊發出了讓人感到不妙的低鳴聲，接著便朝洞外走去。此刻的貝爾柴已經是一頭體型相當碩大的熊了，事出突然，牧師太太趕緊讓開了路。在洞裡只剩下身上僅著內衣褲的歐司卡牧師。洞外暮色中，寒風呼呼吹著，歐司卡完全不想穿著內褲走入零下二十度的洞外世界。但是他的妻子此時開始朝著洞內丟擲雪塊，他只好趕緊穿上保暖禦寒的衣物，然後連滾帶爬地來到洞外，簡直就像隻喪家犬。而就在他套上滑雪板去追逐熊的同時，牧師太太已經躲進農場。路過農場大門時，他對妻子大喊，若是她想要脫離教會，只需要在辦公時間裡到教區祕書處填寫表格並簽字就可以了。拋下這句話之後，他便踩著貝爾柴的足跡，消失在已被夜幕籠罩的森林裡。

在賽咪家的客廳裡，女士們正試著緩和自己的情緒。寡婦賽咪煮了咖啡，並端出了大理石紋蛋糕。索妮雅抽泣著解釋，說她剛剛找到信仰，並且為自己的無恥行為向牧師太太以及天父祈求原諒。接著，她結結巴巴地唸著她在整個冬天裡學會的聖詩片段，以及若干《聖經》章節內容。至此，她的怒氣全消了，她對索妮雅說願意把歐司卡、滑雪板、熊以及其他所有一切都讓給她。但首先必須等她先脫離教會，然後再跟丈夫離婚。

然而，這位動物行為專家不想從莎拉手中拐走牧師。她是真的遇見上帝了，而且她在烏魯有未婚夫，再說，她也不想和一個老人活在罪惡之中，更別說是和一個牧師！

歐司卡一直要到天黑才在森林裡面追到貝爾柴。公熊凍壞了，反應遲鈍又昏沉想睡，牠低鳴著，並且露出牙齒，要把牠帶回熊洞可真不是一件輕鬆的事。在牧師精疲力竭揹著小熊回到賽咪農場時，天也亮了。他將貝爾柴推進熊洞，用力關上門，便倒在床墊上睡著了。

大約中午時，賽咪為他帶來了牛肉蔬菜燉湯，並告訴他，牧師太太和索妮雅一起離開了；女科學家說如果牧師答應的話，她很希望能夠取回小熊冬眠最後的一批磁碟資料。她會請人幫她寄到烏魯大學。

「她說這事不急。」

歐司卡牧師從來沒想過這樣的災難竟會降臨在自己的頭上。有那麼一會兒，他很想要求老天爺把剛剛發生的事全都刪除，但是最終，他還是因為疲累而寧可先睡一覺。算了。說到底，索妮雅是個沒大腦的傻大姐：只有蠢蛋才會想要遁入宗教，卻無視於能夠提供更多更好事物的外在世界。歐司卡的心情非常低落，以至於他差點兒要在貝爾柴的屁股上踹一腳，但是這頭熊又睡著了，兩隻前腳還握成拳狀，而且人類的問題不關牠的事。他又在牠身上重新貼上記錄器，並且開啟電腦。

歐司卡牧師一口氣睡了超過二十四個小時，他只醒來一會兒吃點牛肉蔬菜燉湯，然後又閉上雙眼，心情一整個沮喪。

次日下午，寡婦賽咪悄悄爬進熊洞，在這位剛剛歷經磨難的男士身旁躺下，一隻手搭在他的肩上，輕聲說：

「別擔心，看開點。我們要試著互相打氣。好好睡一覺，孤單的人就是要互相扶持。」

第二部　公熊舞者

13 放逐之路

春天來了，貝爾柴醒了。歐司卡帶著小熊去敲著賽咪農場客廳的門。

「冬天終於結束了。」寡婦一面為客人倒咖啡，一面開心說著：「這時間過得還真快。一個農婦可以參與科學研究計畫，這樣的機會可不是每天都有的呀。」小熊趴在搖椅底下，正在啃著專門買來給牠的帶皮牛骨頭。牠還像是剛剛睡醒一樣，食量不太大。

賽咪已經漸漸走出丈夫自殺的陰影。她總算明白人死不能復生，就算是為這些死者哭乾了自己的靈魂也不行。她在週五最後一次去了墓園，聽了山雀的鳴叫聲，觀察了春天的前兆。然後她拿起鏟子，在亡夫的墳上堆起了超過一公尺的雪堆。她也無法解釋自己這種舉動，只知道這讓她感到很欣慰。

牧師太太打電話到赫爾辛基去。她在那兒找到了一個臨時的職缺，而且她不打算再回努門帕的牧師宿舍了。

「她要我告訴您，她已經脫離教會了，而且她會帶走所有的傢俱。」

賽咪和歐司卡合力把熊洞觀測站用吸塵器徹底清理了一遍，把整個冬季堆積在裡面的熊毛與其他髒污都清掉。

「你們打算明年冬天再來這裡過冬嗎？」賽咪問。歐司卡牧師還沒有任何想法，未來似乎顯得不是很明確。

「我還是先讓熊洞保持現狀，說不定你秋天時又改變主意了。」賽咪說。

歐司卡把那具擔任貝爾柴的代理熊媽媽的絨毛熊搬進農場客廳，然後在細心清除灰塵後，將它立在木頭立鐘旁邊。賽咪謝過了這個禮物。他們接著把電腦裝箱，並在箱子外頭寫上索妮雅在烏魯大學的地址。寡婦賽咪承諾會將包裹連同最後的記錄紙張一起空運寄出。

歐司卡牧師詢問是否可以將滑雪板以及冬季衣物都先留在農場，然後便叫了一輛計程車來將他載去宿舍。屋子裡面已經沒有任何一件傢俱，每個房間都空蕩蕩的。歐司卡還是在浴室裡頭找了若干屬於他的個人用品，以及在書房裡綿延數公尺的書籍。車庫裡也還留著那輛老舊的家用車。莎拉用膠帶將車鑰匙黏在雨刷上。當一個男子狠心讓妻子獨自搬家，很少會留下什麼東西的。牧師太太沒有留下訣別書。幸好，她沒有斷水也沒有切斷暖氣。歐司卡將浴缸放滿溫水，然後把熊抱進浴缸。小熊已經重得讓他幾乎抱不動了。

貝爾柴一開始百般抗拒，因為牠不想洗澡，但是牧師一點也不受牠影響，硬是將牠按進水裡，開始幫牠洗刷。他用洗髮精塗抹在小熊臭烘烘的熊毛上，很快地小熊全身都覆滿了油亮的泡沫，只剩下熊鼻子露在外頭。這畜牲坐在浴缸裡玩水，很快也習慣了溫水，也開始懂得享受洗澡的樂趣。歐司卡幫牠沖了好幾次水，然後用牠專屬的毛巾擦乾身體。貝爾柴在空蕩蕩的宿舍起居室地板上甩掉了毛皮上最後的水滴，然後用舌頭舔乾身上最後的水分。歐司卡還在牠的腋下噴灑了體香劑，然後才去洗澡。接著他換上一身灰色服裝以及黑色風衣。他把聖器室的鑰匙放進口袋裡，替貝爾柴套上項圈以及繩索，然後徒步走去教堂。此時已經過了中午。

在鎮上的主要街道上，他看見了消防隊長勞諾的車子。這個人停下車，並和他握手寒暄。

「這頭熊長好大了！牠已經排光體內的宿便了嗎？」

「還沒，牠今天早上才醒來。」

「這段日子很少聽見你佈道。」

「我倒無所謂，再說我也被下了禁令。」

消防隊長也趁機抱怨了一下自己的遭遇。

「因為太少火災，我現在也只能領半薪。」

歐司卡牧師用鑰匙打開聖器室的門進入房間，把貝爾柴留在教堂裡。小熊立刻就在講壇與廊台到處探索並爬上爬下，但是牠還記得自己被禁止爬上祭壇。

正當牧師在聖器室翻閱一堆紙的時候，代理牧師莎莉．朗奇南進來了。她看起來神情尷尬，而且有點受到驚嚇。歐司卡問她，在他缺席的這段期間，整個教區情況如何。

「我盡力了，但是在您……休假期間，實在有太多工作。」

代理牧師摸摸自己的鼻翼，那裡冒了一顆紅色的面皰。她很不好意思地解釋說，主教管區的主教郭磊夫大人先前寫信來，提到牧師得去見大人，以便就牧師的專業地位開會。

「郭磊夫的胸部還好嗎？」

「他沒說。我猜應該是痊癒了。」

「我下週會去赫爾辛基，我要先來處理我的信件以及正在進行的各個事項。」

但是他一封信也沒有。在教區的辦公室裡，似乎大家都想避開牧師，或者沒有任何話對他說。沒有任何人在討論小熊。

在鞋匠那兒，歐司卡為貝爾柴新訂製了比較大的嘴套，並且讓牠習慣戴著。他還買了熟香腸，並餵牠好一大段。小熊的器官在經過長時間的冬眠之後又開始運作了，牠現在每天已經可以吞下最多三公斤的食物。牧師也吃著和小熊一樣的食物，只是會把他自己那一份先在鍋裡煎熟，並且加入洋蔥。在宿舍裡，他席地睡在手織地毯上，那地毯是他從三溫暖裡帶回來的。而小熊已經很習慣每天晚上在獲得允許亂叫一通之後，跑來窩在他身旁睡覺。牠已經很有力氣了，而且又淘氣。

這週快結束的時候，歐司卡前往赫爾辛基參加主教教區的教務會議。會議由郭磊夫大人的祕書主持，牧師則用繩索牽著貝爾柴進入辦公室。每個人都互相問候。小熊趴在地毯上，並帶著警戒的神情看著主教。

「我親愛的弟兄，你要喝咖啡嗎？」

「我們先解決這件事吧。」

郭磊夫大人努力用著嚴父一般的語氣細數著歐司卡牧師的各個問題。他列出了一份他的罪狀清單，一開始是他在外頭的私生子，然後是他那些惟恐天下不亂的佈道內容及其他種種怪癖，他還要牧師別忘記，在上次會晤中他曾許下不再寫文章的承諾。主教完全不提刺穿他胸部的標槍，倒是滔滔不絕談論著熊洞以及歐司卡的行為：他整個冬季都睡在一名寡婦的農場庭院裡，陪著一隻熊和一個年輕女子。這一切的行為似乎都未經深思熟慮，郭磊夫大人強調。在講壇上為自己的罪過懺悔，這也不是芬蘭路德救世教會期待各個神職人員在佈道時所使用的方式。最嚴重的是，牧師的太太居然決意離婚，並且公開脫離教會——總之，還有什麼比這更叫人意外的！

主教最後總算講到正題：

「所以……經過一整個冬天的思考，我終於做出了結論，或許讓你在咱們教會裡面擔任別的職務會比較好。麻煩的是，我還想不出什麼職務比較合適。我們這個年代實在不需要像你這樣的烏鴉嘴。」

歐司卡牧師坦承此刻他在心靈方面正在與外在的折磨奮鬥著，而他的信仰也不再那麼堅定。

「芬蘭民族，或者乾脆說全體人類，都需要一個新的哲學，需要許多新的理想來讓人相信。否則，我感覺整個世界就要解體了，就像索多瑪和蛾摩拉在戰爭和混亂之中崩解那樣。」他說。

就主教的觀點而言，他無意讓歐司卡發表新的想法，特別是以教會的名義。他再次強調，一個牧師試圖要提升世界，並創造新的無用理論，實在是不恰當。他只要好好宣揚福音即可，裡頭就已經有足夠的理想，也有可以用來安撫失業之人與心靈貧困之人的必需文字。

「我親愛的歐司卡，要是你能夠發展出新的價值，甚至於整個全新的哲學，或是一個真正的理想，那又如何呢？民眾會為之著迷，並且試圖立刻一一皈依……大家最後又再一次提出教條、強迫他人接受教條以及監督教條的純淨度，然後囚禁所有的反對者，並且壓迫殺害那些異端份子。」

歐司卡牧師指責主教只不過是個無恥的老傢伙，只在意他那些不怎麼累人的工作以及當主教的安穩日子。

「在過去數千年裡的積極創造成果，似乎沒有一項能夠獲得你的贊同。我實在不知道還能夠拿你怎麼辦。」郭磊夫大人抱怨著。

「我猜我被攆出去的日子也不遠了。」牧師譏諷著。

主教說他的確想著要把歐司卡調職到北卡瑞里亞（Carélie）靠近俄國邊境的某個地點。要是他的記憶沒錯的話，那裡至少還有納爾瓦（Naarva），由依洛芒齊聖母教區所管轄，那是一座被遺忘在森林裡的小禮拜堂。但即便有這個解決方案，如今看起來也是挺棘手的。所謂醜事傳千里，所以即使把他調得遠遠的，也不足以將這所謂心裡想的無稽之談完全消音。主教於是建議牧師休一年的長假，領半薪，去看個心理醫生。他之前和牧師太太談過，她也是這樣的想法。

「還有，你得處理掉這個髒東西。去找個獸醫讓牠好好睡一覺。」

「牠才剛剛結束冬眠，不需要睡覺了。」

對於主教而言，一個教士帶著熊散步這是成何體統。太過標新立異了。一位牧師應該做個榜樣，最好是比平凡更加平凡，這是散播福音最好的方法。

「電視也是這樣的：越蠢笨的節目收視率越高。教會得細水長流，並且在傳遞訊息時故意顯得笨一點。」

「我親愛的主教，這應該花不了你太多氣力。」

整個氣氛很僵，連小熊都感受到了。當歐司卡牧師的一年強迫休假令一生效，同時也到了他們該離開郭磊夫大人辦公室的時候，小熊的牙齒已經咬住了主教小腿部位的褲管，撕下了一大塊布料，並且拒絕歸還，還一面凶惡地低鳴著。

「歐司卡，若非我是個好基督徒，我一定報警，讓人家把你關起來，然後打死這個畜牲！」這位尊貴的主教大人以斥責取代了道別。

14 貝爾柴的教育

牧師和牧師太太的婚姻結束了，財產也分好了。歐司卡失去了努門帕湖邊的木屋以及所有的傢俱，但是可以保有熊和日本轎車，以及他所有的盥洗用品、私人衣物和書籍。他獲准可以在島上的釣魚小木屋住到五月底，然後就必須離開，因為新的業主想要收回產權。

休假中的牧師只能把自己少少的行李塞進汽車裡，並讓貝爾柴坐在前座，同時還要細心幫牠把安全帶綁在腹部。小熊一開始還想掙脫緊勒的帶子，但是他的主人一提高音量，同時又在牠的鼻頭拍了一下之後，牠也只好乖乖聽話了。上路！如今還俗的歐司卡牧師來到了十字路口。他心想：「去哪裡都好！」

在他開車載著小熊朝波力（Pori）的方向前進時，腦海中浮現了《聖經》〈傳道書〉第三章的幾個詩句。他背誦著：

「我心裡說，這乃為世人的緣故，是神要試驗他們，使他們覺得自己不過像獸一樣。因為世人遭遇的、獸也遭遇；所遭遇的都是一樣，這個怎樣死，那個也怎樣死，氣息都是一樣，人不能強於獸，都是虛空。都歸一處，都是出於塵土，也都歸於塵土。」

小熊靜靜聽著。就像以往一樣，牠沒有表示任何意見，只是透過擋風玻璃望著前方，聽著歐司卡背誦〈傳道書〉裡的內容。

一抵達徽提南（Huittinen），牧師隨即加滿汽油，並檢查輪胎的胎壓。然後在加油站的自助餐廳裡買了兩客漢堡，一客自己吃，另一客給貝爾柴。後者真的是需要有人好好教牠用餐禮儀：與其讓牠一口吞下糧食，歐司卡決定讓牠好好看著怎麼樣像人一樣，一次吃一小口三明治。用完餐點之後，牧師便用一張紙巾幫牠擦拭嘴巴。小熊很聰明，一下子就明白吃完東西後要擦嘴。

「我真應該在秋天的時候就把你宰了，」歐司卡一面駛離徽提南，一面喃喃自語：「不然也不會在冬天時惹出這許多瘋狂事。」

小熊側著頭看主人，眼裡泛著淚光。牠聽得懂牧師是在說牠的生死嗎？肯定是不懂的。是漢堡的辛香料造成的，尤其是洋蔥和芥末刺激出了牠的淚水。

他們究竟要上哪兒去呢？漫無目的。他們沒有任何目的地，也沒有人在等待他們。

但是一個五十多歲的老頭畢竟不同於年輕騎士那樣心浮氣躁。歐司卡牧師經歷過嚴重的危機，一切都和他過不去。他或許有些瘋癲，肯定有些躁動。不管怎麼樣，倘若他不想向命運低頭，就得做出一點反應。至於命運？還真是個不湊巧讓人碰上的厄運，是個他應該要設法擺脫的牽絆。他已經和小熊被趕到大馬路上了，現在得緊急為他們倆絞盡腦汁找出個目標，訂出一個目的地，然後前往目的地做點什麼事。

「我們就先好好度過這個夏天，等到秋天，要是我沒有找到解決的方案，再來把你宰了。」

從徽提南出發，歐司卡牧師先是朝土庫（Turku）的方向駛去，隨後又決定要在翁普拉（Vampula）休息。他記得那裡應該有一座基督教的會館以及實習中心。在六〇年代的時候，他還曾經受邀前來舉辦一般的研討會。

翁普拉是一座位於薩塔昆他（Satakunta）的小鎮，歐司卡對此地的記憶已經很模糊。在路經加油站時，人家告訴他會館還在，而且整個夏天都會舉辦各種活動。牧師便按照人家給他的指示趕路，會館是一棟三層樓的木造建築，外觀漆成黃色，矗立在一條長達兩百公尺，兩旁種滿樺樹的產業道路盡頭；房子的前方是一大片草地以及柏油地面停車場，歐司卡便在那兒停好汽車。他讓貝爾柴待在車裡。

午後的時光已經過了大半，午餐的餐台也都撤了，人們在餐廳裡飲用著咖啡。這裡正在舉辦兩場研習活動：約有二十來位的鳥類愛好者聚集在一起舉行座談，其中也包括幾名外籍人士，同一時間，另有一個人數較少的團體在學習淋巴排毒。

會館裡還有空房可以接待剛剛抵達的牧師。房價十分低廉，而歐司卡還額外再拿到折扣，因為他表明自己是休假中的牧師長。他先把行李搬到房間裡，然後再帶小熊進入房間，一路上還要當心不被任何人看見。房間裡十分狹小，擺了兩張床、一張書桌以及一張鋪了布套的沙發。裡面沒有電話。歐司卡牧師分配其中一張床給貝爾柴，小熊很樂意地立刻爬上床去趴著。隨後，牧師便下樓來到廚房看看還有什麼可吃的。他帶回了洋芋牛肉丸子，然後和小熊津津有味地解決了一餐。歐司卡再次替小熊擦嘴，然後試著教牠自行擦嘴。暫時還看不出有什麼效果。貝爾柴也還不會剔牙。

盥洗室和廁所位於走道上。歐司卡讓小熊坐在馬桶上，並照看著牠排便。等到牠上完廁所，牧師又撕下一截衛生紙幫牠擦屁股。接著，牧師又試著要教會小熊自己來，但是貝爾柴一開始似乎不明白牧師想怎樣。

「年輕人，你得好好上學了，不能再貪睡了。」牧師一面咕噥著一面帶小熊回房間。貝爾柴溫馴地跳上自己的床去午睡。歐司卡打開行李箱，把衣服一一放進衣櫃，並把書籍放上書架。他有一件祭祀時披在最外頭的禮袍、一件白長袍服，幾條掛在頸部祭典用的各色布條（綠色、白色、紫色、紅色以及黑色都有），一件黑白相間的襯衫，以及幾雙用來搭配的襪子，還有兩件黑色斗篷，但其中一件已經有點破損。此外還有一件黑色罩衫，以及兩條白色教士領巾，一條是麻質的，另外一條比較普通，是塑膠的，他通常使用塑膠這條居多，邊緣也多有折損。暫時也不需要換條新的，因為他會有好一段時間用不到領巾了。除了這些以外，他還有一套普通的灰色西裝以及若干運動服。每一件都用會館學員房間裡的衣架輕鬆吊掛起來。

牧師躺在床上休息著，而小熊也在自己的床上。整棟建築物籠罩著一片祥和，裡裡外外聽不見任何一點噪音。歐司卡覺得好像再次進入了冬眠時期。好像人生中除了午睡之外，再沒別的事情好做。

為了打發時間，歐司卡打了通電話給寡婦賽咪，給了她新的住址，然後隨意閒聊了一下。她說，努門帕湖裡的漁獲還不錯；她還種了幾公頃的燕麥，等著瞧吧；而預計秋天收成的小麥應該會長得不錯。至於牧師的八卦，教區裡似乎沒怎麼傳了，但也因為是賽咪那雙年邁的腿已經不怎麼能進城去了。

「貝爾柴還好嗎？」

「很好。我試著要教牠自己保持乾淨。」

「牠應該很快就能學會。」農婦說。

因為沒有別的事好說，歐司卡便回到房間裡，接受小熊舔臉的熱情迎接。牠在房間感到無聊，卻沒有乘機開溜。

早餐的時候，歐司卡和參加研習的學員們相互認識了一下。他說自己來會館小住幾天，也許會再繼續多住一陣子。有人問他是否願意偶爾來主持禱告會，當然前提是他不會感到太累的情況下。牧師承諾會好好考慮，並順手帶了幾片烤麵包以及雞蛋回去給小熊吃。下午的時候，索妮雅從烏魯來電。是賽咪給了她電話號碼。這位動物行為專家聽起來精神極好，她笑著說歐司卡是隻蠢笨的老熊，剛剛才從冬眠醒來。隨後又一派正經祈求牧師原諒她過去的所作所為，她說自己已經解除婚約，但宣稱會永遠保持信仰。

她的好心情刺激了歐司卡。他會落得如今的悲慘下場，一切都是她的錯；嚴格說來，也是他自己咎由自取——但是這兩者意思還不是都一樣？那她還想怎樣？他們的關係在冬天結束時已經劃下句點了，不是嗎？他最後還是詢問了她的論文進度，不知道是不是寫完了？

索妮雅說，自己也正是為了此事打電話來的。她想要前來翁普拉研究貝爾柴在夏季的生活，以及牠在正常活動時期的體型變化。顯然她在冬眠時期所收集的數據並不夠，再說能夠見見面也挺好的。

「那邊有足夠的空間嗎？我可以過來嗎？」

會館裡肯定還有空房間，但是歐司卡表示，他並不確定自己還想不想再見到索妮雅這個人。

「別這麼婆婆媽媽了，老傢伙。我們上一個冬季好歹也在一起過了一段很棒的時光，不是嗎？」

「是沒錯。」

「整個季節都待在同一個熊洞裡，這可不是說說罷了。」

「還是好好考慮一下吧，我的人生現在是一團亂。」

三天之後，動物行為專家索妮雅搭著一輛計程車來到了位於翁普拉的基督教會館。她要了一間和歐司卡以及貝爾柴在同一層樓的房間，就隔一面牆而已。她還說這是個千載難逢的好機會，可以繼續她的研究。當天晚上，她便牽著小熊到研習學員專用的庭園去散步，並且告訴每個人，小熊完全經過馴服，而且她已經研究了小熊一整個冬天。她還補充說歐司卡是她的心靈導師。之前所有學員以及會館的員工們早就對牧師驚人的食量大感吃驚，但是小熊的現身解釋了一切。

在索妮雅熨燙衣物的同時，貝爾柴專注地觀察著。當她坐在床上歇會兒的同時，小熊便拿起了熨斗，開始模仿著她的動作。起先，牠的指頭被炙熱的金屬燙了一下，但是牠很快就知道要小心，並且繼續工作。成果不是太驚人，但是以一隻熊的表現來說已經非常值得讚許了。歐司卡思索著：依這麼看來，顯然可以教小熊東西，說不定還可以教牠表演一些把戲。

「熊的智商比狗還高，」動物行為專家索妮雅說：「只需要知道怎麼觀察牠們、鼓勵牠們。」

15 馴獸

隨著春天的腳步接近，索妮雅對於宗教的信念也更加堅定了。她已經不再認為自己是耶穌的未婚妻，也不再默默祈禱個不停，就像冬天時在熊洞裡面那樣。身為一個女知識份子，她又回復了往日那神祕的迷人風采，同時還宣稱自己很虔誠，就像她以前期盼歐司卡也能擔任她的心靈導師那樣。

「我不是妳的心靈導師，從來就不是。」

「你用那些虔誠的話語愚弄了一個天真的女孩。」

歐司卡反擊說，一名正在準備研究論文的動物行為專家，很難被視為一個隨時準備墮入宗教的傻妞兒。

「你利用上帝的名義佔我的便宜。」索妮雅強調。

「別太過分，妳可是自願張開自己大腿的。」

「我是同情一個在發情的老傢伙，再說，熊洞裡那麼窄。」

「那是妳說的。」

索妮雅每天為貝爾柴量體溫和脈搏，並且記錄牠的腦電波。她還檢查小熊的排便，把糞便晾乾然後進行分析。歐司卡牧師對她說，這項科學研究的準確性並不是太高，因為小熊在會館裡面吃的是和人一樣的食物。牠吃下去的沒有一樣是野生肉食動物平常會吃的東西，沒有青蛙，也沒有野兔，特別是沒有腐肉。索妮雅回答說她是在研究熊的消化，所以就算牠早餐吃穀類、午餐吃附醬汁的肉、晚餐吃俄式餡餅配茶，基本上問題不大。

「這是個好機會，可以看牠的胃對於含有豐富纖維的食物會有什麼反應，以及用變質肉製成且充滿醬汁的法蘭克福香腸，怎麼在牠的腸道裡轉化成能量。」

索妮雅陪著貝爾柴去廁所，小心翼翼地回收牠的糞便，並且監督牠正確地擦屁股。小熊很喜歡這位動物行為專家，並且很樂意聽話。早晨，牠總是急切低鳴著要去上廁所，然後洗澡，而索妮雅還把自己的毛巾給了牠。擦乾牠的毛髮是件大工程，很快他們便決定小熊只要每兩天全身洗一次澡即可，期間只需幫牠清洗嘴部和毛茸茸的臉，再幫牠輕輕刷毛。

「不能讓牠皮膚脫皮。」索妮雅擔心說著。

歐司卡在翁普拉基督會館感到很舒服。他很喜歡有這些鳥類專家們的陪伴，他們都是有教養的人，他很樂意每晚在餐廳的角落裡和他們聊天。參加淋巴排毒的學員們在第一週結束的時候離開，但是牧師一點也不遺憾，何況很快就有另外一團肚皮舞研習營來取代他們了。韻律教室裡每天都會傳來鼓聲，地板也隨著這些芬蘭女士的強力腳步而震動不已，她們跟隨著音樂聲節奏扭腰，並滾動肚臍。偶爾，在晚間，她們表演自己的才能給這些鳥類專家欣賞，當然歐司卡也有眼福。在一次表演結束之後，他去敲了索妮雅的房門，邀她到自己的房間來一起過夜。說到底，這也不是他們第一次睡在同一張床上了。這位動物行為專家承諾了要搬進歐司卡的房間，前提是他必須早晚主持禱告會。

「妳很清楚，我已經不再有信仰了。」

「要嘛你佈道，要嘛你自己睡。」索妮雅威脅著。

「很好，但是妳可不能強迫我唱聖歌。」

那些肚皮舞孃以及鳥類專家，於是可以每天晚間聚在壁爐的一個角落，聆聽歐司卡解說《聖經》。他也習慣了用莎士比亞以及歌德的語言佈道，因為這群研習學員裡頭有兩名德國人、一名瑞士人以及若干英國人。他們在波卡拉（Porkkala）觀察過北方候鳥的春季遷徙，如今在此地召開研究主題讓他們極感興趣的國際研討會。

與會的瑞士人本身是個軍官，比歐司卡還年長，患有輕微憂鬱症。他要求牧師幫他心靈治療，並確信一定能夠從中獲得舒緩，儘管他是天主教徒，而歐司卡和絕大部分的北歐人一樣是路德教派的新教徒。

說起這位漢斯將軍，他之所以會憂鬱，是因為被瑞士軍隊強迫提早退休。他本來在軍隊裡面的任務是訓練信鴿。這些受訓來進行傳遞訊息任務的飛鳥，是自從第一次世界大戰以來的瑞士祕密武器。這支鴿子軍團一共有幾十個鴿子屋，分布在全國各地。而他們過夜的地方往往也就是不同單位，以及不同軍事將領之間交換命令與訊息的地點。歐司卡很訝異瑞士人竟然沒有錢可以更新無線電通訊設備，但是漢斯解釋說無線電在阿爾卑斯山區派不上太大用場：山巒成了無線通訊的障礙。干擾經常會發生，接收器傳出來的往往只是一些讓人無法理解的雜訊。所以訓練精良的軍事信鴿到目前為止還是確保了通訊品質。

「然後，軍隊裡頭的一個豬腦袋決定要省錢。似乎是我訓練的信鴿花費太大。要在全國各地維持三十來個鴿子屋當然需要花錢，但是國家安全是無價的啊！再說，近來瑞士軍隊只剩下不到兩百七十隻信鴿，大可以完全保留。一輛坦克車的價格都比這個還貴。」

他一生的心血就這樣化為烏有，軍事信鴿訓練師就這樣被迫退休。

「所有的鴿子都被無情地消滅了，這些可憐的傢伙肯定都被宰了，然後替軍官們加菜。」這位現任後備軍人隊長難過地抱怨著。

「您沒有想過養些和平鴿嗎？」歐司卡冒險問著。

漢斯也想過這個可能性，而且透過國際奧委會的牽線，有許多有意爭辦奧運會的城市都對他開出了誘人的條件，只要他能提供數千隻的和平鴿作為交換。這些和平鴿將會在開幕儀式的時候施放到天空。巴西甚至還打聽是否有可能在巴西成立養殖場；因為在嘉年華的主辦單位眼中，沒有什麼比放一群白鴿上天空，更能夠突顯森巴舞節奏的偉大。

漢斯顯然是個國際知名的信鴿培育專家。但是他為了道德因素，拒絕把自己的時間和經驗奉獻在培育和平鴿上頭。

「在鑼鼓喧天之中將大批和平鴿施放到天上的同時，牠們會四處亂飛，然後成為猛禽或壞蛋們的犧牲品，要不就是成為野狗的食物。我無法接受人家這樣犧牲這些可憐的傢伙，我太愛牠們了。」

他還說，他原本也可以去為阿拉伯國家培育獵鷹，可以賺很多錢，而且這在石油沙漠世界的富豪圈子裡，還會有好長一段時間的榮景。

「但即便是這些猛禽，也不該被迫為了牠們的主人的好眼力而去撕碎牠們並不吃的獵物，甚至為了殺戮的樂趣而打獵。」

歐司卡牧師沉思了一會兒。他馴養了一隻熊，為了樂趣而教牠保持清潔；這畜牲已經學會熨燙白長袍，並且會像人一樣去上廁所。他這樣教育小熊錯了嗎？

漢斯倒不覺得，教育像熊這樣的高智商動物一些良好的規矩有什麼不妥。相反地，讓一隻動物能夠進入人類文明並不是一件壞事。當然，要是牧師訓練小熊成為犯罪的工具，那又另當別論，比方說把牠訓練成強盜或是職業殺手。畢竟和手腳靈活的人一樣，動物也是不得不加以提防的。

「總而言之，鴿子和熊實在不能比較，差異性太大了。鴿子不必冬眠，而熊沒有翅膀。」

16 夏季洗滌日的喜悅

貝爾柴越長越大，越來越胖，也越來越有力量。牠覺得翁普拉基督會館的餐點越來越合牠的胃口，特別是拿那些準備給狗吃的肉醬當副餐。牠偶爾也能夠吃到一些烹飪剩餘的糖蜜以及其他甜食。在熊的生命階段裡，牠應該是接近青少年時期，現在已經是一隻年輕公熊了，不再是小孩了：在秋天來臨時，或最遲在經過第二次冬眠後，牠就應該知道自立自強了。剛剛要成年的熊都是在這個年紀離開熊媽媽，開始過獨居生活。但是歐司卡很難想像要在秋天將貝爾柴獨自放生到森林裡去，這可憐的傢伙肯定無法生存，因為他根本沒辦法教牠如何在野外打獵：他不是熊媽媽，而是一名教士，一個牧師，或者更確切地說，他是個已經還俗的流浪漢。

在那群肚皮舞孃以及鳥類專家都離開了之後，會館裡顯得空蕩蕩的。牧師和動物專家索妮雅則仍然獲准可以和小熊繼續留下，但是廚娘和洗衣婦都休假去了，因此他們只能夠自己下廚、自己洗衣服了。牧師自告奮勇，使用起會館的鍋子來煮牛肉蔬菜燉湯及青豆湯，而且一次煮了好幾天的份量。這菜餚讓小熊吃得津津有味。六月初的時候，索妮雅決定要來大規模洗衣。有一堆髒床單、毛巾和內衣要漂白清洗。動物行為專家在貝爾柴的熱心幫忙之下，在洗衣房裡開始工作：先把要洗的衣物放進洗衣機，注滿水。等到衣物都洗淨了，再拿到戶外的晾衣繩上去攤開晾乾。索妮雅先示範給小熊看。出乎意料地，小熊的前掌非常靈巧，而且牠很喜歡玩晾衣夾。等到衣物都晾乾了，他們又開始燙起衣物，貝爾柴對這工作越發駕輕就熟。牠甚至還學會把歐司卡的襯衫燙得沒有一點皺紋。為了獎賞牠的優良表現，他們偶爾會給小熊一匙糖蜜。

牧師還想要教牠打領帶，但是並不成功。小熊已經盡力了，但是打雙領結實在是超出牠的能力太多。當牠看見打出來的領結實在無法見人時，牠居然氣得把領帶撕個粉碎，換來的是在鼻子上被彈一下的責罰。

這兩人一熊的組合在會館的餐廳裡享用餐點。貝爾柴觀察著餐盤、玻璃杯以及餐具的擺放方式，並且想要試著幫忙。有一些杯盤摔碎了，還有一些湯灑到了地上，但是小熊每一次都會用舌頭把地面舔乾淨，然後繼續工作。索妮雅教牠小心地掛一條毛巾在前臂上。這樣看起來就像個真正的服務生了。用餐結束之後，小熊還獲准把髒盤子收進廚房，並且用牠的抹布清除桌上的麵包屑。牠偶爾也會用這條抹布來擦自己的屁股。

晚間，他們在大廳角落的壁爐生起了火，然後談論起了宗教。小熊跑去柴堆裡拿來木柴，但是人家不讓牠玩火——而且牠肯定沒辦法成功使用火柴，更別提把小木柴削成刺蝟狀。

自從會館裡變得空蕩之後，歐司卡牧師便拒絕再主持禱告會了；他向索妮雅解釋，說他已經不再有信仰，而且即便是他們倆有關係，他也不再為她個人傳教了。

「我仔細想過了，經過了整個冬季，特別是在春季，我想這個世界上最終沒有任何證據可以證明上帝的存在。在這個世界裡，一切是如此不明確，以至於一項意圖只要稍微有點合乎情理，人就難以思考。」

「不要褻瀆神明。一個牧師一定要相信上帝的。」

「一個還俗的牧師有權思考他想從宗教獲得什麼。再者，我知道自己在說什麼。我過去是個護道者，我的論文就是為宗教信仰辯護。那些相同的言論也能夠反過來攻擊基督教。」

「從你的嘴巴裡說出這些話，真是讓我感到吃驚。」

歐司卡牧師試著要進一步闡釋他的理論，根據他的理論，人是自己各種知識習慣的囚犯；其大腦僅僅開發了一部分，而科技所帶來的各項資訊是如此不足，以至於人自然而然地就會試著要轉向宗教，以便掩蓋自己智能不足的真相。此一理論足以解釋這個世界以及其他所有的一切。在這樣的原則之下，作為造物主以及宇宙的主宰，上帝是必要的，因為人的手中除了上帝沒有別的。

「除了上帝，人還需要什麼呢？」

「試想，要是沒有任何神明。就沒有永恆的生命，什麼都沒有。就只有這個塵世，以及我們眼睛所看見的一切。」

索妮雅說，這個世界當然有個源頭，而且也會有個結束，沒有任何事物是憑空出現的，也沒有任何事物會不留一點痕跡就消失。

「我倒是在想，」歐司卡又說：「也許在這個浩瀚宇宙的某處，隨著時間，已經發展出某個智慧，能夠回答這些問題。咱們人類只不過是這個宇宙裡的一粒沙，什麼也不懂。」

「你現在相信有幽浮了嗎？你竟為了那些廢話而放棄上帝。」

「為什麼人類是宇宙間唯一的高智慧生物？我倒是覺得人類顯然是會思考的生物中最蠢笨的那一群，而且在別的星球上一定還存在著擁有更高度智慧的生命。與其唱頌讚美主的聖歌，還不如把時間拿來聆聽宇宙訊號，看看我們在這個塵世裡，一切只是每況愈下。」

索妮雅對於聽見這些想法感到非常吃驚。歐司卡是完全瘋了嗎？人類都已經擁有這麼好又如此穩固的宗教信仰了，思辨外星人的智慧有什麼益處呢？

「科學永遠無法揭開宇宙裡的每一項奧祕，我們的工具也無法讓我們探測天上的每一個星體。」

「別這麼說，在發現電之前，要是有人預言存在著一種可以透過銅線傳遞但肉眼無法見到的能量，那人一定會被當成瘋子。還有短波呢？放射線呢？光線以及黑暗呢？這一切在我們看來都是那麼理所當然，但是對於一個沒有受過教育的原始人來說，這些無一不是令人驚駭的現象，被認為是神的行為。」

歐司卡和索妮雅一面繼續著話題，一面外出進行夜間的散步。套上了項圈以及繩索的貝爾柴，漫無目的走在他們的前方。熊和狗一樣，都會停下來嗅聞每一件牠們所遇見的事物的氣味，但是前者會習慣性舉起熊掌留下記號，而後者則會對陌生的氣味皺起鼻頭，然後不管雄雌，抬起腳就撒泡尿。

索妮雅繼續著關於宗教的話題。

「你以前說我們的意識，是受到上帝影響的一種信號，是上帝的聲音在我們身上所引起的回音。你現在該作何解釋呢？」

「意識是一種來自內在的警訊，是通知我們或阻止我們別犯下不合規矩的行為的信息。和神的干預完全無關。罪惡感是一種進化結果，就像我們所有其他的思緒、感覺、智力以及甚至於我們對於神祕主義的傾向。妳是生物學家，妳應該知道在演化的過程中，物種發展出了許多令人驚訝的特徵，以便保護該物種，也就是延續其生命。意識就是一種防止自我毀滅的護欄。」

「總而言之，我的意識不是人類內在對話的這種單純本能。」

「我們大家都同意，女性的反應總是比較不同。大家總覺得女生好像有兩種意識。母性的意識和妓女的意識，就某方面來說，這很實際。」

索妮雅請歐司卡再進一步從這個角度來解釋死亡。為什麼演化會允許只存活一段時間就死亡的個體持續發展進化？若僅從保存物種的觀點來看，人是否也有可能變得長生不死。

「其實，每一個個體的死亡，都是讓出位置給另外一個個體：物種並不會隨著個體死亡而消失，反而是繼續延續下去，新的個體比先前的個體更加進步。這甚至是演化的基礎。」

索妮雅歎息著說，她仍然相信永恆的生命；相信在最後一日，上帝會讓所有信祂的人都重生。

牧師告訴她，問題沒有這麼簡單。難道非得要明白這只和那些在死亡之前表現出自己的信仰之人有關，或是和全體人類有關嗎？石器時代的人類是不會喜愛路德教派信徒口中的上帝的，因為他們根本不知道這位上帝的偉大。他們也是那麼地慈悲為懷而有道德，卻沒有一絲希望可以在最後一日升天……而且人和動物之間的界限在哪裡？一隻有信仰的猴子能否上天堂，或者牠必須有語言能力以及會使用短木棍，以便證明有資格上天堂？

「沃伊陀．維若牧師（Voitto Viro）在他的一本書裡頭說過，他養的狗上了天堂。」索妮雅說。

「對於貝爾柴來說，恐怕很難。」歐司卡說著，一面看向受他保護的那隻動物。小鎮的市區方向傳來的狗吠聲音。小熊低鳴著，顯得有些不安，並且拉扯著繩索。附近應該有自由行動的狗，因為狗叫聲越來越接近，已經從整排房屋後方來到森林，非常靠近會館所在的樺樹步道。

「現在大家是不是都不在夏天把狗拴起來？」索妮雅吃驚地說。

「牠們聞到了貝爾柴的氣味，我們也許該回去了。」

動物行為專家又把話題轉回到關於存在的大哉問。

「那麼創造呢？這難道不是神存在的證明？沒有任何事物是憑空出現的，是上帝創造了生命。」

「要這麼說，我也不能反對。但是作為創造者，我不覺得上帝很稱職。相對來說，大自然很美，但人就是件悲劇。舉例來說，要是一名鐘錶工匠不稱職，立刻就會被掃地出門。在另外一個世界的某個角落，應該有個高智慧生物能夠更明確而清楚地回答這些問題。」

歐司卡正要繼續回答這個帶有哲學意涵的宗教問題時，有三、四隻狗奔跑著穿越原野，領頭的是一隻狂吠不止的大型犬，接著是一隻尾巴捲曲的狐狸犬。這幾隻狗無所畏懼地朝著貝爾柴直撲而來。因為受到來自四面八方的威脅，這可憐的小熊很想英勇地抵抗，但是牠的嘴套令牠無法反擊，而頸部的繩索也不斷絆住牠的後腳。幸好，牠還有兩隻可以自由活動的前腳，並且憑藉著一隻年輕公熊的力氣和靈巧，和這一群進犯的狗群周旋。

在這場夾雜著犬吠與熊鳴的交響樂聲中，歐司卡牧師拿起了躺在路邊的一根木棍，並且朝這群凶惡的狗群揮舞著木棍。當他終於為貝爾柴取下嘴套，而這隻小熊也終於能夠張開一口利牙的大嘴時，村裡的這群惡犬才終於乖乖地落荒而逃，一面悲鳴著逃往鄰近的樹林裡面。小熊差一點就想追擊這群攻擊牠的惡犬，但是歐司卡及時抓住了繩索阻止牠追擊。他們氣喘吁吁地走回會館。牧師還恭喜著小熊。

「貝爾柴，你剛剛的打鬥就像一隻野獸該有的表現。」

17 牧師出海

在聖約翰日過後不久，前來參加由「芬蘭路德教會家庭事務委員會」所舉辦的伴侶關係研討會的人一批批抵達，會館的氣氛也變得緊張了，這些人對於歐司卡牧師與索妮雅這對極度自由的組合感到非常不以為然。尤其又加上一隻名為貝爾柴的熊，更是無法讓他們感到放心。

索妮雅和小熊又再一次將所有衣物清洗並熨燙，然後將她從夏天一開始便做的研究紀錄一一整理好，便再次離開返回烏魯。歐司卡牧師一面在內心想著這真是昂貴的道別，一面塞給她購買機票所需的費用。這裡只剩下他和小熊獨自處在一群伴侶問題專家之中，於是他也決定要離開會館。他結清帳單，然後前往寇伊理歐（Köyliö），接著轉向饒瑪（Rauma），並在那兒找了一間旅館過夜，以便次日繼續趕路前往烏錫卡屋龐基（Uusikaupunki）。

鎮上的汽車工廠產量早已一落千丈，一個個沒了工作的工人只能流連在街頭與酒吧裡，整個氣氛非常低迷。造船工廠也都受到不景氣影響：此刻只有兩艘船正在整修，一艘是德國籍的貨輪「漢沙號」，另外一艘則是俄國籍的船隻「愛拉塔拉索娃號」，是俄國還佔領波蘭時期在格但斯克（Gdansk）製造的，如今整修工程已經接近尾聲。當牧師漫無目的行駛在乾涸的船塢上時，無意間遇見了這艘船的船長瓦西利，一個好心的老水手。他正好前來驗收整修好的船。這位蓄著一把大灰鬍子的水手，正站在造船工地的柵欄旁小解；小熊見狀開始發出聲響，牠也想解放一下。歐司卡於是停下車子，帶著貝爾柴來到被金屬欄杆圍繞的角落。小熊瞧了船長一眼，把一隻前掌搭在柵欄上，然後像人那樣開始對著草地澆著尿液，而牧師也跟著一起解放。船長首先尿完，甩乾最後幾滴尿液便關上褲襠，他用英語問著：

「您這朋友真的是隻熊嗎？」

「如假包換。」歐司卡肯定地答覆。

他們互相自我介紹之後，瓦西利船長便邀請歐司卡參觀他的船隻。這是一艘真正的白色舊型船隻，全長超過一百公尺，能夠搭載大約兩百名旅客，外加一百名船員，其中只有一半來自鎮上，絕大多數是前來測試新安裝在船上的柴油設備的機師。船長還邀請歐司卡和小熊在自己的船艙裡吃了一頓輕便的午餐，並且喝了幾杯伏特加。這是個孤獨的男性，他說自己年少時曾經隨著一艘捕鯨船在太平洋上航行，後來則跟著貨輪在裡海穿梭往來，而現在，隨著改革開放，他先是被調職到阿爾漢格爾斯克（Arkhangelsk）——那裡打算要和位於科拉（Kola）半島另外一側的莫曼斯克（Mourmansk）開設一條往來於兩地的航線。

牧師也簡述了自己的人生：他曾是路德教派牧師，曾在芬蘭撰文護教，是個神學博士，並且曾經主持過一個教區。此刻他正支領半薪休假中，並且帶著自己養的熊到處遊歷，但是沒有任何目的地。

吃過午餐後，貝爾柴將兩隻前掌合在一起，做出沉思的姿態。牠的嘴巴像是在唸唸有詞一般：牠在謝恩。

「您覺得牠會不會在胸前畫十字？」船長接著說，「我們來試看看。」於是船長開始示範起來，歐司卡便命令小熊：

「來，貝爾柴，照著做！」

經過幾分鐘的練習後，小熊學會了這個新的把戲：牠會用右前掌從額頭向下畫，再從一側肩膀畫向另外一側肩膀。看起來就像個虔誠的信徒。

「真是個好學生。」船長讚賞著。

午餐之後，他們到輪機室以及指揮艙的駕駛平台去繞了一圈。船長對於這艘船感到非常自豪：儘管這艘船已經有二十年的船齡，但是它已經再次呈現完美的狀態，從船首到引擎，全都經過檢修，並裝配了最新的電子儀器。從指揮艙回來後，他們又去瞧了一下夜總會，那裡迴盪著節奏分明的搖滾樂聲。一支舞團在預先錄好的音樂卡帶伴奏下，正在排練舞蹈，一共是五名舞者：兩名身材修長的男生以及三位美麗的女孩，全都穿著緊身背心。這支舞團跟著節拍動著，他們正在排練一支全新的火辣舞蹈。歐司卡牧師詢問著這支舞團的來歷。

「我猜想他們其實是聖彼得堡的娼妓。」船長咕噥著：「這五人不屬於船上的人事，他們是臨時受雇來演出的，這艘船是艘客輪，得有一些娛樂表演。」

牧師詢問著自己是否有機會也能順便上船演出。只要有得睡，有得吃，以及一點微薄的演出酬勞，他就很滿意了。他開始想像可以在音樂廳裡演出，和貝爾柴一起展現他們的才能：小熊可以扮演某種居家僕人，聽令演出各種有趣的把戲，像是那些牠已經會做的事，包括洗衣服、熨燙襯衫、佈置餐桌等等。然後牠再禱告，並在胸前畫出十字以及其他手勢。

「這點子太棒了！」船長高興地回應。他坦承自己有想過一些這類的把戲，但是之前不敢向牧師提議。在這艘船上，他們真的需要其他的娛樂節目，而不是只能一直觀賞那些裸露大腿的年輕女子扭腰擺臀，以及那些疑似她們的皮條客的踏腳聲。

「您到芬蘭海上職業工會去註冊，我來準備工作契約，我猜您應該有護照吧？也有這隻熊的證明文件？」

牧師向他解釋，貝爾柴是正式被認可當成寵物豢養，人家送給他養的時候，還附上了政府的許可證。

「這是我教區裡的教友們送我的五十歲生日禮物。」

「我五十歲的時候，我的船員們送了我一隻企鵝當成生日禮物，那時我們還一起在紐西蘭的海域航行。隨著年紀漸增，牠染上了許多令人厭惡的奢華陋習，更老的時候，牠臭得簡直和糞坑沒兩樣。我後來把牠賣給了聖彼得堡動物園。結果牠在那兒把沙門氏菌傳染給其他水鳥，聽說所有的水鳥最後都死了。」

船長接著宣布他們將在大約一週後離開烏錫卡屋龐基。

「一開始，我們本來要穿過芬蘭灣，接著是拉多加（Ladoga）湖、奧涅加（Onega）湖以及各條運河，最後抵達白海。但是若干水閘的規模可能不夠大，而且可能還有其他問題。反正，我們現在決定改走波羅的海直到丹麥海峽，然後進入大西洋，沿著挪威海岸前進，繼續朝著佩琴加灣（Petchenga）以及科拉半島前進。到了莫曼斯克，剩下的一批船員將會上船，還有第一批觀光客也要上船。然後我們會繼續開往科拉半島的另外一側，再從巴倫支海（Barents）前往白海，最後來到阿爾漢格爾斯克，在那兒載運另外一批旅客，然後在索洛維基（Solovki）暫停，再返回莫曼斯克。在我們抵達那兒之前，您有的是時間教小熊其他把戲。」

船長說他已經準備要支付給牧師一名船員的全薪，但是小熊只能領取一名小水手的微薄酬勞。

「盧布的幣值比較低，這是顯然的，但是您可以把汽車開上船，然後在莫曼斯克賣掉汽車，這樣一來您在俄國停留的期間又有錢了，至少撐到通膨追上你為止。」

歐司卡仔細記下這些寶貴的建議。他的工作契約一擬好，便出發去加入海上職業工會。

一週之後，拖船便將愛拉塔拉索娃號從烏錫卡屋龐基的船塢拖出來，接著在領航員的引導下進入海面。船首朝著南方，準備展開全新的冒險。在出航的船上，歐司卡牧師和他忠心的貝爾柴也在其中，這一人一熊成了海員。

18 北方海域航行

愛拉塔拉索娃號在多霧的大西洋上乘風破浪。牧師的汽車就固定在前方甲板上。他自己則待在右舷，雙手靠在欄杆上，注視著時不時會從薄霧中顯現的險峻岩壁。時間已經是深夜了，但是天色依然光亮，因為在北方的夏季，太陽從來不落下。大船已經過了亨默菲斯特（Hammerfest），並朝著北極海的方向駛去。

牧師突然感到一陣憂傷。他離開了祖國，朝著遙遠的白海前進。他這離開的決定會不會太過草率，完全沒有顧慮到後果？突然變成水手以及表演藝人，感覺是有點奇怪。

貝爾柴在這航程中學會了不少新的把戲。牠在住房部經理的命令下，在軍官食堂裡擔任起服務生。負責上菜、打掃，牠通常都是用自己身上的毛皮來擦拭灰塵，這比什麼抹布都更加乾淨，並讓所有桌面一塵不染，特別是假使有人幫牠把毛皮稍微沾濕，清潔效果更好。在清潔地板方面，人家在牠的四隻腳掌上各套上一塊抹布，就像穿著俄羅斯襪那樣。然後牠只需要在食堂內走動，便可以迅速把各個角落打掃乾淨。每隔一段時間，牠就會走到一個水桶去，輪流將四隻腳掌浸入水桶，以清洗抹布。

再過兩三天，這艘白船就要在莫曼斯克下錨了，屆時將會有兩百名遊客上船。牧師開始緊張了：他能夠和小熊成功地娛樂這些觀光客嗎？他當然一再排練過了，並且也為海上祝禱寫了好幾套腳本。原則上，一切都準備就緒。歐司卡牧師茫然地注視著海上的霧，他為自己的命運祈禱著。他現在除了一輛老爺汽車和一隻年輕公熊以外，已經一無所有了；而在一抵達莫曼斯克，他就會變賣汽車，並且毫無疑問地應當在秋天時宰殺公熊，到時候公熊已經長得太大，而他也無財力繼續豢養公熊。貝爾柴的體型越發龐大了：四肢站立時，肩部離地已有一公尺，體重也超過一百公斤了。到時候，牠的毛皮可以製成一張漂亮的小地毯。

這隻年輕公熊陪在他身邊，一起漫步在甲板上。小熊的主人可不是時時都能夠這樣陪伴著牠。牠的目光游移在那一艘艘救生艇之間，因為牠想起了數日前船隻停泊在基爾（Kiel）補給物資時所舉行的大規模救生演習。貝爾柴當時在牧師的陪伴之下，在甲板上全程目睹了演習，而牠突然想要獨自重新操作一遍演習。熊普遍擁有良好的記憶力，而這隻小熊的記憶又更棒。牠用牙齒咬住拴著一艘救生艇的繩結，然後用力一拉，解開繩結，就像牠先前見到那些俄籍船員所做的那樣。救生艇轉眼之間便被鬆開了，原本繫住救生艇的纜繩也開始從輪軸上迅速滑動。另外一端的狀況也相同，而沉重的救生艇此刻正從吊桿上鬆開，迅速落下到波濤之中。小熊似乎已經很清楚整個操作程序。牠從圍欄上頭瞧了一眼，看見小艇落到水面上，並且激起一團白色浪花。這讓牠開心得手口並用，大舉向其他的救生筏進攻。正在興頭上的小熊已經放開了三艘救生筏到海上，並且正要著手放開第四艘，此時船員們已經意識到發生什麼事了。警笛開始放聲大作，一群船員立即衝向甲板。

歐司卡牧師費了一番手腳才抓住小熊，並將牠帶回船艙，好好教訓牠一頓。貝爾柴不明白自己做了什麼壞事，羞憤之下，牠對主人露出了一口尖牙，但牠最終仍是得臣服在牧師一次次用來輕拍在牠背上的皮帶之下。

愛拉塔拉索娃號停了下來，船尾的柴油推進器不停嗡嗡作響。船員們放下另外一艘小艇，並有四名船員上了小艇。他們在一片灰濛濛的波濤中，追回了隨波逐流的第一艘救生艇，在把救生艇拉上大船之後，他們再次出發去尋找另外三艘救生筏，其中兩艘已經翻覆了。他們花了好幾個鐘頭讓一切重新步上軌道，並讓大船得以繼續航程。

船長前來牧師的船艙找他。船長有點不高興，但不是真的生氣。小熊則賭氣地躲在桌下。

「我很抱歉貝爾柴闖了大禍，請接受我鄭重的道歉。」

「這傢伙還真是聰明，竟然成功放了一艘救生艇以及三艘救生筏下水。在緊急狀況下……牠自己就能夠拯救十多條性命。」船長說。

牧師想知道，除了時間延宕之外，小熊所策劃的這場加演場逃生演習是否造成巨大損失。

「除了延誤兩小時，其餘沒什麼大不了，在海上嘛……但你真的得把牠看緊點。比方說，別讓牠跑到駕駛艙去亂碰。運氣好的話，牠有可能會帶領我們直接撞上懸崖。」

大船越過了北角，然後經過佩琴加灣，並且進入科拉峽灣，沿著長達十數公里的深邃航道前往莫曼斯克，河道兩岸淨是岩石裸露的光滑岩壁，到處可見廣大俄國瓦解後的遺跡：生鏽的遠洋船艦殘骸散落在峽灣兩岸的岩石上，也不必讓人費心去將這些殘骸報廢。水上浮著一層油污，岸上堆積著各式各樣的廢棄物。世界最大港的產業活動已經大幅萎縮，只剩下若干起重機在那些已經殘破的漁船碼頭上嘎嘎作響；在峽灣另外一端，一艘巨大的灰色軍用運輸船正要駛進軍港，同時一名海軍准將正在甲板上伴著響亮的號角聲巡視一排排的水手。一艘露出黑色背脊的潛艇在航道中央漂浮著，在兩艘拖曳船的纜繩牽引下，誰也看不出來究竟這艘潛艇是剛剛從北極海回來，還是正要出航。

愛拉塔拉索娃號的船員剛剛在碼頭邊下錨，拖曳船則離開了大船的兩側。一群碼頭工人出現了，立刻有人將一架起重機的纜繩穿過了牧師的汽車下方。這艘船的船員才剛剛踏上陸地，汽車已經上岸了，並且立刻圍上了由可能買家所組成的人牆，他們忙著評估車況。那些報價聽來真是會讓人哭笑不得：一袋滿滿的盧布、十公升的伏特加以及五百美元現鈔。另外一個人的報價稍微好一點，高了三分之一。生意很快就成交了。牧師將汽車賣了，換來三十瓶伏特加、一千美元以及一大筆可以抵過平常工人兩年工資的盧布。

當晚，若干芬蘭遊覽車排列在大船外，並載來了一群觀光客，絕大多數是超過六十歲的退休老婦人，全都來自芬蘭北部。她們前來參觀這個以前完全封閉，後來在蘇聯垮台後才向全世界開放的北極地區。她們的郵輪行程首先是沿著科拉半島的海岸前進，接著抵達阿爾漢格爾斯克，然後在索洛維基的島上修道院繞過一圈後，便返回莫曼斯克。整趟旅程將持續整整一週。這群退休婦人上了船，接受船員們的熱烈歡迎。而全部的觀光客裡頭，還有幾名上了年紀尚未被死神攫走的男士，以及兩名會說俄語的導遊。算起來，大約有一百多位充滿好奇心的頑固老太太拖著她們的塑膠行李箱上船，並佔據每一間客艙。

歐司卡牧師幫貝爾柴套上嘴套，接著帶牠進城散步。到處是破敗的景象。每一處公園的草地都荒廢了，大樓的水泥陽台都風化了，看似隨時要坍塌，街上也到處是雞窩，行人一個個都神情嚴肅而認命。在一家小旅館的前廊地上，有一大灘紅色液體反光著。

是人血。幾名芬蘭獵人向歐司卡解釋，他們正忙著要在入夜前把他們四輪驅動車的大燈取下。他們帶著狗來到此地，想要訓練這些狗在科拉半島的森林裡追蹤真正的野生熊。他們從艾瓦羅（Ivalo）走公路而來。這群獵犬一聞到貝爾柴的氣味，便開始大聲吠個不停，以至於他們得將狗群關進車子裡。

「今天早上，當我們走出旅館時，有個俄國人死在階梯上。」其中一名來自索當奇拉（Sodankylä）的獵人說。

「他的喉嚨被劃了一刀，傷口連接了兩隻耳朵。」另外一名獵人接著說：「還沒有人清洗血跡，但至少屍體已經移走了。」

「夜裡沒有人敢睡覺，除非手邊有一把大獵槍。」他們異口同聲說。然後向歐司卡提議要買貝爾柴。

「把你的小熊賣給我們！我們把牠帶到芬蘭，讓牠當這群獵犬的對手，這樣我們以後再也不需要大老遠跑來這裡訓練了。」

歐司卡想了一下，但還是決定要留下小熊。若是他把自己的夥伴賣了，那就真的是鐵石心腸了，尤其是得知小熊之後將有好長一段時間必須對抗這群不戴鏈子的獵犬。

「算了。反正牠看起來太過溫馴，不符合我們的需求。」在歐司卡帶著小熊遠離旅館的同時，這群獵人做出結論。在一家百貨公司裡，牧師為自己買了兩頂毛氈帽，然後買了一個鋁碗給貝爾柴。陳列架上沒有太多其他的東西。在回到船上之前，牧師還參觀了莫曼斯克的軍事博物館，那兒以生動的陳列方式，展出了這個不凍港在二次世界大戰期間各個時期的照片：為盟軍卸載軍需物資的碼頭工人，當時在德軍飛機無情的猛烈持續轟炸之下，簡直是活在一場無止盡的噩夢之中。

夜裡，愛拉塔拉索娃號鬆開了纜繩，讓拖曳船拉著在航道裡航行，然後在夏夜的微弱光線裡出發，進行第一次的郵輪任務。在五十公里之外的峽灣出口處，大船在北極海裡轉向東方前進。早餐的時候，那群退休芬蘭婦人要求喝到真正的咖啡，但是有俄國茶她們也勉強滿足了。她們一面喝一面抱怨著船上的服務品質遠遠不如芬蘭、瑞典之間的鐵路客服。

日間的時候，歐司卡牧師透過船上的廣播系統宣布，船上乘客若有意願，可以參加將在食堂裡舉行的路德教派宗教聚會。出席的一共有五十多人，歐司卡在他們的面前做了場佈道，唸了些祝禱詞；期間，貝爾柴一直以後腳站著的立姿，陪在一側，兩隻前掌合在一起。整場聚會氣氛顯得非常虔誠而熱烈。

晚間，歐司卡正式在夜總會登場首次表演把戲。船此時已經航行到科拉半島的東邊了，若干人也見到了一頭白鯨在船後方的航道嬉戲著。牧師對大家談論著北極海自然景觀的奧妙，隨後又講述著自己對熊所知的一切。同時，貝爾柴則執行著人家教會牠的一切把戲：聽從主人的一切指令，翻跟斗、假扮野熊，在合適的時刻低鳴、露出尖牙，然後臥倒在講台上，彷彿牠要進入冬眠那般。隨著這場演出，歐司卡說明一隻熊如何能夠在被馴養之後，學會各種人類的舉動：擦屁股、刷牙、洗衣服、熨燙長褲與襯衫、奉茶以及打掃環境。貝爾柴還在舞台上跳起了波卡舞以及蘇格蘭舞，大獲好評。最後，在牧師唸完長長的東正教祝禱文精華部分後，小熊用熊掌在胸前畫了個十字。觀眾們眼裡泛著淚水，紛紛熱烈鼓掌。這場演出真是很精采，大家興奮地叫喊著：

「真是隻好演員！您認為牠真的有信仰嗎？」

19 小熊躲進叢林

在抵達科拉半島的頂端之後，愛拉塔拉索娃號便朝南行駛，穿越了巴倫支海，來到了白海，繼續航向阿爾漢格爾斯克。歐司卡牧師每天都舉行佈道，並且每晚都帶著貝爾柴在夜總會演出。小熊很快就習慣公開演出了；牠學習著新把戲，而且顯然很開心上台表演。歐司卡也教會牠在每次表演結束後向來賓募款，而每次總能帶回一大筆錢給主人。

在四天的航程之後，大船在阿爾漢格爾斯克靠岸了，而歐司卡牧師也能夠在瓦西利船長的帶領下參觀市區。這是一座建立在河岸平原的大城，河面上明亮卻冷冰冰的，一切都被水流帶走了。市中心是一片水泥叢林，反映出蘇聯時代的榮景，但四周被住宅區所包圍，一棟棟歪斜的木造房子，全都被這塊北極之地的霜雪解體了。冬天的寒風在當地居民的臉上刻畫出了憤怒的神情，只有年輕人不停消費飲用的伏特加，以及即將前往船艦賭場跳舞的年輕女孩們的爽朗笑聲，才能夠稍稍和緩這樣的表情。船長帶著牧師以及貝爾柴參觀了露天博物館、紙漿工廠、杜味拿（Dvina）木材流放工地，隨後又在晚間帶他們到城外去參觀一座木造的老舊東正教灰色小禮拜堂。他們開了一瓶伏特加，躺在高處的草叢裡，一面觀賞著在他們腳下延展開的小聚落：大約有六、七個老人正在收集牧草，他們一個個看起來都酒醉不堪，以至於船長和牧師時時擔心有人會在草地上直接摔倒在自己的釘耙上。

小熊很開心這個在郊外的放鬆時刻，牠嗅聞著剛剛收割過的清新草味，鼻頭不斷抖動著，並且試著要抓住一隻正在嗡嗡作響的土蜂，然後整個身體翻倒在地，四腳朝天，就和船長以及牧師那樣。他們也讓小熊嚐了一口伏特加，但小熊立刻嫌惡地吐了出來，滿臉不高興。

夜裡，他們回到船上，準備一大清早朝著索洛維基群島行駛在霧濛濛的海上，他們將在最大島西邊的下錨點下錨。因為霧非常濃，以至於前來接駁這群退休芬蘭婦人上岸的小艇和拖曳船都迷航了，並且只能在白海無風的海面上不斷鳴笛，卻無法返回出發點，也無法覓得郵輪。愛拉塔拉索娃號只能在索洛維基的西部水域停留十八個小時，直到濃霧散去，並讓輔助小船靠近船身。船員放下了舷門的梯子，讓這群老奶奶終於能夠踏上這座知名的修道院小島。

芬蘭導遊帶著旅客們參觀了內城。船長則提議要陪著牧師以及貝爾柴。島上派給了他們一位穿著港口通訊室制服的女導遊，這位女導遊會說英語，並且有點空閒能夠為他們介紹這座著名的島嶼及其晦暗的歷史。塔妮亞・米凱洛娃應該有三十歲了，身材修長而優雅，膚色白皙，就俄國人而言算是高大。她對他們說這個群島全名是索洛維茨基群島（Solovetskie ostrova），散布在比三百平方公里稍大一點的範圍內；哲爾曼（Germain）、佐希姆（Zosime）和沙巴求思（Sabbatios）三位隱士，在十五世紀的時候來到此地建立修道院。從這個基地開始，東正教的信仰便開始在白海一帶擴散開來，並逐步向北邊以及西邊傳遞：一次又一次的傳教旅程與劫掠最終推進到芬蘭。僧侶們一直過著禁慾的苦行，讓遠道而來的人們大開眼界。修道院過去很富裕而且非常出名，直到二十世紀初的十月革命才讓其輝煌畫下句點。同時也開啟了一段黑暗歲月，因為小島被改建為監獄：塔妮亞向他們解釋，他們腳下每走一步，都是踏在先人的骨骸，以及被活埋在土地裡的人的遺骸上。

在索洛維基，有數以萬計的人被處決或是活活餓死；過去數百年間，僧侶們也奔跑在這塊低窪土地的冰冷小徑上頭，他們懷著敬畏上帝的心，在胸前加倍畫著十字，並且唱誦著單調的東正教聖餐禮。上一次的世界大戰期間，在軍事道路兩旁的沼澤地帶，紅軍的海軍裡大批未成年的少年兵，只能在飢寒交迫的惡劣環境裡，用他們凍僵的雙手，挖出他們在受訓時的個人簡陋掩體。他們都切實學到肉搏以及為戰鬥而死的精神。

「我來自阿爾漢格爾斯克，我母親是挪威人，但我不會說挪威語。我爺爺死於一九四〇年冬天與芬蘭的戰爭中，而我父親過世時，我才五歲。我母親在阿爾漢格爾斯克教書，很快就要退休了，前提是她在退休之前還沒病死。她現在病得很重，因為得了癌症。」

塔妮亞帶領牧師、船長以及小熊參觀著索洛維基修道院遺址，並為他們導覽一間間用來監禁犯人的潮濕牢房。這些建築物的狀況很糟糕，最近幾年才開始一點一滴在進行維修。甚至有些芬蘭志工大老遠跑來助一臂之力，但是至今才架起了一堆鐵管，而這些鐵管已經在原地開始慢慢生鏽了。

「今年夏天和冬天，我還得繼續在這裡執行通訊任務，之後我或許就能離開這裡。這座島上沒有任何消遣娛樂，簡直與世隔絕。」

接著，這年輕女子問道，是否也能讓她牽著小熊的繩索。小熊覺得她很和善，於是蹭著她，舔著她的手，試圖爬上她的膝頭，卻沒有意識到自己此時過於龐大，不能這樣撒嬌。離開城堡後，他們便在穿過小鎮朝北北東方向的道路上散步，而路面到處是坑洞，他們沿著兩個林邊池塘前進，堤岸上都長滿了苔蘚，他們隨後停步吃著從船上帶下來的存糧。船長在自己的袋子裡放了一瓶順口的喬治亞紅酒，他們便一面吃著三明治，一面喝著酒。烈日當頭，連一點微風都沒有，一群群的蚊子繞著這幾位野餐的人兒嗡嗡叫著，小熊和塔妮亞倒是不以為意，卻苦了船長和牧師。

他們聽見從小鎮方向傳來了響亮的犬吠聲音，隨後便竄出三頭紅棕色的萊卡犬奔馳而來，一路還揚起塵土。貝爾柴一時怒氣攻心，就像在翁普拉基督教會館的樺樹林那樣：牠扯斷了繩索，從塔妮亞手中掙脫，並且不受控制地衝向從鎮上跑來的狗群。此刻的小熊已經壯碩到足以令狗群望而生畏，並尖叫夾著尾巴逃竄。小熊則邁開大步伐在後頭緊追不捨，四肢腳掌所到之處，紛紛刨起了泥炭土層上的苔蘚。最後，牠消失在一片濃密的杉木林裡。但是很快地，在森林裡再也聽不見那群瘋狗的叫聲，也聽不見小熊的嗚叫聲。

歐司卡牧師、瓦西利船長和通訊室員工塔妮亞都非常擔心，他們齊聲呼喚著貝爾柴，但是一直不見小熊出現。歐司卡脫下鞋子，走進林中。他沿著小熊的足跡在池塘邊繞了一圈，卻在土壤稍硬的地方丟了小熊的蹤跡，只好回到馬路上。他們繼續在馬路上又呼喚著貝爾柴半個小時，卻沒有任何收穫。小熊已經迷失在森林了。船長說他必須返回船上，但牧師沒辦法把小熊獨自遺棄在大自然中，牠絕對不可能自行求生。總而言之，少了貝爾柴，他也無法在愛拉塔拉索娃號的夜總會音樂廳裡表演戲法。

「我今晚會在九點鐘起錨，試著在那之前找回小熊，我會留下一艘動力小艇讓你們登船，若是找不到，就請塔妮亞給我來電。」船長說。隨後他便和塔妮亞朝小鎮的市區走去。牧師赤足走進森林裡，每隔一段時間，他便隔空喊著：「貝爾柴，回來！貝爾柴，回來！」

20 索洛維基的新囚徒

歐司卡牧師在森林裡遊晃，尋找著小熊，但是他一直找到深夜，仍是一無所獲。他因為疲累而且腳底都磨破流血了，便一跛一跛地返回小鎮，接著來到港口，並得知愛拉塔拉索娃號的船長已經命人把他的行李都先送到通訊室的辦公室。牧師於是前往通訊室，塔妮亞仍在工作，她代牧師簽收了行李、伏特加存貨以及一箱書籍，還有貝爾柴的燙衣板。這些物品先暫時堆放在辦公室的儲藏間。那是個極為狹小的空間，只容得下一張床、一個小櫥櫃以及一張桌子。塔妮亞很擔心貝爾柴的下場：

「這可憐的小傢伙孤零零在森林裡，牠該怎麼脫身呢？」

牧師說小熊已經夠強壯了，身上的毛皮也夠厚實，而且再怎麼說，牠都是隻野獸。牠沒有理由不知道如何在森林裡頭求生，說到底，牠是在森林裡出生的。塔妮亞答應次日一大早就陪歐司卡去尋找小熊，她今晚值夜班，但是明天一整天休假。她在休息室裡為牧師整理好床鋪。此時在辦公室裡只有三個人在工作：除了塔妮亞之外，還有一名肥胖士官，以及一位乾癟電台技師正在一小杯一小杯喝著酒，同時還用歐司卡完全聽不懂的俄語交談著。他拿出一瓶伏特加當作過夜的費用，並且在上床前也乾了一杯。這些俄國人忙著喝悶酒，並未對牧師太過留心。偶爾，可以聽見廣播室的接收器裡傳出雜訊、俄語訊息，或是塔妮亞正在傳輸微波報告的聲音。

早上，塔妮亞給牧師端來了茶以及三明治，並拿來襪子和軍用皮靴。工作站裡來了另外三名軍人，包括一名年輕的軍官以及兩名士兵；那兩名值夜班的伏特加酒鬼甚至在交班之前，就已經不見蹤影了。伊凡．克羅斯尼可夫中尉花了好長一段時間，仔細地審核歐司卡的航海護照，然後才在上頭蓋章，並允許歐司卡牧師暫住在通訊室的木屋裡，等待與愛拉塔拉索娃號會合。早餐之後，塔妮亞和歐司卡便出發去尋找貝爾柴了。

他們這天仍是沒有找回迷失的小熊，隨後一週也一樣。歐司卡開始不抱希望了：小熊逃進森林裡了，而船次日應該要從莫曼斯克帶著新的一批旅客折返回來了。於是他靜靜地收拾行李，打包書籍，並將個人盥洗用品收好。他心想：這下倒好，我擺脫了生日禮物。這一切發生得那麼自然：貝爾柴因為一時氣昏了頭，而追在一群狗之後，衝進了森林，並且待在森林裡頭。或許這也是好事一樁，熊天生就該活在大自然裡。現在只能希望小熊自己學會狩獵，不過在學會狩獵之前，牠已經知道以漿果和蕈菇來果腹，而且在索洛維基島上一定能找到腐屍。秋天來臨時，牠肯定會想到要在一棵松樹底下或是在一個蟻巢旁邊挖個地洞，並且在那裡冬眠。

小熊的未來似乎是能夠放心了，而且是最自然的未來，但是歐司卡牧師一點也開心不起來。他捨不得小貝爾柴，並且想著他們一年多來的共同生活。他已經和小熊分不開了。想到要把小熊遺棄在白海的俄國小島上自生自滅，讓牠再也無法獲得主人以父親身分的指導，他就感到沮喪。

「只要我有一點點自由時間，我一定會試著來找尋貝爾柴，要是我找到牠，不管你在哪裡，我都會發電報給你。」塔妮亞向歐司卡再三保證。這位女士在午後短暫牽著小熊散步於城堡的小徑，以及島上充滿坑洞的泥濘馬路之後，她已經對小熊有了好感。

然而，愛拉塔拉索娃號並未按照約定出現。在多等兩天卻無聲無息之後，歐司卡要塔妮亞發一封電報去莫曼斯克，以便瞭解船期延誤的原因。

後來消息證實：船抵達莫曼斯克不久，當所有旅客都下船轉搭遊覽車，取道拉亞諸賽比公路前往芬蘭之後，船便遭遇一支嗜血海盜攻擊，那群人當中絕大部分是參與過阿富汗戰爭的年輕退役軍人，後來變得無法控制，他們當中另有幾名被從德國遣返的紅軍軍官，平日酒後鬧事是出了名。這支海盜控制了大船，殺害了瓦西利船長，並在甲板上堆積起數量壯觀的各式步兵武器。船員中有一部分的人成功脫困了，但不是所有的人都如此幸運。愛拉塔拉索娃號和船上的貨物，隨即在夜裡轉向卡拉海（Kara Sea）。此後，再沒有人聽到大船的音訊。也許被軍艦擊沉了，但是沒有任何訊息傳來索洛維基。

歐司卡牧師這下真的成了島上的囚徒。他寫了幾封簡短的電報訊息請塔妮亞幫他發往芬蘭。訊息裡沒別的好寫，只寫著他被困在索洛維基，小熊跑了，而他沒別的打算。

數日後，塔妮亞帶了兩封電報來給歐司卡，其中一封是寡婦賽咪發出的。努門帕沒有發生什麼大事，倒是黑麥的收成好，漁獲也佳。電報最後以一句簡潔的話語結束：

「牧師太太和馬克西姆少將似乎訂婚了。」

牧師的女兒們也捎來了她們的問候，但是沒有任何來自索妮雅的回應。然而，索洛維基和她所在的烏魯之間也不過距離幾百公里，只不過兩地之間隔著一面海、一道國界以及一片無止境的泰加林。就這樣，不再有索妮雅的音訊，一直沒有小熊的消息。

歐司卡每天花很多時間，在這座修道院島上的各處森林裡呼喚著貝爾柴，但是大自然總是一片沉靜，而小熊也從未現身。晚間，牧師就會在岸邊老舊城牆底下的冰冷石頭坐下，看著那些早已年華盡褪的鐘塔圓頂，獨自悶悶地喝著伏特加，並思索自己的存在。真的沒有什麼事值得高興：他置身此地，遠離一切，被遺棄在這個沒有人情味的海岸上，一個朋友也沒有，連瓦西利船長都被殺害了……妻子背叛了他，情婦忘了他，連豢養的小熊都拋棄他了。他沒有目標，沒有工作，沒有教區，也對未來沒有任何信念。

現在他僅有的伴侶，就是一瓶伏特加以及正起著冰冷薄霧的無盡大海。

「上帝只是個裁判，無時無刻都在發怒。」

《聖經》〈詩篇〉裡頭那些嚴厲的告誡似乎就是明證，但是真的有必要這麼相信這些經文嗎？歐司卡甚至不再對上帝及其話語有任何基督徒該有的虔誠信任。

稍晚，他從所在的大石頭起身，把已經空了的酒瓶遺忘在水邊。他蹣跚地慢步走回通訊辦公室，一心只想快點上床睡覺。

在夏天的月光裡，塔妮亞跑著前來找牧師，看起來顯然有急事。她上氣不接下氣地衝到牧師面前對他說：

「貝爾柴找到了，牠獨自走出森林，在城堡裡被抓住了！真是天大的好消息，歐司卡！」

21 泰加林裡的戈帕舞

貝爾柴是在索洛維基修道院的院區裡被發現的：牠趁著夜裡闖進以前僧侶們釀製克瓦斯❻的老工廠，這座工廠在蘇聯垮台後又重新運作了。小熊在那兒吃了許多麵包、大麥芽以及發酵中的麥芽汁。牠醉得像頭豬，因此毫無反抗就被抓住了，然後關進一個正在維修中的僧侶小房間。歐司卡和塔妮亞忙著跑來將牠救出監獄。貝爾柴此刻已經酒醒得足以認出主人以及主人的新伴侶。真的是相見歡！小熊和牧師兩個醉鬼緊緊地抱著彼此良久。歐司卡眼眶都濕了，而開心的小熊則不斷舔著他的臉龐。

歐司卡領著小熊來到通訊辦公室過夜。小熊高興地趴在地上入睡。一切又重新步上正軌了。

七月底的時候，一艘白色大船在索洛維基海域下錨了。這艘船名為「塔堤娜薩莫伊

❻Kvas，一種以黑麥發酵製成的淡啤酒。

洛娃號」，和愛拉塔拉索娃號屬於同一型號，前者剛剛被購入以便繼續後者開啟不久的北極海域航線。這回，船上仍舊載了一百多位充滿好奇心的退休婦人前來參觀這座以修道院聞名的島嶼，她們將一一以動力小艇及平底船接駁上岸。歐司卡摩拳擦掌著想：他總算能夠離開索洛維基島了。他立即要求和船長見面。這次的船長比較年輕，看起來脾氣不太好，在知道歐司卡的來意之後，他的反應很直接：

「要我聘請您到船上來為大家宣揚路德教義？您是在跟我開玩笑嗎？」

歐司卡拿出了他的航海護照，並向他解釋，說愛拉塔拉索娃號的船長曾委託他專門為這類芬蘭觀光客在船上舉行祈禱會。這些聚會都非常成功。

「請聽清楚。我不會讓我的船被改造成異教徒的教堂。既然您和那艘船的船長交情那麼好，為什麼您沒有回到愛拉塔拉索娃號上？」

歐司卡回答他，那艘船改了航線，並且在巴倫支海消失了。而瓦西利船長遭到殺害。

「我倒是不意外。」船長說。

歐司卡仍不放棄。他打出自己最後一張牌：

「倘若您對我的祈福不感興趣，我還有一隻會跳舞也會熨燙衣服的熊。牠在音樂廳裡大受歡迎，簡直是個藝術家。」

船長覺得這個建議簡直更加瘋狂。最終他用堅定的語氣說，他絕對不會讓一頭野獸上船去驚嚇所有船客。

「我對熊的瞭解足以知道這些惡魔能夠吞食掉這些旅人。不用再說了，我不可能和您這種人合作。」

船長陪同牧師來到接駁他上船的動力小艇，並且下令要甲板上的工作人員不得再讓牧師登船。歐司卡被遣返回索洛維基。他想在冬季之前和小熊離開小島的最後希望，看似破滅了。

塔妮亞倒是挺高興歐司卡和貝爾柴無法離開。她覺得索洛維基的森林是小熊冬眠的理想地點，而且牧師可以搬到她位於城堡附近的家同住。這位電台女員工只在集合住宅裡有個小小的房間，但總是有辦法能夠讓一位有教養的神職人員住下來過冬。總之，他沒辦法繼續住在通訊室的木屋裡了，辦公室屬於俄國政府所有，而且只能提供公務人員休憩之用。

歐司卡牧師於是把自己那一點個人財物搬去了塔妮亞家裡。能夠再次和一個女人共同生活，真是件快樂的事。但是貝爾柴已經很高大了，而且食量大到牠的主人已經習慣整天在森林裡面陪牠。他們總是很晚才回家，並留心著不打擾到其他住戶。

小熊很喜歡索洛維基。早晨，歐司卡牧師會陪牠外出，口袋裡放些點心。他們就在島上前往斧頭山（Sekirnaïa gora）的路上閒晃，在環繞著沼澤與湖泊的泰加林裡漫無目的走著，過著自由野生動物的生活，餓了就吃些漿果和蕈菇。牧師在一座充滿混濁池水的池塘邊，搭了一個棚子，裡頭鋪設了厚厚的一堆樹枝。整座島上到處是茂密的松樹林，他們隨處可以砍下枯木來生火，而他也時常和小熊連續數日待在森林裡，期間僅回到塔妮亞家中洗滌衣物及補充儲糧。

只要一休假，塔妮亞就會陪著歐司卡及貝爾柴待在森林裡。她也教小熊跳戈帕舞。一開始，小熊還充滿狐疑，最終仍是搞懂了她究竟想幹嘛，並且很快就比她更加熟練這遊戲。於是，總是歐司卡唱著哥薩克民謠，而貝爾柴和塔妮亞便不斷轉圈跳舞。他那在教堂裡工作練出來的男中音，正好為這叢林舞蹈課做了最理想的伴奏。

歐司卡稱讚塔妮亞舞伶一般的天分。高興之餘，她說俄國女孩向來是頂尖的舞者，以及出色的演員。

「但我應該是唯一一個受到您讚賞的俄國女孩。」

這夏末充滿長時間日照的時光，在歐司卡的內心喚起了一股奇特的歡欣感覺，甚至有點讓他感到驚懼：人生是否仍眷顧著像他這樣一個老男人，要賜給他一丁點快樂和幸福？是否有一天他得要為這些在索洛維基森林裡的日子付出代價？或者他早已經為這脆弱的快樂生活買單了？誰曉得他是否已經在這個世界裡吃足了苦頭，讓命運（而不是上帝）決定為他開一扇門，過段比較快樂的生活。

命運！還真是了不起。歐司卡也不是太相信命運。從好久以前開始，他便一直認為人類絕非宇宙裡獨一無二的。他仔細研讀了去年秋天在「何瑞卡科技研究院」由外星文明計畫的天文學家所舉辦的研討會資料。他也因為好奇而參加了幾場研討會，因為他想要找到一個能夠替代上帝的全新神明，或隨便一個什麼，只為了能夠填補他內心被疑惑掘出的巨大空虛。

歐司卡當然很清楚，宇宙比起人類智能所能察覺的還要遼闊、有深度而且無邊無際得多。根據航海法則，除了我們這個有犯罪傾向的物種以外，在這個浩瀚無際的宇宙海洋裡頭，一定還存在著其他具有高度智慧的生物。在某個距離數百或數萬光年以外的遙遠星球上，肯定居住著一個會思考的陌生物種，他們極其低調地觀察著地球上的生命，一面還扮著鬼臉。他們也許還知識淵博，而且掌握著宇宙最大的祕密：生命的起源、演進以及最終目的等一切。

在何瑞卡科技研究院的研討會裡，已經有人說明過，人類數年來一直在借助大型無線電望遠鏡，日以繼夜地在收聽宇宙傳遞來的音波，試著要找尋出由外太空傳來地球的訊息，並且準備好將這些訊息解碼翻譯。這是美國人的點子，例如，加州大學就有他們自己在七〇年代啟動的「塞倫迪普計畫」，該計畫已經進入第三期了。在地球上的其他地方，大家當然也熱切地對於外星智慧的訊息感到興趣，而且在每一洲，包括歐洲、亞洲、南美洲，當然還有昔日的蘇聯，各地的無線電望遠鏡都已經調整為可以接收那些陌生文明可能存在的通訊。

但是儘管人類豎直了耳朵，地球上仍舊沒有收到任何一則清晰可辨的訊息。黑壓壓的宇宙依然沉靜。要是在銀河深處的某地真有某種高度智慧的存在，恐怕他們此刻還對人類不感興趣，管他是美國人還是俄國人或是其他人。

塔妮亞、貝爾柴以及歐司卡躺平在他們的松枝小木棚裡頭。一堆營火溫暖著他們的腳，還有被炭燻黑、正冒著蒸汽的茶壺。涼爽的天氣讓大批索洛維基的蚊子聚集成朵朵烏雲，卻已無法令他們感到困擾。歐司卡牧師對塔妮亞談論著上帝，談論著他從前的信仰，以及他那些關於應該存在於遙遠星際裡的外星高等生物的種種新想法，這是必然的，不必透過算計，是再自然不過的事。

對於塔妮亞而言，所有的教士都是怪人，尤其是當他們的信仰開始動搖出現裂縫。

歐司卡提到一個在他內心想了很久的問題。

「我整個夏天在想，不知道有沒有可能……不，我不該這樣要求妳。」

塔妮亞鼓勵他說出來。

「妳在通訊室裡工作……妳覺得是否有可能讓我偶爾去你們辦公室聽聽來自宇宙的

聲響？我的意思是說，說不定我能夠截聽到來自宇宙另外一個星球的信號……可別以為我完全瘋了。」

塔妮亞忍不住笑了：「原來是這樣，一位還俗的教士要尋找新的神。有何不可，透過索洛維基通訊室，來和超自然智慧取得聯繫。」

歐司卡牧師惱了。他看似生氣地撥弄著木棚前方的營火，接著轉過頭去對貝爾柴說話。小熊則將自己的口鼻靠在歐司卡的肩窩上，並且滑稽地噴著氣。這是牠開玩笑的方式。塔妮亞也加入這遊戲，把自己的鼻子埋進牧師的另外一側腋下，然後開始噴氣。在貝爾柴開始舔著主人的臉龐時，她也依樣畫葫蘆。隨後她又恢復正經，並詢問著平常用來收聽宇宙訊息的波頻。試試看也無妨。

歐司卡牧師開心得大叫：「太棒了！」他也許可以親耳聽見來自宇宙的聲響！和美國的天文台或是俄國太空基地的功率相比，索洛維基通訊站的接收功率或許不驚人，但是從另外一方面來看，這小島的位置地處北半球偏遠地帶，遺世獨立在汪洋之中，說不定正是優點之一。或許在這裡有更好的機會截聽到遠方星球發送來地球的訊息。可以肯定，以前從來沒有人從世界的這個角落來收聽宇宙的聲響，試圖找出定居在浩瀚宇宙中某個角落的高等智慧生物所發出的信號。

歐司卡牧師就這樣躺在營火的熱輻射裡，一隻手抱著小熊，另外一隻手抱著那位年輕的俄國女子，他開始夢想著：

「也許這只是個開端，就要發生一些前所未聞的事了。」

22 森林學堂

在剩下的夏日時光以及秋天裡，歐司卡牧師繼續在索洛維基的森林裡頭教育著貝爾柴。這座島嶼對他們而言，已經變得像自家後院。這裡地勢平坦，除了岩石裸露的海岸，此地覆滿著濃密的泰加林，並有數不盡的湖泊與池塘，全島面積有兩百八十五平方公里。在被充當監獄的殘酷年代裡，這裡的森林幾乎被剷平，但是此刻幾乎看不出往日的摧殘痕跡：北國的自然力量已經復甦，而泰加林也再次萌芽，阻擋白海的凜冽寒風深入陸地。

索洛維基主島和大慕克薩馬島（Mouksalma）之間僅以一條築於石堤上的公路相連，該條公路也連結著小慕克薩馬島；更遠一點則有安澤（Anzer），意思是野雁之島，那兒有隱士修院以及一百多公尺高的各各他山丘（Golgotha）。但是歐司卡沒辦法帶著小熊去那兒，因為他沒有船。

索洛維基的最高點是斧頭山，海拔大約有一百五十公尺，位於島上西北部。歐司卡經常帶著熊從城堡朝著山丘漫步在殘破的公路上，偶爾甚至會爬到山丘頂去瞻仰矗立在那兒的小教堂建築，並和觀光客們交談。但是，最舒服的事，仍是在森林裡到處閒晃，在有著黑色池水且長滿苔蘚的池塘岸邊的鬆軟土地上紮營，在池裡捕鯉魚，並給小熊上課。

以前在神學院上課時，歐司卡也修過教育學分，此刻倒是有機會可以將理論應用在貝爾柴身上。牠雖然不是人類，但是那些包括獎勵、教學以及一再鼓勵的教育原則，仍然出乎意料地非常適用在牠的身上。

牧師將小熊的學習教材分成三部分，或者換句話說，是三門課。首先是舞蹈課，其次是宗教課，第三是家務課，包括家事、服務等等事情。

舞蹈課呢，就由塔妮亞利用閒暇來教貝爾柴跳舞，除了教牠跳戈帕舞，還教牠一些傳統的室內舞蹈，像是華爾滋、馬祖卡以及波蘭舞。伴奏就交由易於攜帶進森林的卡式錄音帶。

歐司卡牧師則負責宗教課，小熊早已能夠靈巧地做出在胸前畫出十字以及雙掌合十的動作，而下跪、抬頭望天、裝出虔誠的神情以及假裝祈禱也都難不倒牠。此刻只需要讓牠更加熟練這些動作，並且教牠其他動作就行。歐司卡還教導貝爾柴其他主要的典禮儀式：洗禮、婚禮以及葬禮。當然，小熊無法吟唱聖歌，但是能夠隨著主人禮讚的節奏搖擺。

除了這些基督教儀式，歐司卡還教導貝爾柴朝著麥加的方向，以穆斯林的方式跪拜，並且為牠示範若干神道教的靈修儀式，小熊應能夠記住這些動作。大多時候，小熊興高采烈地模仿著信徒們的肢體語言。一等到歐司卡命令牠祈禱時，牠便用鼻子吸氣，同時上下嘴唇不斷微微抖動著。牠用兩隻前掌輕鬆地捧著《聖經》，並且翻閱著《聖經》，彷彿牠真的在閱讀福音。每一堂課之間，這對師生總是形影不離，他們通常還會隨身攜帶一大塊黑麵包、來自白海的海豹肉，以及滿滿一籃的漿果。一旦內急，貝爾柴往往會急著要找廁所，因為牠早已經習慣如此，但是在見到歐司卡以及塔妮亞總是不厭煩地在矮樹叢裡解決，牠最後也終於學會在野外蹲下來排出一顆顆的熊大便。因為牠是隻有教養而愛乾淨的熊，都會在如廁之後用苔蘚擦屁股。

但是教育貝爾柴最重要的一部分，是在於教導牠成為一名僕人，更廣義地說，就是讓牠學會做家事。整個教學內容非常多元，而且包含許多家事：熨燙襯衫、提行李、準備雞尾酒以及鋪床。歐司卡也為小熊示範如何接聽電話、聽廣播以及收看電視。教具方面，牧師把若干被通訊室棄置的老舊器材搬進森林裡頭。此外，他還利用樺樹的樹瘤雕出一台電話，在上頭他還用黑色顏料畫出數字按鍵，讓這台電話機成了數位電話。

貝爾柴也學會了刷牙、刮鬍子以及照鏡子。但是沒有人讓牠真正自己刮毛。熊就是該有蓬鬆的毛。

歐司卡牧師一再教著貝爾柴準備簡單餐點的技巧，像是生菜沙拉以及三明治。有時候牠在完成餐點之前，便將自己的臉頰貼了上去，但是大部分的時候，牠還是會留下不少份量給主人，特別是生菜沙拉，老實說，這生菜沙拉看起來活像蔬菜泥。

除了提行李，貝爾柴還練習著收拾行李，並且很快成為這方面的專家，迅速又有效率。牠得到一個老舊的俄國旅行袋來練習，並練習了十多次往袋子裡塞進一堆歐司卡的舊內褲以及其他衣物。最後，旅行袋能夠在兩分鐘之內鎖上，真的可以算是專家級的身手。

為了獎勵牠的努力，歐司卡找到修道院整修工地的食堂儲糧負責人，向他購買了好幾公升貝爾柴最愛吃的蜂蜜以及克瓦斯。牧師還剩下一大筆在莫曼斯克賣車後所得的盧布，因此他還不需要兌換身上的美元。倒是老早就把也是賣車所得的伏特加都喝光了。

在這個九月天的週日，這天的祈禱文摘自舊約〈列王紀上〉第十八章第三十六至三十九詩句，經文說：

「到了獻晚祭的時候，申言者以利亞近前來，說，亞伯拉罕、以撒、以色列的神，耶和華啊，求你今日使人知道你在以色列中是神，也知道我是你的僕人，又是憑你的話行這一切事。耶和華啊，求你應允我，應允我，使這民知道你耶和華是神，又知道是你叫他們的心回轉。於是耶和華降下火來，燒盡燔祭、木柴、石頭、塵土，又燒乾溝裡的水。眾民看見了，就面伏於地，說，耶和華是神！耶和華是神！」

用過美味的餐點之後，當牧師和小熊在木棚裡休息時，他望著天空，忽然想起了這段以利亞的祈禱，以及上帝奇蹟似的回應。其實，此時在斧頭山的上方正聚集著烏雲；這大片的烏雲來自北方海面，很快就要布滿整片天空，又黑又嚇人。接著閃電也落在山丘上，地面也震動了，彷彿上帝親自擊打著地面。但是貝爾柴卻沒有立刻伏在地面祈求永恆的上蒼，反而挺著吃飽的圓鼓肚皮躺在木棚裡自己的床位。野獸是不需要上帝存在與否的證明，也不怕打雷下大雨。

23 小熊掘地洞

索妮雅在去年的冬天，為歐司卡牧師提供了許多關於熊類新陳代謝以及器官功能運作的說明。牠們對於季節交替的感知非常特殊，在牠們諸多的特徵中，牠們會隨著寒冷季節的逼近而進入冬眠。熊的一年劃分為睡覺的冬季以及活動的夏季。牠們的活動季節又可以細分為幾個階段：冬眠中的熊，首先會在春季時逐步恢復進食。在傳說中的「熊放屁」之後，亦即在排掉堵塞在腸道中的糞便之後，還在半夢半醒中的熊會花個幾天的時間等待食慾恢復，以及恢復狩獵的慾望。熊開始會想要吃肉，若是生活在野外，牠會撲殺一頭麋鹿或駝鹿，填飽自己的肚子，接著小憩片刻並提高警戒守護著剛剛被牠變成腐屍的獵物。這個獵食階段會持續到聖約翰日左右，隨後熊會進到草食階段：吃漿果、蕈菇以及其他自然物產。小熊會這樣休閒度日直到八月中，然後就必須要懂得滿足於自己所還能找到的食物：腐屍以及其他剩餘的食物。貝爾柴目前就是處於這個階段。幸運的是，有一頭受了傷的白鯨擱淺在野雁之島的淺灘，顯然是獵鯨人幹的好事。鯨魚已經在礫石灘上斷了氣，並且被切割成塊出售。歐司卡買了許多。貝爾柴很快便嚐起鯨魚肉，牠很明顯變胖了許多，同時儲備了許多過冬的能量。透過修道院工地的起重磅秤顯示，牠有一百四十二公斤重。好傢伙！

在熊的年度作息中，當牠在九月中囤積了大量的脂肪時，便進入了準備要展開冬眠的半昏睡時期。歐司卡已經準備好了數個可以充當熊洞的地點，索洛維基的森林並不缺這樣的地點：熊需要的是安靜的地點以及乾爽的地面，並且避免地表水流滲入。最好是找一塊面向北方且樹木茂密的緩坡，這樣一直到晚春時都還會有積雪，而且茂密的森林也足以提供良好的庇護，隔絕各種窺探。最理想的是找到一塊容易挖掘的沙地，當然也不容易滲水，也就是說安全而乾燥。最好附近有針葉樹枝、苔蘚以及其他植物可以用來布置地洞。

九月底的時候，舞蹈課以及其他教學活動都暫停了：貝爾柴整天只是不停打呵欠，並且完全不想跳戈帕舞或是假扮旅館人員以練習接待服務。由於習慣使然，牠還是繼續會在胸前畫十字，但和牠的主人相比，似乎不再那麼虔誠。歐司卡牧師偶爾當然會讀《聖經》，甚至還會回想著每日的經文，但是這一切再也無法激起他的熱情。他身上仍然保留著一本頁角都已捲摺的指南，指南是用聖經紙印刷，並以皮革裝幀，裡頭有許多段落都畫了重點，或是貼上加了註解的便利貼。此時，他所關心的是天文學，滿腦子所想的都是目前仍屬未知的外星高智慧生物，也許目前所有關於宇宙可知與不可知的奧祕之答案，都維繫在此。

一日，當歐司卡帶著貝爾柴外出散步，並在索洛維基北端尋找挖洞地點時，來到一處延伸至海裡與激盪著浪花的礁岩相連的礫石灘，他們看見遠方浮現一支奇怪的艦隊。兩艘拖曳船由外海費勁地拖著一艘巨大的黑色潛水艇，一艘全長至少有兩百公尺的駭人戰艦。船隊的後方跟著一艘灰色砲艇在巡邏，顯然在執行護航任務。這艘潛艇八成是擱淺了，而拖曳船試圖全力將潛艇拖出礁岩。一陣涼風從北方吹來，在海面上捲起陣陣宛如綿羊的浪花。歐司卡想著在這樣的天氣之下，到處是白色浪花，這座海倒也恰如其名。

從砲艇上，有人放下了兩艘橡皮艇，每一艘橡皮艇上都載了五名全副武裝的軍人。兩艘橡皮艇一登岸，整隊軍人便散開清除周遭障礙。歐司卡及時帶著貝爾柴躲進森林。整個場面有點不真實而嚇人。翌日，塔妮亞向牧師解釋提到，那的確是一艘核子潛艇，先前從北德文斯克（Severodvinsk）的軍艦廠被拖出，準備在卡拉海試航。不管是誰談論此事，都會有生命危險。

歐司卡為貝爾柴找到了六、七個絕佳的地點，他認為每一個地點都可以設置熊洞。於是，他們立刻出發再次探勘。牧師試圖要刺激已經開始昏昏欲睡的小熊動工，挖掘用來過冬的熊洞。為此，他挖起好幾塊苔蘚，並抓起熊掌，為小熊示範動作。小熊吃驚地看著主人，以為主人又要教牠什麼新把戲。歐司卡猜想這個地點不適合牠，於是領著小熊去探勘下一個地點。第二個地點的效果似乎也不好，這一人一熊便繼續探勘地點。這一次，牧師帶著貝爾柴來到一個半完工的地點：那是個由人工挖掘出來的洞，年代可以追溯至第二次世界大戰，是當時蘇聯海軍派來索洛維基集訓的少年兵，挖來要當作防空洞使用的。那些個可憐的傢伙只能在斧頭山公路的邊上挖洞，並且克難地躲在裡頭。他們絕大多數都死於寒冷、飢餓或疾病。

貝爾柴似乎終於領會牠的主人攜著苔蘚和樹枝帶牠來這裡的用意了。是要布置熊洞。完全正確！小熊雖然長期由人類馴養，但畢竟還沒有完全喪失本能，一旦有所領會，牠也還知道該如何挖洞。而牧師所提供的幫助也不嫌多，一人一熊合作，進度還更快。小熊用一雙前掌，便把這個在數十年前曾經作為一個海軍少年兵的棲身處，而如今已經半塌的塹壕挖大。歐司卡則收集著苔蘚以及樹枝以便鋪設在洞穴內部。在地洞挖得夠深了之後，貝爾柴從不遠處拔起一根充滿樹脂的樹根，放在洞口當成屋頂。有了熊，再粗重的工作都變得簡單許多，牧師一面慶幸著，一面幫忙小熊利用幾根牠從附近拔來的粗大松樹枯木，把木頭部分的結構紮緊。

塔妮亞帶了茶以及三明治來到熊洞工地，還為貝爾柴帶來了鯨魚肉，但是小熊的器官已經開始準備冬眠，因此沒有什麼胃口。

兩個小時之後，熊洞已經備妥。貝爾柴按照本能布置著洞內，並且嘗試著找出在洞內最佳的躺臥位置。牠的行動已經明顯變得僵硬而緩慢，九月已經來到盡頭，冬季正逐步逼近。一週之前，夜裡已經開始結霜，而岸邊的樺樹也開始換上秋季的顏色，第一場雪遲早會降臨，而海面也即將結冰。貝爾柴在熊洞繞了幾圈，確認附近沒有任何冒失鬼出沒。這是個謹慎的天性，是流傳了千萬年的經驗累積。小熊當然不會把歐司卡視為危險，而是個夥伴，這樣實在沒錯。就在冬眠的時刻終於來到時，牠還要牧師也一起冬眠。牠前去找了牧師數次，試圖將牧師拉進洞裡，牠拉扯著牧師的衣袖，甚至在看見牧師不順從牠的意思時，還顯得不高興。歐司卡覺得貝爾柴已經夠大了，可以照顧自己，他無意整個冬天都陪伴在一隻成年大熊身旁，更不用說要塔妮亞也一起進洞，連提都別提，她無法拋下通訊室的工作。整個狀況和動物學家索妮雅那時候不同，她當時是在熊洞裡面工作。在三一主日[7]之後的第十一個週日，當日的經文截取自〈約翰壹書〉第二章第一及第二詩句：

「我的孩子們，我將這些事寫給你們，是要叫你們不犯罪。若有人犯罪，我們有一位與父同在的辯護者，就是那義者耶穌基督；祂為我們的罪，作了平息的祭物，不是單為我們的罪，也是為所有的世人。」

歐司卡牧師默想著這些經文。貝爾柴此刻已經入睡了，而白色雪花也從索洛維基的天空緩緩而降，到底這些經文似乎也不是那麼荒謬。經文所傳遞的信息能夠撫慰人心而且樂觀，讓人對於未來更增添信心，但當然只對那些信仰上帝和耶穌基督的人有效。

晚間時，屋外大風嗚嗚地吹。他們聽見了在集合住宅走廊上的門傳來的聲響，像是有動物在門後刮著。塔妮亞去開了門：是貝爾柴，帶著一臉的睡眼惺忪。牠走到牧師身邊，把頭靠在牧師的膝上，討著撫摸。隨後便趴臥在地上，閉上雙眼。原來，牠先前醒來時，發現自己獨自待在靠近斧頭山公路旁邊的熊洞裡，一時覺得內心空虛，便返回到人群裡。

翌日早晨，塔妮亞和歐司卡又將貝爾柴帶回熊洞。牠有點不好意思地爬回洞裡，在裡頭轉了一圈又一圈，一會兒之後才終於找到了舒適的位置。直到塔妮亞最後一次撫摸牠之後，小熊才深深呼了一口氣入睡。歐司卡接著用苔蘚蓋住洞口。這時已經開始下雪了，真是個吉兆，很快地，熊洞就會是個溫暖舒適的避難處，由一層厚厚的白雪保護著。

❼即復活節之後的第五十日。

24 無止盡的島嶼冬天

自從貝爾柴進入冬眠，歐司卡牧師便因為要獨自面對所有事情，而開始顯得沮喪。塔妮亞日間都在工作，偶爾也要輪值夜班，一切取決於值勤表以及其他同事們的酒醉程度。要是她的同事們找到正當藉口喝得比平常多些，身為年資最淺的塔妮亞，有時就必須負起讓通訊室勤務保持順暢到早晨的責任，並且拋下歐司卡。牧師就只好求助於自己僅存的好友——伏特加。他喝起酒來就和俄國人沒有兩樣。然而，這是一時的解脫，因為次日一整天惱人的酒臭口氣都揮之不去。

大約在貝爾柴冬眠一個月之後，塔妮亞向歐司卡宣布了一個好消息。她在通訊室的木屋儲藏間裡找到一台西方製的微電腦，是來自挪威的禮物，在被寄到阿爾漢格爾斯克之後，又被寄來索洛維基給電台操作員使用。這台機器從來沒有派上用場，因為這台電腦配備的是西方系統，當然也配備了拉丁字母鍵盤，而在俄國沒有人懂得拉丁字母，他們只用西里爾字母。

「我向安德烈中尉報告過了，他願意把這台電腦借給你使用！這樣你就可以開始收聽來自高度智慧星球的訊息，你有整個冬天可以慢慢聽。」

快，打鐵趁熱！歐司卡牧師立即和通訊操作員塔妮亞跑到通訊辦公室，那裡真的有一台微電腦，還配有一台點矩陣印表機，當然，這是台老舊型號的電腦，但是功能還算強大，而且配有一個極好的黑白螢幕。這台電腦還可以外接許多周邊器材，比方說，以目前的狀況而言，可以外接一台電波接受器。其餘的只剩下選擇用來截聽宇宙訊息的波頻。通訊站的天線高達二十多公尺，而歐司卡希望憑藉著這裡的天線能夠涵蓋整個宇宙。

「這就是所謂的賽提（SETI）計畫，Search for Extraterrestrial Intelligence，也就是尋找外星智慧。」歐司卡對塔妮亞解釋，一面還興高采烈地清理著由挪威人贈送的這台電腦。他還說，在全球各地，仍有人使用著功能強大驚人的儀器，例如美國的「阿瑞西博無線電望遠鏡」，其直徑達到三百公尺，能夠接收到許多其他的資訊，包括可能來自宇宙的訊息。甚至還有人在研究新的系統，以便能夠每兩秒收聽一億六千萬個無線電波頻道。

「這真是讓人感到暈眩，不是嗎，一億六千萬個頻道！要是有這樣的網，便能夠捕到好魚，至少能夠抓到一些東西。」牧師宣稱。

「但是想想看，」電台女操作員說：「那些美國人每兩秒要收聽一億六千萬個頻道……」

「還不只是這樣，親愛的塔妮亞！此刻在全球還有超過五十個大型的截聽計畫，其中絕大多數都在俄國，我跟妳說過了。」

「這正是我所想說的，難道做這件事的人還不夠多嗎？真的值得你浪費時間使用我們的小小電台天線以及這台辦公室電腦嗎？這就是我的疑問。」

歐司卡牧師不受塔妮亞的疑慮打擊。他說：並不是因為有些人期待以直徑一百多公尺的無線電望遠鏡接收到剛巧來自外太空的訊息，所以這相同的一則訊息，或是另外一個無線電訊號，就無法透過另一個位於索洛維基的無線電天線，接收並傳遞到另外一台電腦及其收聽者。

「幸好，這裡有滿滿一抽屜的列表紙，應該足以應付這整個冬天了。」他說。

「你打算使用哪個波頻來截聽宇宙？」塔妮亞問。

「哦，對……波頻……」

歐司卡得要承認他對於無線電技術真是一無所知，更別提天文學了：可是，難道她這個業界人士不能夠助他一臂之力嗎？

「總之，你得先選擇一個波頻，用每個頻率去掃描每個方位是沒有用的，那樣一點意義也沒有；即便是接收到一個信號，那個信號也會立即消失。總之，我也不清楚，我不是這方面的專家。」塔妮亞說。

他們先檢查電腦和點矩陣印表機是否能夠運作。很好，運作都正常。印表機的油墨似乎有點淺，但是歐司卡認為現階段還堪用。翌日，他帶了些關於賽提計畫的資料到通訊辦公室去，他在前一天夜裡重新讀了這些資料，並且說他們可以先使用二十一公分的波長。

「在美國，他們使用四百二十三至四百三十五千赫的頻率，但是二十一公分的波長對我們來說應該足夠了，一開始別太貪心。」牧師補充說。事實上，他一點也不知道這些數字所代表的意義，但是他得要踏出第一步。要知道，在我們的銀河系裡頭，光是我們的銀河，直徑就達到十萬光年，裡頭有超過一兆顆星星，多個幾公分或是少個幾公分，一點意義都沒有。他們將電腦連接上電台接收器，歐司卡說著便戴上耳機，然後深呼吸。

這個計畫激發起了電台其他工作人員的好奇心，他們一個個都想輪流來聽看看外太空想透過索洛維基電台天線對人類說些什麼。

結果，他們只聽見雜音，除此之外真的什麼也沒有。等到印表機一打開電源，在兩側有連串洞孔的列表紙上，只出現一連串無止盡的灰色小點，每一個點都一樣。

「這一點意義也沒有。」塔妮亞一邊說，一邊把耳機還給歐司卡。這位牧師強調，不能一開始就期待能夠立刻得到什麼結果，人類從七〇年代起就開始有系統地截聽宇宙的聲響，而直到今日，還不能夠成功地和任何外星文明有什麼接觸。

塔妮亞注視著歐司卡，他正坐在木屋角落的一張凳子上，頭上戴著耳機專注地聽著來自宇宙最細微的雜訊。電腦螢幕上是一片灰，誰都看不出上頭有無任何生命跡象。塔妮亞心想，自己真的是找到了個奇怪的男朋友，是個不尋常的男人：一位還俗的芬蘭教士，帶著一隻會在船上夜總會跳舞以及在胸前畫十字架的熊來到小島——而如今他更在她家裡住下，並且試圖和外星人取得聯繫。女人對於命運之發展的提防程度總是不夠。

「我呀，我要回家去準備晚餐了。」她歎息著。歐司卡是如此著迷於他的新機器，便決定要在這個新的崗位上過夜。其他的俄國通訊員觀察了好一會兒這個芬蘭牧師的活動，但因為從宇宙似乎沒有傳來什麼值得注意的信號，他們便一個個返回自己的工作崗位上了。兩名正在休息的男子開了一瓶伏特加，並且添了熱開水泡茶。

辦公室指揮官安德烈中尉是個瘦高的傢伙，應該有三十五歲。歐司卡向他提出詢問，自己是否能使用索洛維基電台天線來進行研究。總而言之，這應該不會干擾通訊站的勤務，電腦只需要外接一條額外的纜線。牧師還預備好要為這項連線支付租金，他身上還有一大筆賣車後得來的盧布。中尉說，理論上是禁止出租國有線路給第三者，更別說是出租給一個老外；但因為大家都認識牧師，而且牧師還擁有航海護照，因此沒有理由不讓牧師取得合法資格來截聽宇宙的信號，而且他們可以讓牧師何時想來就來，想聽多久就聽多久。他不可能向牧師收取租金，但是牧師在使用設備的同時，可以協助通訊室人員，特別是在夜間，而且因為他通曉英語，可以監控來往於白海、科拉半島以及巴倫支海的海上國際交通，這是索洛維基電台接收器能夠輕易涵蓋的範圍。

「要是發生什麼不尋常的事件，你只需要寫份報告，之後交給塔妮亞翻譯成俄文即可。」安德烈中尉說。

於是歐司卡接下了耳機以及通訊站主管一職，但前提是絕對不可告訴任何人。

「就算我想講也沒辦法，我又不會講俄語。」

這才只是活動繁忙期的開端，歐司卡牧師從前完全沒有這樣的經驗。各式各樣的工作令他疲於奔命，但他還是得要前往位於斧頭山公路的森林裡，去察看貝爾柴的冬眠是否安穩，是否不受任何人驚擾。歐司卡已經習慣每週要前去察看三次，並在熊洞周遭繞一大圈，以確認雪地上沒有任何冒失鬼的足跡。

歐司卡也開始在塔妮亞的監督之下，學習俄語。他也開始研習索洛維基的歷史，並且發現此地的歷史非常有意思，便決定要撰寫一本關於此地歷史的書籍。在修道院原址上成立的博物館緊鄰著一個檔案文件室，在塔妮亞的協助之下，牧師得以進入查閱文件，並向工作人員提問。

但是他大部分的時間都花在截聽宇宙信號上頭。他能夠連續好幾個鐘頭都待在通訊室的一個角落，動也不動，神情非常專注。他偶爾會看一下電腦螢幕，從來不會覺得時間漫長，即便他在耳機裡聽不見任何特殊的聲響，更不用提在螢幕上瞧見什麼信號，甚至在灰白的雪地上也沒有任何啟人疑竇的痕跡來打破這單調的生活。歐司卡期盼有所回應的是某種神奇的溝通的嘗試，是種祈禱。但是沒有用，宇宙似乎無人居住。但是牧師並不氣餒，和渺小而愚蠢的人相比，宇宙實在過於浩瀚，這是完全無法想像的，這般的寂靜完全是正常的。和外星人聯繫的可能性還是存在的，也許機率很小而且只是個理論，但仍是有可能性，想到有這樣的可能性就讓他的內心激動不已。世界大戰、宗教的誕生、各個文明的興衰，這一切似乎都成了微不足道的小事。

十一月底的時候，索洛維基的積雪已經到了小腿肚，氣溫也經常維持在零下十度左右。歐司卡買了一套滑雪設備，是在彼得羅札沃茲克（Petrozavodsk）製造的，他就套著這裝備去巡視熊洞，每週三次，通常都會有塔妮亞作伴。他們會在斧頭山的山坡玩起障礙滑雪，因為南坡比較陡峭。正是在這座山丘上矗立著一座小教堂，以前總要急忙攀上一百多級結冰的階梯，才能抵達這個殘酷的死亡之地，許許多多的政治犯當年就是活生生地被綁縛在樹幹上。從一九二〇至一九三七年間，索洛維基被改造成為一個巨大的勞改場，成為古拉格群島勞改場的先驅典範：許多人在那兒因為受不了酷刑而被遺棄在飢餓與疾病中等死，或是被迫勞役直到累死。幾十萬的人就這樣被殲滅了。一般的法規不適用於索洛維基，而那些政治犯往往就任憑暴力份子宰割。

歐司卡牧師將這些可怕的事件寫成一篇文章，並親自翻譯成英文投遞到倫敦、柏林以及巴黎的國際報社。這篇文章在這些地方的報紙引起高度回響，並且在冬天時以濃縮摘要的形式，在許多國家刊登。

歐司卡像是有用不完的精力，撰寫著關於修道院之島的歷史論文、聽著來自宇宙的聲響、巡視著熊洞，而且不得不說，他還像俄國人那般牛飲伏特加。他賦予自己一個至高無上的任務：他的各項工作都是圍繞著地球與全體人類的過去以及未來，關係著世界與生命的起源及末日。

25 白海大逃亡

在耶誕節過後不久，歐司卡牧師想要在島上籌辦一次芬蘭—俄國基督教會議，他自己則計畫以芬蘭教會的名義參與會議，而俄國東正教方面則由若干在蘇聯垮台後重返索洛維基的僧侶代表參加。

這項在他看來原本單純的建議，卻沒有引起任何正面積極的回應，反而引起了歐司卡與當地居民之間的緊張關係。僧侶們都沒受過什麼教育，內心只有不受動搖的信仰，而且只要一想到得和一名路德教派的牧師合作辯論宗教問題，他們就感到渾身不自在。歐司卡被認為是居心叵測，於是大家對於他的天文行動以及他對這座修道院之島過去歷史的興趣，開始投以異樣的眼光。很多人甚至認為他是間諜。

歐司卡牧師並未因此停頓研習索洛維基的歷史。他寫了一些關於不同時代的修道院生活的文章：佐希姆、沙巴求思以及哲爾曼在被世界遺棄之後，大約於一四二〇年來到這群島上定居。他們在此地建立了第一座修院，並且忍受著酷寒與飢餓，但是他們的苦行是要榮耀上帝，因此一切都只會越來越好。當年仍處於權力高峰的諾夫哥羅德（Novgorod）頒發了特許狀給這幾名聖人，讓他們成為地方領主。就這樣，一座修道院便在北海的群島上成立了，並在十六世紀真正開始其輝煌的一頁，而這一切都要感謝出家後改名為菲力普（Philippe）的費多・戈立契夫（Fédor Kolytchev）。此人是諾夫哥羅德的貴族，在俄國宮廷裡和恐怖伊凡一同成長。此人行動力極高，成功地在北方建立起繁榮的宗教堡壘。除了一座座的教堂，還讓人在島上挖了運河，建立渠道以及開拓道路，蓋了一座磚場以及若干醃漬工廠。最後被任命為大主教的菲力普卻下場悽慘：他的童年好友恐怖伊凡最後瘋了，並在一五七〇年將他絞死。

索洛維基越來越富庶，歷代沙皇陸續擴大此地的管轄領域。修道院成了大地主，最後幾乎成了國中之國，甚至還擁有更高的權力。索洛維基擁有整個俄國的西北部，其權力向西延伸至卡瑞里亞，向北則達到科拉半島，至於向南方，甚至可以挑戰莫斯科當局。修道院同時還是銀行、工業中心以及軍事堡壘。

但是一如以往，當一切都順利，而且所有的事情都完美無缺地運作著的時候，衰敗也就不遠了。修院裡不平等的現象越來越明顯，內鬥與權力角力不斷。掌權的羅曼諾夫（Romanov）家族於是決定要給這些變得太過獨立的機構一個教訓，因為他們竟敢公開在政治上反對沙皇，甚至反對沙皇的宗教權力。大約在十七世紀中葉，索洛維基的僧侶們與老信徒們站在同一陣線：拒絕使用修訂過的新版宗教典籍，他們將所有修訂版的典籍收進櫃子裡加以遺忘。這座頑固抵抗的修道院終於陷入戰爭：在一六六八年，沙皇派了一小支部隊包圍封鎖修道院。圍城行動持續了數年，因為城內的僧侶們頑強抵抗著。直到一六七六年，火槍部隊才成功由城牆的一扇窗子突圍進入城內，並幾乎殲滅最後守城的四百人。倖存的三十多人裡，最後只有十四人捱過當時嚴刑拷打的審問。這就是索洛維基修道院第一次輝煌時期的末日。

身為芬蘭人，歐司卡牧師對於修道院在聖彼得堡建城中所扮演的角色特別感到興趣。一六九四年時，彼得大帝造訪索洛維基，他想著要讓俄國成為一個海權國家。事實上，直到當時，俄國仍沒有船隊以及港口可以撐起海權國家的名聲，所有的海上探險也僅能勉強以阿爾漢格爾斯克為根據地。在白海航行之後，沙皇帶著軍隊穿越了東卡瑞里亞，直抵位於芬蘭灣深處的拉多加湖（Ladoga）以及涅瓦河（Neva），他並且在那兒對瑞典發動戰爭，隨即決定在當地建城，將他的計畫付諸實現。俄國人接著為了這座城發動多次猛烈的戰役，特別是對抗芬蘭人。保護聖彼得堡（後來更名為列寧格勒）的行動，通常被詮釋為俄國人進犯鄰國。

至於索洛維基修道院，則已經逐漸恢復昔日的富足景象，甚至還更加繁榮。十九世紀的時候，這裡是個重要的經濟中心，是一座矗立在白海中的黃金城，朝聖者絡繹不絕；在這個遺世獨立的角落，這座比古希臘時代的聖山阿蘇斯更加輝煌的北方聖山，似乎終於穩定了。

但是俄國大革命在悲戚的沉重氣氛中爆發了，索洛維基也被改造成可怕的監獄。直到最近，在歐司卡的眼底下，這座島才開始要從過去的悲慘遭遇中重建。

在收集過往歷史的資訊時，牧師經常在修道院的遺址漫步。他觀察著緩慢進行的修復工程，這些工程在酷寒中經常中斷，工人便去喝杯熱茶或伏特加。在北城門已經坍塌的拱頂下，他經常浮現一個念頭，想著這裡是用來練習垂直標槍投擲的絕佳地點，這運動在芬蘭也還只是個新興運動項目。他當晚便回到通訊站說出這個想法，並且說服一小群電台操作員來嘗試這個新的投擲方法。他們買來了五根標槍，並且在城堡維修工地裡銲接薄鐵皮，製作出合適的護甲，最後，為了保護投擲射手的頭部，找來了二次世界大戰期間那些少年兵所使用的頭盔。

這些俄國人立刻就迷上了這項前所未見的運動。通訊站主管安德烈中尉第一次投擲便擲出十四公尺四〇。這項成績的測量以一條從修道院牆邊的橡樹到坍塌的拱頂為基準線。歐司卡也把他自己在芬蘭的最佳成績提升了六十公分。不久，有一群多疑的僧侶也加入了這群射手的行列，但是他們成績只能停留在十公尺上下；反而是工地那些泥水匠的成績都超越了最佳成績，他們當中一個叫做西里爾的傢伙打破了這個冬季的最佳紀錄，成績是令人印象深刻的十五公尺二五！

垂直標槍投擲競賽每週固定舉行三次，為每週一、三、五。其他幾天，歐司卡牧師則會套上滑雪板，到熊洞附近去巡視。在厚厚的積雪之下，貝爾柴睡得很安穩。

在這座孤島上無盡而昏暗的冬季裡，牧師經常想要開瓶伏特加，大口灌酒，並且喝到過量。然後，他常常會對塔妮亞講述一堆哲學思想：比如，他曾經想到一種新的全球社會模式，其基礎是從一萬名被認為資歷足夠的人選當中，抽籤選出一名星球獨裁者。這位人類領袖將會搭檔一名監察人，能夠對他所有決定執行否決權，但沒有任何實權。

在歷史研究的框架裡，歐司卡發現在十六世紀瑞典與諾夫哥羅德作戰時，芬蘭馬那曼薩羅（Manamansalo）教堂的大鐘被偷運到索洛維基。他向有關單位建議把這個寶貴的聖物歸還給他的祖國，路德教派教會應該甚至會願意支付一筆金錢作為謝禮。

他實在不應該輕易提出這個建議。這一次，他和那些俄國人的關係降入了絕對冰點，僧侶們終止了練習標槍垂直投射，有人甚至揚言要把這個魔鬼化身的牧師以及他的熊趕出島上。若干當地的狡猾份子甚至說這樣還不夠，最好是把他殺了，並且趁機宰了熊。之後還可以把熊皮拿到莫曼斯克去出售，看是要賣給挪威人還是芬蘭人。還有人猜想歐司卡應該擁有不少錢，他似乎在來到索洛維基之前，才賣掉了汽車。所以，殺了他！

這時候已經三月了，塔妮亞擔任通訊站電台操作員的一年工作契約也到期了，她正在猶豫著是否要續約，因為別人已開始視她為叛徒，這也是因為她和這個芬蘭瘋子過從甚密。

白海仍然結著冰。塔妮亞於是建議喚醒貝爾柴，牠這個冬天應該已經睡夠了。他們應該可以偷偷地從冰面徒步逃上大陸。要是等到熊自然睡醒，海面的冰早就融解了；再說，也沒有人知道第一艘願意載送歐司卡與貝爾柴的船何時會抵達。

「我認為留在此地很危險。」塔妮亞說。

老實說，歐司卡牧師早就受夠了索洛維基和整個俄國。他們沒時間可以浪費了。於是，塔妮亞收拾著她少少的行李，歐司卡也忙著打包，他們把所有家當都放到一架雪車上，更確切地說，那是一種大型的雪橇，在芬蘭是經常被用來載送水桶的工具。塔妮亞把整個冬天從印表機列印出來的列表紙，全部整理在一個紙板文件夾裡。然後，在一天夜間，當一切準備就緒，他們便先前往斧頭山去喚醒貝爾柴。熊仍在洞裡熟睡著，一點也不想出洞看看春天是否已經降臨。歐司卡挖開熊洞入口的積雪，並爬進洞裡，但是立刻又退了出來，因為熊一時認不得主人，在洞裡對他發出了不悅的低鳴。牧師試圖在洞口揮動滑雪杖。貝爾柴繼續低鳴著，但是一點也不想移動。塔妮亞和歐司卡不斷喚著牠的名字，但是沒有一點用。

「你給我出來，快點！」歐司卡惱火了，他再次氣沖沖地爬進洞裡。他在洞裡沒有待太久，熊一掌便將他拋出洞外，接著在他身後追了出來，準備攻擊他。牠露出一口尖牙，神情非常凶惡。塔妮亞及時出手干預，擋在一人一熊之間，她揪住熊的耳朵，並且高聲對牠喊叫著各種名字——從這天起，大家便改口叫牠貝爾柴布特（Belzébuth）。這隻畜牲似乎總算清醒了，並且真正脫離冬眠狀態；牠認出了歐司卡以及塔妮亞，並且立刻和他們親暱起來。因為對於自己剛剛的行為感到難為情，牠輪流舔著他們的臉龐，甚至試著搖晃尾巴，但是就和所有的熊一樣，牠的尾巴並不比一個手掌長，而且幾乎完全隱沒在牠厚厚的毛皮裡。

「牠並沒有一下子意會到是我。」歐司卡牧師一面解釋，而塔妮亞則幫他拍掉衣服上的雪。

他們幫熊套上項圈以及繩索，隨即出發到結冰的海邊去找他們的雪車，雪車裡載著幾只行李箱以及其他物件，包括塔妮亞的裁縫機以及貝爾柴布特的燙衣板。已經快要黃昏了，歐司卡在冰面上推著雪車，塔妮亞則透過繩索牽著熊。他們手上拿著指南針，朝西方前進。位於卡瑞里亞岸邊的肯城（Kem）大約距離五十公里。天空已經一片黑，在神鬼不知的情況下，這兩人一熊的旅隊便離開了索洛維基這個修道院之島及監獄遺址。沒有一條狗對他們吠叫，也沒有任何機關槍在他們身後掃射。

歐司卡牧師以沉重而痛苦的語調，背誦著舊約〈詩篇〉第七章令人悲痛萬分的開場：

「耶和華我的神啊，我投奔於你；求你救我脫離一切追趕我的人，將我救拔出來；恐怕他們像獅子撕裂我，甚至撕碎，無人搭救。」

海面上的冰層仍厚並且覆著風暴之後的大量積雪。冰上滑行相當順暢，歐司卡毫不費勁地拉著雪車。塔妮亞在前頭領著，一隻手拿著一根長竿，不時用來探測冰面是否堅實。貝爾柴布特跟隨在她身後，睡意仍濃而且脾氣有點不佳。深夜時，他們碰上了擋住去路的冰山。是冬季一開始的風暴吹裂了厚達五十公分的冰層，而這些碎冰又堆積在一起成塊，並在一月的酷寒之中變成一道堅硬可比岩石的冰牆。他們距離大陸只剩下不過十來公里，但是在黑暗中，冰山就像是無法跨越的障礙。他們決定先停下來休息，在冰堆遮蔽處等待日出。

歐司卡牧師命令貝爾柴布特趴臥著，大熊很樂意地聽令。隨後，牧師將雪車並排靠在大熊的側邊。塔妮亞從打包的行李中拿出幾條毛毯，堆疊在大熊和雪車之間，兩條墊在地面，兩條用來覆蓋。然後歐司卡和她便以雪車為遮蔽，蜷縮在貝爾柴布特身邊。他們喝了不少伏特加，但是沒讓大熊一起喝。此時此刻，他們感到溫暖而安全，畢竟有隻大熊在身邊總是有用的，特別是當必須要跨越結冰的大海時。

在入睡之前，牧師問塔妮亞是否記得把整個冬天利用電腦記錄下來的宇宙聲波紀錄一起帶走。

塔妮亞回答說帶了，那疊紙張至少有一公斤。最後兩週在電腦螢幕上以及列表紙上，甚至出現了一些奇怪的信號，但是那似乎不代表什麼意義。

牧師感到一陣顫慄，什麼信號？

塔妮亞說，上週一，當他忙著在城堡裡和通訊站其他人員練習標槍垂直投射時，電腦螢幕上出現了一連串有變化的線條，有點像是西方貿易時所使用的條碼，但是比條碼更粗。這些線條隨後就被列印出來了。

歐司卡隨即從雪車裡拿出手電筒，並且迫不及待地翻閱著列表紙。寒風不斷吹著，只要一不小心，這些來自宇宙的訊息，就會被從牧師顫抖的手中給吹散到廣大的白海冰面上。

「這是真的！這是真的！」歐司卡大聲喊著，連貝爾柴布特都被吵醒，並開始低鳴著。

「這是首次有訊號可以證明地球以外有外星智慧存在。」他說著，又灌了一口伏特加，這一次大熊也有幸分上一口烈酒。

「這也許是數百萬年人類史上最值得記錄的一件事。」歐司卡牧師鄭重說著。

第三部　虔誠的熊

26 從白海到黑海

歐司卡牧師、電台女操作員塔妮亞和大熊貝爾柴布特，這兩人一熊在清晨時抵達了肯城。塔妮亞用繩索牽著大熊，歐司卡則拉著雪車以及行李。這座港口與鐵路交會的城市仍沉睡著，而且因為在他們上岸處的發電廠旁邊的碼頭沒有任何計程車，歐司卡只好繼續拖著雪車穿過城市來到火車站。這是小事一樁，因為路面上都結了冰，而且沒有鋪沙止滑。

塔妮亞去買來了火車票。牧師和貝爾柴布特就在月台的一端候著，他們在那兒不必擔心碰到太多的鐵道員工或是其他旅客，也不會碰到其他的熊。「莫曼斯克快車通常不會誤點，」帶著火車票回來的塔妮亞說：「可是這列車已經遲了一個小時。」

這時，貝爾柴布特在肯城火車站的月台上排出了自秋天以來的第一次糞便。牠似乎很感興趣地嗅聞著，卻讓牧師一腳把這些糞便踢到鐵軌上，並要牠守規矩。

歐司卡和夥伴們不敢進車站大廳，於是只能在早晨的寒風中等待火車到來。牧師忙著把雪車上的行李卸下，此時車站裡開始湧入越來越多的旅客以及鐵道員工，而塔妮亞則把空的雪車轉賣給一個滿臉大鬍子的巡道工人。這工人解釋說，自己打算在去結冰的海面捕魚時使用這架雪車。他用兩千盧布達成這樁誠實的交易，外加一瓶滿滿的伏特加。歐司卡立即開啟酒瓶嚐了一口。塔妮亞不想喝，但巡道工人倒是欣然接受了一大口。

等到莫曼斯克快車終於進站時，身上已經是雪白一片的三人便迅速登上車廂。歐司卡和貝爾柴布特將所有行李安置在一節二等包廂裡；大熊真是個得力的好幫手，牠就像個老練的僕役那樣搬運著行李，秋天時學到的技術都還記得。真是一隻擁有九個男人的力量以及兩個女人智力的大熊。

歐司卡和夥伴們的行李就佔據了一整個包廂，除了行李箱之外，還包括塔妮亞的裁縫機以及貝爾柴布特的燙衣板。火車開始晃動了，牧師從口袋裡掏出一本小書：《語錄靈感》。他總是在這本書裡閱讀每日經文。這天是三月十四日週一，書中指示的經文為〈詩篇〉第一百二十二章，非常應景：

「人對我說，我們往耶和華的殿去，我就歡喜。」

包廂門被打開了，查票員朝包廂內部看了一眼。他驚訝地看著被安排坐在靠窗座位的貝爾柴布特。塔妮亞把前往聖彼得堡的車票遞給查票員，一共有三張票，他們也幫大熊買了票。

「在旅客車廂裡載運野生動物有違常理，肯定也不合規定。牠不危險嗎？」

塔妮亞撫摸著貝爾柴布特的毛皮，並且宣稱牠不是野生動物，牠已經受到馴養而且很溫順。

「我不管……最好是把牠關到獸欄車廂。」

塔妮亞反問，究竟是法規的哪一個條文禁止攜帶寵物搭乘俄國火車。

「您的寵物體積不會太過龐大了一點嗎？」

歐司卡牧師故意輕咳一聲，並用手肘輕輕撞了貝爾柴布特一下，大熊立刻低鳴了起來。查票員於是匆忙地在車票上打了洞，並祝他們旅途愉快。

幾名尋找空位的旅客也陸續來到這個包廂，但是他們一看見坐在窗邊的熊，便都立即關上走道上的包廂門，並到別處去尋找座位。

一個小時之後，火車抵達舊稱索洛卡（Sorokka）的白海城（Bielomorsk）。歐司卡牧師告訴塔妮亞，在二次世界大戰期間，芬蘭人原本計畫要奪取這座城市。

「為什麼呢？」她很訝異：「這裡沒什麼有趣的。直到今天，這裡仍然只是個悲涼的失落之洞。」

歐司卡說明索洛卡過去是個重要的鐵路交通樞紐：要去莫曼斯克的火車都得經過這裡，透過這條鐵路，盟軍才能夠在戰時對蘇聯提供支援。要是這條鐵路被佔據了，紅軍便再也無法取得軍備了：坦克、飛機、大砲、彈藥、燃料、生活物資等等。

「是嗎？」

「德國人曾試著向芬蘭施壓，要他們對索洛卡以及莫曼斯克鐵路發動攻擊。要是這條鐵路被癱瘓了，那麼戰爭的結果肯定也會有所不同。要是芬蘭佔領這座城市，那麼戰爭在東線至少一定會再多拖上一年。」

「幸好你們沒有這麼做。」塔妮亞慶幸著。

歐司卡喝了一口伏特加。

「沒錯……孟納海姆（Mannerheim）無視於多位將領的意見，拒絕下令攻擊。他相當早便知道德國人會戰敗，因此奪取索洛卡也於事無補。他只希望史達林在和平協議時，不要忘記芬蘭人並未趁人之危切斷莫曼斯克鐵路。」塔妮亞問在戰後，史達林是否對於芬蘭放過索洛卡而表示感激。

「妳說什麼傻話！芬蘭對戰爭付出了鉅額賠償，還不包括割讓卡瑞里亞、薩拉（Salla）以及佩琴加（Petchenga）。」

歐司卡牧師又喝了一口酒，然後繼續說：

「在將世界大戰縮短一年的同時，我們好說也挽救了數百萬軍人的性命。我敢說，保守估計，救了兩百萬德軍、三百萬俄軍、一百萬英軍、一百萬美軍及其他盟軍，說不定也救了一百萬日軍，誰曉得呢。」

塔妮亞算了一下：

「這樣一共是八百萬。」

「全靠這塊水域。」歐司卡低調地說。

「你可以別再動不動就喝伏特加嗎？」塔妮亞埋怨著，同時打斷對於佔領索洛卡可能引起的重大後果的臆測。

查票員數度返回，要他們把熊關進列車的獸欄車廂。但是遭到歐司卡拒絕。

三月裡的這一整天，火車一路從肯城地區搖晃到奧洛涅茨（Olonets）地區。牧師在喝光自己攜帶的伏特加，以及火車上提供的茶之後，便睡著了。貝爾柴布特則是一直半睡半醒著。而塔妮亞，她買了麵包和若干愛沙尼亞產的魚罐頭，並準備了一些三明治，可是這些對大熊來說沒太大吸引力，因為牠還不餓，但是牧師和塔妮亞卻吃得津津有味。

晚間，火車越過了斯維里河（Svir），然後才抵達洛德伊諾耶波列（Lodeïnoïe Polié），及芬蘭人口中的洛堤那佩爾托（Lotinapelto）。歐司卡醒了。

「在對俄國作戰時，我們的軍隊就是來到這裡。」他沾沾自喜地說著。芬蘭人當時被困在斯維里河畔的洛堤那佩爾托數年，他們當時的進攻並未完全打到烏拉山區。這是目前必須要承認的事實。

「我們並不欠缺意願。」歐司卡咕噥著，隨即再次入睡。

剛入夜沒多久，查票員鼓起勇氣又來了。此時，牧師和貝爾柴布特都握拳睡著，查票員則是來要求他們把大熊遷往獸欄車廂。他還威脅，若不從就要在拉多加湖畔的森林深處把他們扔下火車，而他們恐怕永遠也走不出森林。

「別把大熊吵醒。」塔妮亞提醒他。

然而，僅僅是這樣的對話，便足以把歐司卡以及貝爾柴布特從睡夢中吵醒。生氣的大熊，一下子就連人帶包廂門，把查票員扔到走道上轉圈。這可憐的查票員隨即逃往車廂另外一端，大熊則在後頭追擊。塔妮亞見狀，立刻挺身阻攔，命令貝爾柴布特回來，並且要歐司卡也出聲叫喚大熊。

「牠不會咬人，只是愛玩而已。」牧師要她放心。

一會兒之後，貝爾柴布特回到包廂裡，嘴裡還咬著一截查票員制服的衣袖。塔妮亞將衣袖拿去還給查票員，並且向他再三道歉。

「這些芬蘭人真是讓人管不動。」她一面歎氣一面把包廂門重新安裝回去。

深夜時，莫曼斯克快車抵達了聖彼得堡的莫斯科車站。歐司卡牧師帶著行李，成為第一個來到計程車招呼站的人。他詢問著到最近一間不算太寒酸的旅館需要多少車資。

「一百美元。」一名司機堅定地說。

塔妮亞加入詢價，並且立刻高聲抗議過高的索價。司機隨即降價一半。接著當他看見貝爾柴布特一隻前腳挾著重重的行李箱，另外一隻前腳則挾著燙衣板時，立刻改口說自己很樂意免費載送顧客到市中心附近的大飯店。

「我們這裡客滿了，沒有任何一間空房。」疲倦的櫃台人員淡淡地說著。但是當歐司卡用手肘頂了貝爾柴布特一下，大熊開始猙獰地低鳴起來時，櫃台人員便立即為他們找到了一間大客房，甚至還為大熊加了一張床。接著他急忙把所有行李提上樓，只留下燙衣板讓大熊自己提。在回到櫃台之後，他思考良久，接著撥了電話給最近的派出所報案：

「剛剛有一隻熊來到飯店……是和一位略有醉意的芬蘭牧師以及一位本國籍的女性電台通訊工作人員同行。也許你們應該來抓走這隻畜牲，把牠關起來。」

「這麼說來，小老頭，你看見了一隻熊。你是不是又喝了整夜的伏特加？」

櫃台人員發誓自己滴酒未沾，這雖然不是事實，但也差不多。

「這隻熊用兩隻腳直立行走，還自己提行李。」

「這個自然，有誰看過四隻腳走路的熊！」

「這事很詭異，我可不想為這隻野獸的出現擔負任何責任。」

「算了吧，老兄，試著去醒醒酒，把這事忘掉。我們已經有兩樁謀殺案要處理，走道上的血以及醉漢的嘔吐物已經都要滿到我們的小腿了，實在沒空再來處理你的事。」

貝爾柴布特在飯店房間裡面繞了一圈，每個角落都要嗅聞一下，隨後找到浴室，打開了熱水的水龍頭，接著因為發現流出來的水是溫的，牠便沖了個澡。塔妮亞遞給牠香皂以及洗髮精。大熊坐進浴缸，把全身熊毛沾滿泡沫，洗了將近一個小時的澡。這是牠六個月以來，第一次洗澡！牠一洗完澡，便抖動著全身，濺得周遭都是水。在輪到塔妮亞和歐司卡去洗澡的同時，牠便用飯店的大浴巾擦乾自己的毛皮；接著牠很專業地用一隻熊掌打開所有的行李箱，把小東西都收進櫃子裡。牠把衣服都用衣架子吊掛起來，然後把鞋子擺放在房門邊。一切都整理好之後，牠便躺到大床上，牠以為大床是要給牠睡的。可是牠錯了：當牧師和電台女操作員從浴室出來時，牠便收到命令，睡到後來添加的床墊上。

次日早晨，塔妮亞去購買前往敖德薩（Odessa）的火車票。她最終認為自己不能夠放任歐司卡和貝爾柴布特獨自穿越俄國和動盪不安的烏克蘭。

「妳打算要陪我們前往敖德薩？」歐司卡問她。她回答他，看來應該是如此，反正她在冰天雪地而死氣沉沉的聖彼得堡也沒有什麼可做的。

在午後接近傍晚時，他們結清了飯店費用，便搭乘計程車前往火車站。歐司卡把貝爾柴布特帶進一個臥鋪包廂，並命令牠爬到上層床位，床位空間相當狹窄，大約就跟熊洞差不多。十八點整，火車便準時啟動。他們啟程前往黑海大港敖德薩！整趟旅程將持續一天半，會經過維特布斯克（Vitebsk）、戈梅利（Gomel）與基輔。歐司卡這下有的是時間來研究記錄下宇宙聲響訊號的列表紙。他花了數個鐘頭的時間在看這些紀錄，眼睛連眨都不眨一下，試著想要從裡頭看出一點什麼奧祕，但是這些黑色條碼仍是堅守著祕密。歐司卡心存疑惑地向塔妮亞解釋，在他們眼前的顯然是來自宇宙的一則訊息，來自一個陌生的星球，但是他們不知該如何解讀這則訊息，至少目前是沒辦法。

「每個人的智能畢竟有限，唉！」歐司卡歎息著：「我也許應該和美國塞倫迪普計畫的天文學家們取得聯繫，至少他們能提供一個說法。」

對於塔妮亞來說，在索洛維基記錄到的這些抽象線條，只不過是無線通訊裡沒有任何意義的干擾罷了，並非想要與地球人聯繫的神奇訊息。歐司卡一點也不想聽見這樣庸俗的說法。

「女人真是沒有一點想像力！」他咕噥著：「外星人當然不會說俄語，也不會說芬蘭語或英語，但我確信這是一則來自遙遠星球的訊息：也許是來自於好幾百萬光年以外的地方，但是現在已經傳到這裡了，就在我的手上，而且這訊息會在地球上，世世代代流傳下去，阿們。」

塔妮亞進一步詢問塞倫迪普計畫的詳情。牧師對她解釋，這個計畫名稱源自一個古老的波斯傳說：很久很久以前，在波斯有三名塞倫迪普王子，都非常年輕瀟灑，也都急切想要成家。他們聽說有一位美若天仙的年輕女孩住在一個遙遠的國度。他們立即動身去尋找這位理想的女子。他們經過一個個國度，經歷各種奇妙的冒險事蹟。好幾次，都差點要忘了此行的目的，只因為他們全神貫注地接受種種新的挑戰。

「今天，在天文學的領域，『塞倫迪普』就是用來形容無意間的有趣發現。在美國，有好幾個塞倫迪普計畫正在進行，想要收到來自宇宙的無線電波，就像我整個冬季在索洛維基所做的那樣。我只是認為我成功了，因為這些電腦紀錄是如此清晰。」

「這故事真美。」塔妮亞不得不讓步。

27 在敖德薩的街上傳教

聖彼得堡快車在三月十六日早晨抵達敖德薩。歐司卡牧師腦中迴盪著古老芬蘭狐步舞曲旋律，就是這種舞曲讓這座城市成為黑海之珠。然而，這座城市根本不是那種浪漫的海邊度假天堂，而是個海運中心以及污染嚴重的工業城。塔妮亞負責去碼頭旁邊，為兩人一熊找個水手們常住的便宜旅館房間。結果，她竟找到個飄散著異味的小旅館，但是歐司卡堅持要省錢。

塔妮亞已經準備好要隨著歐司卡遠赴海外，而且她也取得了一本航海護照。對她來說，這是輕而易舉的小事，因為她曾經是電台通訊員，是在各艘船艦都很搶手的專業人才。她先帶貝爾柴布特去找獸醫，以便弄一張檢疫證明。負責的獸醫，一頭黑髮而雙手微濕，他非常高興能夠為一隻熊進行體檢。

「通常，我只幫小狗小貓檢查，也接受一些市郊的種馬場委託替種馬及母馬檢查，但這是第一次有活生生的熊踏進我的獸醫院。」

他聽著貝爾柴布特的肺部，並且測量牠的脈搏，接著替牠驗尿並抽血檢查。最後確認大熊沒有感染寄生蟲，獸醫於是開立一張英文診斷證明大熊的健康狀況良好。他們也用馬的磅秤來為貝爾柴布特量體重，磅秤顯示一百二十七公斤：也就是說牠在冬眠期間掉了十五公斤。而歐司卡則來到了令人景仰的一百零二公斤。

自從蘇聯解體，烏克蘭也開始經歷混亂。敖德薩港的產業活動明顯減緩，外籍貨櫃越來越少，也不見有任何船隻停靠等待。歐司卡和夥伴們有的是時間等待登船，於是利用時間來加強對貝爾柴布特的教育。去年秋天在索洛維基的課程又地毯式地複習了一遍，然後又在課程裡加入了僕役必須會的各種工作。貝爾柴布特是個聽話的熊僕，也是個勤勉的好學生。他們還讓大熊溫習各種舞步，並且學習新的舞步。但是讓牠大顯身手的還是在宗教領域。牠輕易而有自信地做出許多儀式裡帶有虔誠意味的舉動，朝著麥加的方向伏拜，並且就像個伊斯蘭教清真寺長老那樣唸唸有詞。牠還會做出東正教信徒最熱中的畫十字架的動作，也把天主教以及路德教派的各種儀式都熟記在心。牠看起來似乎比歐司卡牧師以前還要虔誠，而歐司卡不僅是個人類，而且還是一位教士。

他們懷著能在一艘郵輪上找到工作的希望，來到敖德薩，但是這座港口卻像是還沉睡著，而且停靠的船隻都只是些戰艦、多功能貨輪以及若干油輪。他們要搭上船，恐怕還要等上好一段時間。

在索洛維基時，歐司卡染上了酗伏特加的習慣，儘管有塔妮亞再三勸阻，他在敖德薩也並沒有少喝過。這對男女朋友經常為了這件事起爭執，這倒是不令人意外，因為牧師天天都要喝酒。他經常在晚間醉到直接躺在旅館房間裡的床上，兩腿大開，一面還狂打呼，全身臭得像頭豬。連大熊都感到不舒服。照這樣下去，塔妮亞擔心歐司卡會沒命，而她可不想見證這樣的悲慘下場。

「你應該要更聰明地照顧好自己，你現在這樣子，對別人根本沒有一點用處。」

確實如此。歐司卡也覺得自己總是這樣被激怒，也夠了，便想著自己在等待找到工作之前，難道不能投入比較有建設性的事情，而不是整天買醉。但是在這座死氣沉沉的港市裡，一個可憐的牧師又能怎樣打發時間呢？

「你就和貝爾柴布特去傳教，反正你也喜歡這樣。」塔妮亞挖苦著。

她就這樣不經意地為牧師和他的大熊找到了一個最合適的活動。

「我怎麼沒想到呢！我們要去敖德薩港的街道上傳福音。這裡有數以萬計不曉得全能上帝的恩賜與撫慰為何物的可憐失意人。」

歐司卡牧師立即著手擬定計畫，要救贖這座城市裡這些悲痛之人的靈魂。他要塔妮亞陪他到貧民區去，當他的翻譯，他很樂意到那兒去傳播福音。電台女操作員反對著：

水手、爛醉的士兵、風塵女郎以及敖德薩其他的人渣都可以去死，畢竟這是他們自己選擇的道路。歐司卡一點也不肯退讓。而且當夜他們便出任務了。牧師在貝爾柴布特的頸子套上一條懸著根十字架的項鍊，然後披上自己的黑色斗篷便上路了。

要想找到這些墮落之地，真是一點也不難。乞丐、娼妓、罪犯以及其他的邊緣人總在入夜後便爬出他們的洞。歐司卡和夥伴們先從港口的酒吧下手，那兒總是不缺人。

起初，一切都順利得像是在做夢。塔妮亞以俄語介紹牧師和他的熊，然後這一人一熊就開始拯救大眾：歐司卡又唸又唱著詩篇，貝爾柴布特則比畫著十字架，並且祈禱著。

群眾對於傳教士的出現感到非常驚訝，好多人甚至聆聽了佈道訊息，並且為大熊熱烈鼓掌。這群使徒接著到下一家酒吧去。而他們的名聲早已經領先一步傳開了：敖德薩來了個芬蘭瘋子，說是要拯救那些誤入歧途走在罪惡道路上的可憐人們。在佈道結束後，觀眾很大方地請牧師喝伏特加。此時，塔妮亞表示自己要回旅館。這趟任務對她而言太過俗氣。「我們是要來對抗酗酒以及其他罪惡，而不是來買醉。」她說完，便把歐司卡以及貝爾柴布特獨自留在煙霧瀰漫的酒吧裡頭。

因為有了好的開始，歐司卡牧師根本不可能想到要中斷傳教。他帶著貝爾柴布特繼續巡迴在各間酒吧裡，所到之處都受到熱情歡迎。直到深夜時，他終於喝醉了。貝爾柴布特累得就睡在一家酒吧的桌子底下。幾個滿口髒話的混混開始蠢蠢欲動，他們用靴子的前端輕推著大熊，並且拉扯牠的毛。歐司卡以沙啞的聲音滔滔不絕說著人民之間的友誼以及上帝的恩寵，一面還不斷灌著伏特加，以加強他話語的份量。他請大家喝了一杯酒，人家卻要他付出昂貴酒錢，結果一個粗魯的傢伙便朝他臉上揮了一拳。太齷齪了！牧師直接昏倒在桌上。整間酒館冒出如雷爆笑，連牆壁都受到震動。有人把捲菸的菸屁股塞進貝爾柴布特的屁股，於是大家又笑得更大聲。歐司卡和受他保護的大熊從來沒有受到這樣子的無禮對待。但是一隻芬蘭大熊的忍耐是有限度的。貝爾柴布特只伸了個舌頭，便熄滅了屁股上的菸。隨即，牠用牠的熊掌控制場面。在一陣暴怒中，牠清空了酒吧，把那些無恥的混混一個個都扔出到大街上，同時把幾張桌子敲得粉碎，並叫醒牠的主人。歐司卡花了一點時間才意會到自己下巴上挨了一拳，而且大熊被這群施暴者逼到實在忍無可忍。他站了起來，並搖晃地走出酒吧。那群混混已經重新聚在一起互相清理傷口，然後準備發動反擊報復。他們當中甚至還有幾位警員。酒醉的老牧師肯定好解決，但是強壯而沒怎麼喝酒的年輕公熊就不是這麼一回事了。貝爾柴布特接獲主人的命令發動攻擊。接下來，在敖德薩的夜裡所發生的慘烈事件很難以文字描述，總而言之，幸好歐司卡牧師對此完全沒有任何記憶，而熊不會說人話。只能說，在港口昏暗的大街小巷裡，不斷迴盪著破碎玻璃的聲響、叫喊聲、哭泣聲以及警員們急促的哨聲。

凌晨時分，貝爾柴布特才帶著歐司卡回到旅館。幸好牠的嗅覺靈敏，才能輕易找到回旅館的路。牧師跨坐在大熊棕灰色的背上，大聲背誦著〈詩篇〉第七章：

「若有人不回頭，
祂必磨快祂的刀，
拉緊祂的弓，預備妥當。
祂也預備了殺人的器械攻擊那人；
祂使所射的箭燃燒。
看哪，惡人受生產罪孽之苦；
所懷的是毒害，所生的是虛假。」

人家趕緊叫塔妮亞下樓來到大廳。而她也正急忙帶著歐司卡和貝爾柴布特回到他們的房間。而牧師又繼續背誦完這章詩篇的最後幾句經文：

「他掘了坑，又挖深了，
竟掉在自己所挖的陷阱裡。

他的毒害必回到自己頭上；
他的強暴必落在自己頭頂上。」

歐司卡醒來時，帶著滿嘴像是來自地獄的酒氣。他懇求著塔妮亞以及上帝的原諒，並且直到夜裡都還無法起床，只能不斷嘔吐並感歎自己悲慘的命運。

次日，在當地報紙上刊登了一則短訊，說是在敖德薩港口的區域發生了一些衝突事件，根據警方的說法，衝突事件是由外籍人士挑唆而起的。衝突事件造成了一些傷者，以及若干財物損失。有關當局已經下令追查。

塔妮亞說再也不會放任牧師和大熊去傳教，尤其是到敖德薩最幽暗而充滿罪惡的小巷弄去。

然而，歐司卡和貝爾柴布特在那些聲色場所裡出現了行為偏差，他們本來是要去那兒幫助遭遇不幸之人，但是事情過後數日，大熊開始出現了焦躁的徵象，牠不斷搔著癢，到處磨蹭，而且無法入睡。牧師於是帶著大熊去找之前為牠核發檢疫證明的獸醫。

「牠會不會是身上長疹子了？」歐司卡擔心地問著。

所有的症狀看起來很像，但罪魁禍首並不是蚊蟲：貝爾柴布特身上有陰蝨，而且不是只有一點點。歐司卡牧師聽了簡直要暈了，莫非他當日真的是酒醉到竟把大熊帶到天曉得是什麼鬼地方，讓這可憐的小傢伙沾上了這些該死的蟲子？

獸醫也要牧師脫下褲子，並為他察看私處。

「您也染上了陰蝨。」獸醫診斷後堅定說著。

要讓這些寄生蟲遠離大熊厚厚的毛皮可不是一件簡單的事，得用上一整桶的藥膏。歐司卡低調地取了一些塗在自己的患部。貝爾柴布特一點都不喜歡這療程，卻又無可奈何——眼前，牠只知道得要消滅這些陰蝨。

從這天起，牧師和大熊便整天關在旅館房間裡不出門，他們擔心警察會找上門，但是又好奇警察找上門會怎樣，有關當局反正不知道他們躲在哪裡。只有塔妮亞會上街去採買必要的物資。

28 船東請求帶人祈禱

四月初，終於有第一艘外籍輪船前來停靠敖德薩港了。這艘船名為「歐伊何納號」，是一艘到處都是鏽斑的老舊船隻，船上雖是掛著巴拿馬的旗幟，實則屬於一家愛爾蘭小海運公司所有。建造於六〇年代，全長僅有一百公尺，可以載運三百人，外加一百多名船員。這艘船從地中海而來，原本是在紅海載送朝聖客前往阿爾及利亞、突尼西亞以及摩洛哥。歐伊何納號來到黑海是為了想用低廉的費用來進行維修。這艘船需要進行檢修，而西方貨幣在獨立國協❽裡據說非常受到歡迎。船長兼這艘船的大老闆歐康納，是個矮壯的愛爾蘭人，膚色宛如磚塊，與歐司卡牧師年紀相當，是個老經驗的海狼。他在自己的休息室裡，款待歐斯卡和塔妮亞幾杯威士忌以及冷三明治。

「這麼說來，你們想在我的船上工作？這樣正好，我需要一名通訊人員，船上原本的通訊員死了。就在我們從亞德里亞海出發後沒多久，他便被一根鯊魚刺給噎死了，真是可憐。」

船東也準備要雇用歐司卡牧師以及大熊。在郵輪上安排前所未見的娛樂節目，絕對是個競爭優勢，他敏銳地注意到這一點。

在塔妮亞的翻譯之下，歐康納船長把船和航運公司的事務都辦妥了。船上堆滿了生活物資，並且運了好幾噸的豬肉、魚肉以及幾百公升的食用油與大量的黑海沿岸所產的酒上船。烏克蘭的鑑定專家建議歐伊何納號的船身要重新上漆，並且對於主要引擎進行全面完整的檢修。船上的輪機長本身也是個紅臉的高大愛爾蘭人，他讓一組敖德薩的海軍柴油技師登船拆卸引擎，並進行徹底檢修。更換的零件都由德國直接空運，因為船是在德國建造的。船長利用時間著手接下來幾次的航行計畫。船身漆成了白色。在船尾甲板的酒吧上頭懸掛了一面招牌：

大熊酒館（BEAR BAR）

貝爾柴酒吧

---

❽CEI：獨立國協，在前蘇聯解體後，由旗下各個共和國所組成的政治聯合體。

五月十一日，一百多名俄籍猶太人拎著大量行李登上了歐伊何納號。這些人都要移民前往以色列。隨後一名領航員上了船，船便起錨了。

抵達羅馬尼亞時，歐伊何納號在小城蘇利納（Sulina）的海域下了錨，那裡位處於多瑙河的出海口。一艘大型的平底船前來停靠在郵輪的側邊。百來位身體健壯的清潔婦從平底船出現，她們一個個都帶著白鐵水桶、拖把以及肥皂塊，立刻動手打掃大船，把這艘老船整理得煥然一新，從每一間艙房到交誼廳，一直到輪機室都打掃了。夜幕降臨時，船上已經沒有霉味了，一切都是那麼清新乾淨。

清潔婦們一離開，歐伊何納號便繼續在黑海裡的航程。儘管名為黑海，這裡的海水其實是很深邃的藍色，總而言之，白海大部分的時間呈現的是一片灰色。也許黑海只有在風暴期間才是黑色的，一如白海只有在起大浪時才是白色的。

貝爾柴布特在酒吧裡的表現非常有職業水準，不停地為那些猶太顧客端上生啤酒。貝爾柴酒吧賺了許多錢，而船長一開心，便同意付給大熊符合工會所規定付給船艦學徒的工資。牠每個月的工資大約有一半都成了伙食費，因為牠食量大得驚人，而且明顯胖了許多。

歐司卡牧師在船上開課教授這群移民希伯來文，因為他們當中絕大部分都不會說這個語言，而牧師則在神學院裡學過。他也舉行猶太教的禮拜，並由大熊擔任助手。

晚間，貝爾柴布特就在交誼廳和夜總會表演節目。內容就和愛拉塔拉索娃號的節目一樣。牠工作認真，很喜歡上台，也明白大家的掌聲是為牠的演出喝采。牠在演出之後便會募款，觀眾也總是很大方賞給牠小費——足見熊不必靠出售毛皮，也能賺錢。

在每日演出之前，貝爾柴布特總是很緊張，就和所有的好演員沒有兩樣。但只要一上台，就會忘卻所有的緊張，並且用與生俱來的天賦融入角色。

塔妮亞還教牠自己準備早餐。牠很快便學會了，包括在鐵板上煎蛋。牠自己沒有很喜歡煎蛋，而且不喝咖啡也不喝茶，但是塗了蜂蜜的小麵包片絕對是牠早晨最愛的甜食之一。

在海上航行數日之後，歐伊何納號抵達了博斯普魯斯海峽。這一道海峽長約三十多公里，交通非常繁忙。在領航員的引導下，大船抵達了伊斯坦堡。這天下午很熱，太陽幾乎在正西方閃耀著。就在歐伊何納號從宏偉而長達一公里的阿塔土爾克（Atatürk）大橋底下穿過時，三個巨大的牧草球突然從天而降，掉落在船上。三團牧草剛好陸續掉在船上三個不同的位置。第一團在船首，第二團在煙囪旁，第三團則在大熊酒館的門口，給貝爾柴布特引起了極大的恐慌，這隻大熊當時正要端啤酒給一名迷戀著牠的女性猶太旅客。恐慌之中，大熊丟下了工作，在船尾的甲板上開始四處奔逃，還一面低鳴著。直到看見急忙跑來的歐司卡牧師，牠才平靜下來。

艦橋上首先傳來了汽笛聲響，隨後是歐康納朝著阿塔土爾克大橋的方向大喊著：

「這裡是歐伊何納號廣播！我們將於一個小時後停靠在旅客碼頭！」

船長以不同語言廣播該訊息，其中也包括愛爾蘭蓋爾語。

大橋上的交通一度因為一場意外而中斷，是由一輛載著牧草的騾車所造成的。場面一片混亂。許多人靠在橋邊護欄上一面大叫，一面還比手畫腳，但是在橋下方的人根本沒法聽懂他們在說什麼，而且船很快就開遠了。伊斯坦堡的旅客碼頭是這個區域最大的港埠：這裡的活動繁忙，大約又有百來位旅客登上歐伊何納號。他們絕大部分是要前往地中海的商人，先去賽普勒斯，再從那兒轉往別處。也有一小群來自波士尼亞，躲避戰亂的難民，他們還不知道自己最終的目的地。船長沒有看他們的身分文件就讓他們上船了。他認為一艘客輪就是要載人的，不管促使他們奔走天涯的動機為何。晚間時分，一名老車夫趕著騾子和騾車來到碼頭，他在歐伊何納號停靠的岸邊把騾車停好，就像任何一個有錢的經銷商人那樣。其實，他是稍早數個鐘頭前，在阿塔土爾克大橋上發生交通意外的其中一人。他將騾子拴在一個纜樁上之後，便來找船長商討取回稍早前掉落在船上的牧草團。

歐康納為他奉上一杯茶，並詢問著交通意外的狀況。還好那場事故並不是很嚴重，只是一個蠢蛋撞上他的騾車，在橋中央把他車上載運的牧草給撞散了。在混亂之中，幾大球牧草便從橋上的護欄翻落，掉進水裡，有幾球則要感謝上天，掉落在剛好從橋下經過的歐伊何納號船上。

「您真是應該把您的貨物拴得更緊一些。」船長咕噥著。隨後便指示幾名甲板上的船員幫忙把那幾大球牧草運上騾車。

一等到騾車離開，幾名記者沒有事先通知便出現了。他們聽說有一隻虔誠的熊跟著歐伊何納號航行，在船上的吧台打工，並且在音樂廳演出，還擔任彌撒時的助理。在伊斯坦堡，顯然各種小道消息散播得和光速一樣快。牧師同意讓這幾名土耳其人瞧一眼，看看他和貝爾柴布特一起進行的祈禱會，大熊令他們感到讚歎不已。鎂光燈此起彼落，歐司卡也接受了訪問。他一整天喝了不少啤酒以及葡萄酒，這令他舌頭變得靈活，也讓他變得大膽，而且他還口齒清晰地發表了一些對於宗教相當正面的評論。

若能夠在伊斯坦堡多留一些時日應該是挺讓人開心的事，但是一艘郵輪是不能夠任意在碼頭逗留的。日子越來越熱，即便是在海上，空氣也越來越悶。歐司卡在夜裡常常很難入睡，只好到甲板上去散步，眺望著航道裡被歐伊何納號所翻攪而形成的銀色水花。一天夜裡，當月亮高掛在馬爾馬拉海的天空上並釋放皎潔的月光時，歐康納船長也來到甲板上了。他覺得有些孤單，便想要和牧師閒聊一會兒。

這位愛爾蘭人淡淡地談著自己的國家，談著民族的歷史，談著在十九世紀時因為馬鈴薯病變而引起的可怕饑荒。

「就是這麼一回事，這個國家的人只吃馬鈴薯，除了馬鈴薯以外，其他什麼都不信任。」船長咕噥著。他非常自豪有個具有遠見的曾祖父，從那個時代起便成立一家航運公司。他當時最後擁有的一艘船，就是這艘已經到處是鏽斑的老船歐伊何納號。

「這位老好人把所有的愛爾蘭人，以及他所僅存的一切都帶上他所有的船隻，然後航向美國。」

「總不至於載走全部的愛爾蘭人吧！」牧師冒失地提出質疑。

「總之，至少帶走了一半，好幾百萬人。我出身自一個古老的航海世家，即便這個行業已經沒法再養家活口了。希臘人和義大利人不斷削價競爭，而且他們的船隻也比較現代化。」

輪到歐司卡牧師談論芬蘭在一八六〇年之後所遭遇的著名饑荒：在那個年代，我們肯定也需要有能力的航海家帶來大西洋彼岸的肉類給難以數計的可憐人，他們只能吃著用松樹樹皮製成的薄餅。

「當時在芬蘭，連續數年的收成都很糟糕，乞丐成群地凍死在雪地裡。」他強調著，一面想像著同胞們所經歷的那段恐怖的試煉。

牧師和船長的話題轉到了好戰的列強：愛爾蘭人多年來的紛爭都來自於東邊的鄰國——英格蘭，這些英國佬真的是一群魔鬼。芬蘭則是在東邊的國界上不斷受到來自一個令人無法放心的國家的影響，俄國，根據歐司卡的說法，這個國家至少和阿爾比恩❾同樣殘酷。歐康納對此非常贊同。

「但是你們從來沒像我們那樣發生過宗教戰爭。」

歐司卡牧師承認在冬季戰爭時，芬蘭人的確不是為了信仰而戰，即便他們在當時比平時都唱了更多的聖歌。

至於宗教信仰，因為歐司卡是牧師，歐康納便向他說出了自己內心的願望，他時時刻刻為歐伊何納號、船上的乘客以及全體船員祈禱著。這艘船已經非常老舊了，而大海有時候卻是無情。歐司卡說，這類代人祈禱肯定沒有什麼用處，因為他已經失去了信仰，並且對於今日所處的世界只信賴常識。

「再說，我看不出來歐伊何納號有什麼可挑剔的。這是一艘完美的好船。」

船長坦白說出，船身是因為塗上了新的一層漆，才勉強能夠繼續使用。歐伊何納號已經是個到處都生了鏽的老船殼了，沒必要掩蓋事實。他會在敖德薩停靠，只是因為可

❾ Albion：英國的一個古稱。

以買通那些收賄的船隻鑑定人員核發必要的文件，讓這艘船得以繼續再航行一段時間。

「你的信念也許已經破敗，但是這艘船的狀況更糟。相信我，祈禱是有必要的。」歐康納補充說，要是歐司卡早知道這艘船如此接近回老家的狀況，他一定會斷然回去服侍上帝。

歐司卡害怕了。要是歐伊何納號的狀況不再適合航海，難道不該早些讓它報廢解體嗎？要是遇到海難，船上的人不就都有生命危險。

船長已經有好一陣子都在想著這件事，但是他已經賣掉了整個夏天的地中海船票，總而言之，這也是歐伊何納號最後一次的航行。到了秋天他就會把船賣給廢鐵廠，他的故事也就此劃下句點。

「之後，我想要回到愛爾蘭老家，每天喝啤酒度過餘生，每天喝，再也不要看到大海一眼。但是在那之前，還是得要走完夏天的航程，若能有上天的眷顧就好了。最好是麻煩你讓大熊為這艘老船祈福。我想這樣會有幫助的。」歐康納語重心長地對歐司卡說。

29 虔誠的熊

六月初，歐伊何納號穿越達達尼爾海峽，準備進入愛琴海。一切都非常順利，船長歐康納也很開心。歐司卡牧師猜想這一切都多虧了他替大家祈福。他很認真看待這個任務：每日早晚，他總要祈求萬能的上帝，請祂保佑，讓這艘船能夠一路順風地航行完這一季。

貝爾柴布特繼續在大熊酒館掌櫃，祈禱會每天都會舉行，而晚間大熊還得去夜總會演出……其餘的時間，歐司卡就會坐在自己位於塔妮亞通訊室裡的座椅上，聆聽著來自宇宙的聲響。他將在索洛維基記錄到的那些信號複製了好幾份，並且專注地研究著：他深信在這些訊息紀錄的背後隱藏著一個未知的世界。他也決定要揭開這個謎，哪怕是要花費他的餘生。

在賽普勒斯，媒體記者已經恭候著歐伊何納號：有人在利馬索爾（Limassol）的足球場籌劃了一場宗教表演，來了數百位觀眾。貝爾柴布特募集到了一筆相當可觀的錢。

歐司卡請塔妮亞幫忙拍一封電報給在芬蘭的農場寡婦賽咪，讓她知道，他和已經長大了的貝爾柴在一艘名為歐伊何納號的郵輪上找到工作了。他們此刻正在地中海航行。「賽咪，要是您在農忙之餘，有空好好度個假，能來船上與我們會合，那就真的是太好了。大熊也會很高興再見到您。牠現在已經成年了，我們不再叫牠貝爾柴了。」在電報末端，牧師加上了每一個停靠站的日期，以及歐伊何納號在整個夏天將接連停靠的港口清單：賽普勒斯、克里特、海法[10]、比雷埃夫斯[11]、薩萊諾[12]、錫拉庫札[13]、馬爾他……

在克里特，有兩支電視拍攝小組搭了飛機，前來伊拉克里歐港[14]，和其他的記者一起守候著，其中一支拍攝小組來自於義大利。歐司卡和貝爾柴布特很自在地讓這些人進行拍攝。他們在陸地上安排了一場表演，因為聚集在碼頭上的好奇人潮實在太多，無法全部上到歐伊何納號，有數以萬計的人都想要爭睹這個世界奇觀：一隻虔誠的熊竟能夠做出最令人不可思議的把戲。賞錢開始像潮水一樣源源不絕而來。貝爾柴布特每次成功表演完，就會回到主人的身邊，募款錢包總是滿的。裡頭可以發現各式各樣的錢幣：德拉克馬[15]、里拉、比塞塔[16]、第納爾[17]，甚至還有美元。

到了以色列的海法時，他們在一處廣大的海灘上進行了一場公開表演。吸引了上萬名的觀眾，募集到了超過五千美元！六月二十日週三，這天的經文引自〈提摩太前書〉

第六章，第九詩句：

「但那些想要發財的人，就陷在試誘、網羅，和許多無知有害的私慾裡，叫人沉溺在敗壞和滅亡中。」

在海法也出現了一名狂熱份子，指控著歐司卡牧師褻瀆神明，並且要求將他驅逐出以色列。在這位仁兄的眼裡，以野生動物為媒介，由動物來表現宗教情懷是絕對不允許的；一名路德教派牧師以荒謬的手法呈現各種宗教儀式，在全球各地傳教，實在也是嚴重的大不敬之罪，是最糟糕的異端份子。為了證明自己所言不假，這名男子挑了幾篇歐司卡刊登在報上的言論，其實都是一些引起爭議的文章。看得出來，歐司卡牧師顯然是

---

❿Haifa：位於以色列。
⓫Piraeus：雅典的外港之一。
⓬Salerno：位於義大利南部。
⓭Syracuse：又稱Siracusa，位於義大利西西里島。
⓮Héraklion：位於克里特島。
⓯drachme：希臘錢幣。
⓰peseta：西班牙錢幣。
⓱dinar：通行於北非的錢幣。

在一名記者面前大肆吹噓，說他所馴養的大熊是基督再生。

然而，歐司卡完全不記得自己曾說過這樣的話，但塔妮亞低聲告訴他，說他的確在要穿越達達尼爾海峽時，在通訊室裡面說過這樣大膽的話。他當時酒醉得簡直像頭豬。

「妳當時怎麼沒有封住我的嘴巴，真該死！」

「有一句古老的俄國諺語是這樣說的：即便是上帝也沒有辦法讓一名喝了酒的教士閉嘴。」

群眾開始表現出敵意，若干憤怒之人還試圖擒住歐司卡牧師，打算對他施以嚴厲的處罰。但是他們根本沒有時間執行計畫，因為貝爾柴布特已經衝上來拯救主人了。牠就像一顆毛茸茸的砲彈衝進人群，令那群暴徒紛紛走避。而海灘上只剩下一堆在慌亂中被棄置的拖鞋。歐司卡牧師和夥伴們於是趁機離開海法，而沒再遭遇其他阻撓。

在船上幾乎沒有乘客的狀況下，歐伊何納號再次來到賽普勒斯，迎接了新一批的乘客上船。歐司卡牧師和大熊貝爾柴布特按照慣例，在利馬索爾舉辦了幾場相當成功的祈禱會。

在賽普勒斯，也有人看見在歐伊何納號的車庫甲板區運上來了一輛布滿灰塵的小卡車，那是一輛七〇年代出產的貝德福德卡車，在卡車的載物平台上馱著一個用圓木製造的芬蘭三溫暖浴室。整個浴室構造寬不過兩公尺，長三公尺，附有一個極有魅力的小露台、一根鐵皮煙囪以及若干看起來霧茫茫的窗子。浴室頂部覆了一層塗了黑色瀝青的紙板，而牆壁則都漆上了紅色。這是個非常漂亮的小木屋，但怎麼會出現在這裡呢？在東地中海的一輛卡車後方！這東西要運到哪兒去呢？歐司卡牧師在整趟旅途中看過不少怪東西，但從來沒見過以船隻運送的完整芬蘭三溫暖浴室。無論如何，這挑起了他想家的心情：他已經好久沒有好好洗過一次蒸汽浴了。

等到歐伊何納號起錨，開往克里特與馬爾他時，歐司卡才開始到處打聽卡車的司機。這事並不難：晚間的時候，一名滿臉倦容的四十多歲男子出現在大熊酒館，向大熊點了一大杯冰涼的啤酒。他表明自己是芬蘭人。開心之餘，歐司卡牧師便上前與他攀談。

那名男子自我介紹：大衛・辛克能，是個業務員，獨家代理一個芬蘭木屋製造集團的產品。他至今已經連續四年不停在海外奔走，一開始是在北歐各國，接著轉往西歐，如今來到地中海，只為了推銷他的產品。

「在德國、奧地利，甚至義大利的阿爾卑斯山區，我賣掉了幾十個圓木三溫暖浴室木屋。大概平均一年賣出五十個。但隨後，我想著要到比較南部的地區，而我得承認這是一大失策。南方人根本不懂得芬蘭人在木業上的工藝品質，也根本不懂得使用三溫暖浴室。」

貝爾柴布特前來擦拭桌子。牧師特別詢問業務員難道看見酒吧服務員是隻熊，不會對此感到驚訝嗎？

辛克能倒不覺得看見這樣一個毛茸茸的服務員有什麼好大驚小怪的。他帶著疲倦的神情說：

「我這一生已經看過太多比這更加怪異的事了。尤其是最近這幾年，可以說形形色色的怪事都看遍了。」

業務員已經離婚，沒有小孩。父母雙亡，也沒有其他親人。他也不願多想被他拋在芬蘭的諸多朋友。他過著孤獨的生活，而且已經身無分文。他上一次成功賣掉高雅的圓木浴室小屋是在波士尼亞，整座小屋被波士尼亞軍隊埋在一座山上的泥堆裡，作為打靶目標。帳單從來沒有結清。木屋製造商已經通知辛克能，說他們沒有興趣再嘗試把木屋出售到戰區，再說，三溫暖原則上是一種平和的休閒活動。

辛克能喝完了啤酒。隨後宣稱就寢時間到了，他要回到車庫甲板去睡在三溫暖木屋的門廊上，因為他沒有錢在船上租一間客房。他已經在卡車上的樣品屋裡睡了一年。小木屋裡頭已經開始有些氣味不是那麼清新，他這樣子肯定招徠不到顧客的。

「若我能夠成功再賣出一棟木屋，那就真的是奇蹟了。」他喪氣地說著，同時向牧師道晚安。

30 在馬爾他的芬蘭浴

在陸續停靠過希臘比雷埃夫斯、義大利的薩萊諾、西西里的錫拉庫札，他們終於來到矗立在地中海中央的島群，馬爾他！島上已經犀牛成群吃著草，因為勾奏島（Gozo）以及馬爾他很久以前都和非洲大陸相連。但是在連串大地震之後，世界各大陸板塊開始漂移，而這些島嶼便被包圍在非洲、歐洲以及西亞之間的水域，遠離一切，就像索洛維基被隔離在遙遠的北方那樣。

歐伊何納號在夜間緩緩地靠近瓦萊塔（Valletta）的遼闊港灣以及其燈火輝煌的城牆：早在中世紀時期起，那些從耶路撒冷和賽普勒斯被驅逐的騎士團便開始在此地建設，而在二次世界大戰期間，這裡遭到了無情的轟炸，就連比太平洋珍珠港以及北冰洋莫曼斯克港還要堅硬的岩石港灣也不能倖免。

連續數公里，有著蜂蜜顏色的石灰岩城牆，在無數探照燈的光線下顯得金光閃閃，並且在碧色海水裡反映出宏偉的倒影。在寧靜的夜裡，幾乎難以察覺浪聲。這是難得的景致，所有的旅客也齊聚在甲板上享受這一刻，其中也包括歐司卡、塔妮亞、辛克能以及貝爾柴布特。大熊倚著船邊護欄，在這麼久的海上航行之後，首次嗅聞著島嶼以及島上居民的氣味，牠的嘴部朝著黑夜的天空高高抬著。牠的鼻頭不斷抖動著，上嘴唇也抽動著，空氣裡充滿著令人激動的訊息。

辛克能點起一根香菸，用專家似的目光看著港邊的防禦工事，此刻大船正由數艘拖曳船牽引，沿著港口工事前往森格雷阿（Senglea）碼頭。

「這裡只有石頭。」他簡短地說。

歐伊何納號在一艘巨大油輪的倒影裡下錨。景象看起來就像是個核桃外殼圍繞著許許多多的帆船。旅客們因為未獲准在夜間上岸，便全部各自回到自己的客房裡，而辛克能則返回車庫甲板，鑽進他的三溫暖浴室。

到了早晨，數名官員上了船。和在其他地方一樣，他們也檢查著貝爾柴布特的檢疫證明。這些海關人員已經聽說了大熊的名聲：

「管牠是否虔誠，牠看起來一切正常。」

歐司卡牧師被告知，當局交代，在馬爾他停留期間，不可像在賽普勒斯、克里特或是在海法那樣舉行類似的大型佈道聚會。原來消息已經傳到馬爾他來了，此地作為大英國協的一個獨立會員國，完全不想引起任何騷動。當局尤其反對舉行各種可疑的聚會，深怕會引起不理性的群眾運動，因為島上預計要舉辦一場重要的宗教會議，必須要保證島上的平靜。有人向歐司卡解釋，有來自好幾個國家的天主教與基督代表齊聚在瓦萊塔，此外還有若干來自不同的地區的穆斯林代表。因此不希望有一隻虔誠的大熊在這些主教以及長老之間掀起紛爭。

馬爾他政府的管轄範圍包括最大島馬爾他以及鄰近的勾奏島，居民大約有四十萬，總面積大約和位於白海的索洛維基群島差不多。首府瓦萊塔位於馬爾他島東北角一處有著堡壘工事的海岬。歐伊何納號停靠的所在是該城市東南邊三大港口之一的森格雷阿碼頭。飯店旅館則相反地都位於西北區，在斯里耶馬（Sliema），圓木木屋業務員辛克能就是駕著他的老貝德福德卡車往那個方向開去。電台女操作員塔妮亞坐在駕駛座的旁邊，而歐司卡牧師和他的大熊貝爾柴布特則棲身在卡車後方，待在三溫暖浴室樣品屋的小階梯上。才上路沒多久，辛克能便驚險地閃避了一個車禍，因為他忘記在馬爾他是靠左行駛。這輛老爺車的煞車便在森格雷阿港區的狹窄巷道裡長時間奮戰著，三溫暖浴室搖晃得實在險象環生，但是這位業務代表仍是成功地重新掌控汽車，並且讓車子靠左行駛。他小心謹慎地把車子開到首都的中央廣場，然後停下車子來吃午餐。一些好奇的人在卡車四周圍觀，而等到歐司卡命令貝爾柴布特出來到三溫暖的露台食用給狗吃的肉醬時，圍觀的人群又變得更多了。他們開始吃起煎蛋捲，一面用餐的同時，辛克能也嘗試著向圍觀的群眾兜售木屋。馬爾他人基本上英文都說得不錯，但儘管溝通無礙，在瓦萊塔的主要廣場上卻沒有任何一位木屋的潛在買主。反倒是有一名態度和藹而處事有彈性的警員來到了現場，他說城裡的巷道是禁行卡車的。幸好他們的簡單早餐已經吃完了，於是辛克能便重新坐上駕駛座。群眾則跟在不斷左右搖晃的貝德福德卡車後面，隨著車子繞著海邊城牆奔跑。總算，他們離開了瓦萊塔，來到斯里耶馬，歐司卡在普雷呂旅店租了兩間客房。他和塔妮亞住其中一間，而另外一間則讓辛克能住。他們將卡車停放在旅館的庭院裡。貝爾柴布特便留在業務員的樣品木屋裡頭。業務員因為沒有錢，所以也無法為自己支付旅館房錢，但是他已經有好長一段時間夢想著能夠舒服洗個澡，並且躺在一張真正的大床上睡覺。至於貝爾柴布特，牠倒是一下子就同意待在三溫暖浴室的階梯上休息了。

辛克能的圓木小木屋有著成為熊洞的一切條件。至少，裡頭也挺骯髒，而且聞起來就像隻落水狗的味道；髒兮兮的床就是一個破損的睡袋以及布滿汗漬的枕頭，若干四處散落的破布讓此處更像極了吉普賽人的篷馬車，而不像是最要求高度衛生的現代銷售樣品屋。

「看起來，你好像已經很久沒有整理內務了。」歐司卡指出，而同一時間，業務員正收拾著自己一點點的個人行李要搬進旅館客房。

「我沒辦法徹底整理。但是我有稍微收拾一下……在一月的時候……或者是在耶誕節的時候？總之，我清洗了階梯，掃了地面，還清出了爐子裡頭的灰燼。接著我來到了希臘靠近馬其頓那一側。從那裡開始，我一棟木屋也賣不掉。從這個角度來看，打掃也無濟於事。」

歐司卡牧師不敢再繼續追問辛克能，若是他什麼也沒賣掉的話，要怎麼過活。而這個業務員肯定是意識到牧師突如其來的沉默，便以憂愁的語調解釋：

「我就靠著在市場以及垃圾桶裡撿來的殘羹度日……晚間我到農家菜圃去偷摘水果。一家木屋製造廠商偶爾會從芬蘭寄點錢來給我。但我還是常常挨餓，而且掉了至少十五公斤。所有支出裡頭最昂貴的，要算是汽油錢以及船票。我自己整平長褲，不用熨斗，而是每晚把長褲墊在睡袋底下；我也自己清洗襯衫。唯一的煩惱是，我只有一件襯衫，又沒有洗衣粉。我的領帶也開始出現了詭異的光澤。」

塔妮亞在午後打了電話給在歐伊何納號上的歐康納船長，並得知船將在次日起錨，前往西西里進行短程航行，途中將會停靠巴勒摩（Palermo）、默西拿（Messina），然後轉往義大利半島上的雷焦卡拉布里亞（Reggio di Calabria），再由錫拉庫札返回馬爾他。全程約需要一週。塔妮亞想在這段航程期間請假，這樣一來，歐司卡和夥伴們就能夠利用時間好好遊覽馬爾他。牧師決定先幫辛克能重新振作，因為他自己有點錢，而身為一個在海外的芬蘭人，是應該要幫助自己的同胞。

最好的方式，是讓這位旅途疲憊而且全身蓬頭垢面的業務員，先從頭到腳好好洗刷一番，然後好好吃一頓，睡到自然醒，再去購買新的衣物，最後在塔妮亞、歐司卡以及貝爾柴布特的幫助之下，徹底整理三溫暖浴室木屋的內務。他們也必須重新檢修那輛老貝德福德卡車，而馬爾他正是理想地點。瓦萊塔的公車絕大多數都是五〇年代製造的，當時這座島還屬於大英帝國的領土，而這些公車的車型都比辛克能的老爺卡車還舊，但是這些公車都養護得很好，車身都漆上了生動活潑的顏色，並且能夠快速馳騁在島上蜿蜒的公路。在經過當地黑手技師的巧手之後，這輛貝德福德老爺車將會煥然一新。

「你們真的覺得這樣幫我值得嗎……我都還在懷疑自己是否很快就會來個自我了斷。」業務員辛克能意志消沉地問著。他不只賠光了所有的錢財，自信心也消磨殆盡，連活下去的勇氣都沒了。次日早晨，牧師與電台女操作員帶著一塊白麵包和兩罐五百克的沙丁魚罐頭，來到了旅館庭園裡的三溫暖浴室，把這些食物拿給懶在裡頭的大熊當早餐。他們還請人給辛克能送了早餐到他的房間裡，然後他們兩個才自己到附近的咖啡館用餐。

在業務員醒來之前，塔妮亞和歐司卡已經花了點時間清空三溫暖浴室裡頭的骯髒衣物，以及堆在裡頭的雜物，包括空的沙丁魚罐頭和捲摺的色情書刊。但留下了已經都皺了的圓木房屋廣告小冊，還有與汽車文件和空白合約書收藏在一起的帳本和分類文件夾。等到辛克能睡飽醒來，下樓來到旅館庭園時，歐司卡給了他一點錢，打發他去瓦萊塔購置新的衣物。在這期間，他則把老爺車送去檢修，並且連同三溫暖浴室一起讓人清洗一番。

在位於斯里耶馬和瓦萊塔之間的革吉拉（Gzira），他們找到了一個加油站，能夠同時處理卡車和三溫暖浴室。在黑手師傅檢修汽車的同時，歐司卡、塔妮亞和貝爾柴布特便動手清洗浴室。他們首先清空爐子裡的灰燼，然後疏通煙囪，接著牧師將階梯一一拆卸，由貝爾柴布特搬至屋外交給電台女操作員，讓她用大水和去污劑清洗。他們也把木屋的牆壁與地板都擦得光亮。而手腳俐落的貝爾柴布特甚至清洗天花板，牠用後腳站立，成了兩人一熊當中個頭最高大的。最後，他們三個一起清洗了卡車，裡裡外外都徹底洗刷了一遍。

歐司卡將貝德福德卡車開回到旅館庭園，辛克能已經在那兒等著了，身上也已經穿著新買來的衣服，並且似乎喝了點啤酒。他對於瓦萊塔成衣店的價廉物美大為讚賞，隨後他開始驗收卡車，車身簡直是金光閃閃。辛克能看著卡車煥然一新的模樣，然後發動引擎：引擎發出輕柔的轟轟聲，變速也很順暢，有充分潤滑。最叫人吃驚的還是三溫暖浴室。小木屋氣味清新，鍋爐閃閃發亮，階梯又變得潔白無比，甚至連外牆上因為旅途而附著的灰塵都被除去了。

「我們今晚來洗個三溫暖如何？」大受感動的辛克能提議著：「我來負責找柴薪，至於用來拍打身體的樹枝，可以使用尤加利樹枝。」他說完便離開了。塔妮亞在海邊的人行步道上買了幾條藍色的大浴巾。等到辛克能回來時，他從計程車上提下了兩個大袋子，其中一袋裝滿了柴薪，另外一袋則是小樹枝。在歐司卡將尤加利樹枝綑綁成束的同時，業務員則為三溫暖浴室的鍋爐生火。貝爾柴布特則忙著用旅館的小木桶，從游泳池汲水裝滿浴室裡的水池，而塔妮亞準備著火腿三明治，並在浴室的露台擺了一個小冰箱，裡頭塞滿了好喝的本地啤酒。等到浴室溫度夠熱了，辛克能便將貝德福德倒車，一路退到旅館旁邊的海灘，讓浴室露台面對著大海，接著所有人便就位。

這真是個真正的芬蘭三溫暖之夜。階梯上回響著樹枝拍打的聲音。就連貝爾柴布特也把自己埋進熱騰騰的蒸汽裡，然後所有的人都跑去浸在海水裡頭。接著又回來坐在露台上享受清涼，並且欣賞著瓦萊塔城牆在海灣另外一邊波濤裡的倒影。整個氣氛非常平和而讓人感到放鬆。一名年輕的俄國女子，裸身坐在木屋前方，正在梳理乾淨的頭髮，在她的身旁坐著一隻棕灰色的大熊，也正在整理自己的毛皮，而露台的階梯上坐著兩名臉色紅潤的芬蘭人，正忙著喝啤酒與吃三明治。歐司卡將腳拇趾埋在紅沙裡頭，同時心裡想著，其實想要擁有幸福也不是那麼困難。

31 宗教會議大混戰

歐司卡和夥伴們一整週都乘著卡車在馬爾他島以及勾奏島上遊歷。他們探索著這個群島的歷史，讚嘆著島上難以數計的教堂，享受著三溫暖以及海水浴。大熊長得更高大也更胖了，一身毛皮乾淨而濃密。塔妮亞也盡情曬太陽，不僅膚色古銅，整個人也神采奕奕，甚至連歐司卡也對此一假期感到開心，以至於他完全沒再想起要談論那些在他想像裡、藏身在遙遠星際、具有高智慧且無所不在的外星生物。

業務員辛克能每天精力充沛地到市場、咖啡館、海灘以及教堂等地去宣傳他的產品。他向地方主管、商家、旅館業兜售著，但沒有人想要購買芬蘭三溫暖浴室。他沒有時間氣餒，並且試圖向瓦萊塔南部一個高球場提議搭建一棟木造俱樂部會所，但是沒有成功。他還向瓦萊塔半島尖端的聖艾爾摩（Saint-Elme）堡壘建議用堅固的圓木加蓋一層樓，但是沒有人把這個想法當成一回事，更別提要為一家大型餐廳加蓋一個長達一百公尺的木造酒吧的提議。儘管辛克能提供了許多誘人的折扣以及絕佳的售後服務保證，但仍是連一間最小的木屋都沒有賣出去。接連碰釘子，將業務員的信心都消磨殆盡，到了這一週結束時，他又開始說自己疲憊不堪，而且心情低落。並且再次提起自殺。

歐伊何納號從西西里的短航程回來了，塔妮亞也回到船上通訊室去服勤。大船再次啟航前，在森格雷阿碼頭繼續停靠了幾天。歐司卡繼續在旅館裡住了幾天，繼續和依舊心情沮喪的辛克能作伴。貝爾柴布特依然睡在三溫暖浴室的階梯上，一如過去一整週那樣。

就在數日之間，瓦萊塔聚集了一百多位來自全球各地的牧師、主教以及伊斯蘭教長老，準備參加普世宗教會議，以便能夠在和諧的精神之下，尋求可能的同質性；能夠讓不同宗教結合在一起，而不是讓不同的教義去各自表述。在這場會議裡，除了有來自各個教派的基督教以及伊斯蘭教人士之外，還有佛教、印度教、道教、儒教和神道教的人士參加。這些與會人士均以個人名義參加，而非代表哪個教會或是信仰團體。他們大概以為這樣就能夠避免矛盾衝突，因為每個與會人士都不是以某高層官方名義代表發言。會議的最終目的在於找出解決方案，可以避免神學方面的嚴重衝突，並且進一步防止宗教戰爭的發生。

為了確保會議的順利進行，主辦單位沒有安排任何一場記者會或是集體的宗教儀式。歐司卡牧師在看見大街小巷裡十來個穿著大禮服的高階神職人員後，才知道會議已經開始舉行了。這些教士非常樂意與咱們的芬蘭牧師談論這歷史性的宗教會議，他們對此期待已久，並且邀請牧師前來參與每一場會議，在會中對於不同宗教的和平共存提出看法。

回到普雷呂旅店，歐司卡試著要提振業務員辛克能的士氣，便向他提議來進行一場標槍垂直投射友誼賽。他向這位沮喪的同胞吹捧這個迷人新興運動的魅力，並且試著勸服他一同前往瓦萊塔高聳的城牆底下練習，那邊不愁沒有合適的場地，又可以遮風。但是辛克能一點也沒有運動的心情。他不斷自責為何要愚蠢地遠離家園，並來到此地在一群外國人裡頭浪費人生。

但是歐司卡仍然力邀他，一起去參加此刻正在瓦萊塔獨立廣場「亞拉貢客棧」舉行的國際宗教大會。他們可以帶著貝爾柴布特，並聆聽那些高階神職人員和伊斯蘭長老們對於宗教問題的辯論。這可是歷史大事，牧師對此深信不疑。

「我對他們的長篇大論也不是太有興趣。你帶貝爾柴布特去吧。若是你經過歐伊何納號，再替我問候塔妮亞，並向她道謝。她真是個很酷的女孩。」

歐司卡留下一點錢給辛克能，然後帶著貝爾柴布特去參加大會。他再次穿上了禮袍，幸好他將這件禮袍隨著行李一起帶出來了，而沒有留在船上。他接著幫大熊在頸部套上項圈以及十字架。需要為牠也戴上嘴套嗎？還是不用了吧，貝爾柴布特已經如此溫馴，不必戴上這活受罪的玩意兒。但是為了以防萬一，牧師仍是把嘴套夾在手臂底下出門。

辛克能為他們叫了一輛計程車，接著將大熊抱在懷裡，並且一面跟歐司卡道別，一面久久握著他的手不放。這讓牧師笑了，怎麼突然之間如此慎重。

亞拉貢客棧是一間由騎士團於十六世紀建造的旅店，簡直就像一座宮殿；旅店的對面就是一座英國國教聖保羅教堂。歐司卡付了計程車資，便帶著貝爾柴布特進入客棧大廳，他出示自己的護照，並說自己代表北歐國家的教會，特別是芬蘭非都會區的教區，而且若有需要也可以順便代表俄國那些在北海索洛維基極為虔誠的弟兄們。大家早已耳聞大熊的名聲，並且引領這一人一熊進入宴會廳，裡頭正熱烈進行著一場神學討論。一名德國教士前來坐在歐司卡身旁，並且說明這些宗教會議的工作團體已經在和諧的氣氛下開了好幾天的會，也很積極草擬著一份共同聲明計畫，如今只剩下讓該計畫獲得表決通過。但是大型國際會議似乎往往都是這樣，總是很難達成最終的協議。世界上各個不同的宗教還是存在著太多歧異，教義都太過古老而僵化，其各自的擁護者都不敢擅自貿然走向對方，深怕在回國之後會受到懲罰。

此刻，發言的是一位身穿紅袍的年老英國籍司鐸。他舉著拳，高聲控訴伊斯蘭基本教義派：「極端保守主義是惡魔化身的體現。」他怒斥著。多位西方教士紛紛點頭表示贊同。氣氛一時凝重，大有一觸即發的危險，此時一名伊朗籍的長老神色氣憤地走上講台猛烈指責老司鐸和所有的魯米⑱：「他說伊斯蘭教會攻佔全世界，這是對絕大多數的人類最大的污辱。」一名猶太教長老、神道教祭司及其他人，也紛紛表達了他們的憤怒。

會議的最終方案看似岌岌可危。歐司卡牧師忍不住也想參一腳：他站了起來，向大家介紹了他所馴養的虔誠的大熊，接著請求各大宗教先靜下心來。

「希望大家先讓因為這場盛大會議而激動的心情，稍稍平復一下，我們希望為大家介紹一個節目，是一場宗教短劇，這個短劇在過去一年裡在全球各地都有很成功的演出。我們也代表來自北方、芬蘭以及索洛維基修道院的問候。」

這階段的會議主席是一名來自菲律賓的伊斯蘭教法學博士，他鬆了口氣，帶著微笑讓出講台給這位來自遙遠北方的代表。

歐司卡和貝爾柴布特上陣了。牧師首先以芬蘭文唱了一首聖歌，隨後大熊便開始祈禱，然後在胸前畫十字架，接著又朝著麥加的方向伏首，並且帶著熱忱把所學的各種表示虔誠的手勢一一比畫了一遍。歐司卡接著以數種語言發表了一段簡短的談話，是從各

⑱伊斯蘭教徒對基督徒、歐洲人的稱呼。

個不同的祭典儀式裡擷取出來的精華，最後並祈求全人類從此可以避免宗教之間的暴力和戰爭。貝爾柴布特負責為表演收尾，牠自作主張地跳起了節奏強烈的戈帕舞。

現場來賓全都報以熱烈掌聲，有些人甚至站了起來，僅有少數人認為這是褻瀆上天的行為，對於促進各國宗教和平恰好是個負面教材。

但是，一等到會議繼續進行，種種分歧又浮上檯面了：各種充滿挑釁的發言、不懷好意的攻擊，此起彼落。若干代表甚至提高聲量，幾近嘶吼。一切都讓貝爾柴布特感到抓狂。因為聽見大家不斷提高分貝，牠也開始低鳴，但是沒有任何人注意到牠，而那些已經過於激動幾近焦躁的神學專家們，則繼續捍衛，表現出他們不可退讓的姿態。又一次，歐司卡牧師起身了。他以佈道者洪亮的聲音，大聲說話，彷彿他以前在努門帕教堂的講壇上那樣：

「看在老天的份上，大家停止這惡魔一般的紛爭吧！與其為你們的信念據理力爭，不如聽聽別人有什麼話要說！在這個地球上的每一個宗教裡面，都有著非常深度的善心與人道精神，有著各種對神蹟的見證，而且都是神意的精要。不要只是想著你們每個人都有的缺點，都擁有的壞脾氣，請站在你們這些弟兄的立場想想！阿們！」

歐司卡是真的生氣了。貝爾柴布特則判斷是時候壓壓這些過動兒的氣燄，就像在敖德薩街頭出任務時那樣。牠從自己的座位上躍起，並將一名加拿大籍的英國國教派主教從講壇上掃落，接著，由於這位主教在受驚之餘還試圖反抗，於是大熊便一掌送他一路轉圈，直到宴會廳的另外一端去。牠隨即衝進人群裡攻擊幾位伊斯蘭教長老，以及一名數度咆哮的猶太教長老。在這一片可怕的混亂之中，教士們以及伊斯蘭教的法學博士們紛紛衝出宴會廳外，過程中若干比較體弱的人士還遭到踐踏。只剩下歐司卡和滿身是血的貝爾柴布特待在原地。兩名保全首先出現在宴會廳裡，隨後來了一整隊的警察。

歐司卡牧師命令貝爾柴布特安靜。替牠戴上嘴套，然後在警力戒護下走出宴會廳。他和大熊被帶上一輛警車，離開時還與兩輛剛剛抵達且警笛響個不停的救護車擦肩而過。

在瓦萊塔的警署裡，大家試著釐清案情。警署主管很客氣地指出，根據他所獲得的資訊顯示，這樁意外實在令人遺憾，而且可能很嚴重。牧師可能因此被拘留一段時間，直到偵訊結束。

但是貝爾柴布特怎麼辦呢？這些馬爾他人可傷腦筋了。他們並未真正要逮捕大熊，因為一旦牠抓狂反抗，這小島國度僅有的警力是不夠應付的。最後還是歐司卡牧師想出解決辦法，宣稱可以將大熊安置在他的好友業務員辛克能的三溫暖浴室樣品屋裡，過去一週裡，大熊就是把那兒當成熊洞。而浴室木屋此刻正停放在斯里耶馬一輛卡車的載貨平台上。

就這樣，難題解決了。他們將貝爾柴布特載往辛克能的木屋。牠看似非常平和，並且乖乖地爬上階梯。歐司卡也試圖獲得允許回到旅館房間，但是他沒有成功；因為在宗教會議裡發生的意外事件還沒有結案，他們甚至還不知道在那些教士和伊斯蘭長老裡頭是否有人死亡。若有人死亡，那麼馬爾他政府的處境就更加尷尬了，因為他們曾允諾保證所有會議出席者的安全。

主管機關之間互相指責，竟沒有想到一名教士或司鐸會被一隻大熊攻擊。但是當籌劃一場要在地中海舉辦的國際宗教會議時，這並不是在思考安全維護方面首先會被想到的問題。

在被關進牢房之前，歐司卡提出請求，要找人打電話通知歐伊何納號的船長，讓他知道牧師被逮捕並拘留在瓦萊塔的警署；同時也得知會電台女操作員塔妮亞。接著，牧師就被關進牢房了。

這座直接在岩石上鑿出來的監獄，應該有數百年的歷史了。牢房裡只在接近天花板的位置有個氣窗，能夠透進一點光線，另外有一張石頭長凳、一張椅子以及一張小桌。除此之外，沒別的東西了。他們讓歐司卡帶進了他的吊帶以及身分文件，還有皮夾與手錶。手錶顯示此刻為下午四點。牧師已經累壞了。這一整天真是太混亂了，他一面回想著，一面朝石頭長凳上坐下。

晚間的時候，牢房的門被打開了，塔妮亞前來探望他。她神情非常慌張。在宗教會議的暴力意外之後，又發生了悲劇。辛克能自殺了，這是警方告訴歐伊何納號船組人員的說法。歐康納船長於是委託塔妮亞前來通知歐司卡，郵輪將在今晚啟航，並在一週後再返回馬爾他。歐康納船長只能祝他好運。

「貝爾柴布特呢？」歐司卡擔心地詢問著。塔妮亞一無所知。辛克能當時駕駛著卡車，所以倘若大熊之前被鎖在平台的三溫暖浴室裡面，那麼在他自殺的時候，大熊肯定也在場。

塔妮亞勸牧師先吃個三明治，他們倆一面吃一面流淚。隨後時間到了，電台女操作員必須回到歐伊何納號上的工作崗位。她的道別就像是永別。

老天，真是一波未平，一波又起，簡直像是滾雪球，獨自留下的歐司卡心裡想著。首先，他被關了。第二，他孤零零一人，塔妮亞已經隨著歐伊何納號起錨出航了。第三，他那憂鬱的同胞自殺了。最後，貝爾柴布特也不知去向。

歐司卡牧師突然覺得口渴得像是要著火了。他從石床站起身子，走到鐵門，用拳頭猛烈敲著鐵門，整個人充滿著無力的憤怒，他大喊著：

「給我拿酒來！我要喝烈酒！要伏特加！」

如鉛一般重的寂靜籠罩著整座監牢。眼裡滿是淚水的歐司卡想起了〈約珥書〉第二章第三十二詩句：

「那時，凡呼求耶和華名的，就必得救。」

而奇蹟真的發生了：在早餐的時候，歐司卡牧師發現在他的餐盤以及水杯旁邊，放了一小瓶的馬爾他白蘭地。

32 貝爾柴布特流浪記

大熊原本坐在三溫暖浴室的階梯上舔舐著殘留在爪子上那些長老以及思鐸的血，然後走去水盆喝了點清水，接著便靜靜地臥倒入睡。牠閉上雙眼時還想著今天一整天真是太刺激了。天剛黑的時候，牠驚醒了，因為卡車被發動了，而木屋搖晃不已。業務員辛克能因為一時衝動想死，便從後門將貝德福德老爺卡車開出旅館庭園，接著轉進馬路，並踩下油門。三溫暖浴室裡的階梯就像翹翹板那樣搖晃著。貝爾柴布特透過小窗看著外面：能夠再次旅行，轉換一下心情，真是太舒服了。牠再次睡下，對於此行感到很高興。輕微的晃動持續了一陣子。

隨後，整輛車翻覆了。貝爾柴布特被拋向浴室的天花板，接著又掉落地面，然後才在連串宛如暴雨的木頭爆裂聲響中成功地用爪子攀住牆壁。窗子破了，小木桶裡的水都灑了出來。煙囪排氣管脫落並在柏油路面上滾動著。

大熊將浴室門從門軸處拆下，並看著外頭的道路，此刻看起來像是一條小公路。牠用兩隻前掌攀著露台的欄杆，看了一眼四周的風景。看起來沒有什麼可擔心的。貝爾柴布特把門和窗框扔在人行道上，然後擦擦自己的嘴部。

就在此時，這趟瘋狂的奔馳，在一陣令人驚駭的碎裂聲中戛然而止。浴室解體了。所有的接縫都裂開了，一根根的圓木飛揚在空中，卡車著了火，而浴室屋頂連同大熊一起被拋射進入大海。被烈火吞噬的貝德福德卡車躺在岩石上，已經破了洞的前車蓋一面冒著煙，一面逐步沉沒在陣陣浪濤之中。各式各樣的殘骸散布在水面，其中也包括已經沒了生命跡象的辛克能的身軀，而貝爾柴布特用牙齒啣住業務員的頸部，奮力將他帶回岸邊。人像是死了。大熊舔了舔他的臉，但是沒有任何反應。辛克能一隻腿的褲管已經撕裂，臉上血流如注，因為他是從擋風玻璃飛出來的。貝爾柴布特嘗試著要喚回他的生機：讓他維持坐姿，把他像個大型洋娃娃那樣撐住，但只要牠一放開，業務員就會倒在路面上一動也不動。

三溫暖樣品屋的圓木就像一列浮木漂在地中海的波濤之上。許多人在聽到聲響後，蜂擁而至。貝爾柴布特覺得該是時候低調些，便躲進路旁橙樹林的遮蔽裡。一輛警車和一輛救護車迅速抵達現場。辛克能立刻被抬上擔架，並載離現場。好奇的群眾仍擠在意外現場。夜幕降臨時分，太陽落下的速度遠比在索洛維基時快得多，在那兒，太陽有時候只是輕掠過海面，便又上升。天很快就黑了，貝爾柴布特踩著緩慢的腳步離去。靠著本能驅使，牠朝著島的內部走去。牠不知該往何處去，也不知道該做什麼。

熊是聰明的動物，但是發生了這麼大的事，如此動人心弦又令人興奮，同時又是如此可怕且讓人無法理解，貝爾柴布特一時之間完全迷惑了。牠知道自己得找到歐司卡與塔妮亞，或是索妮雅，或是賽咪。總之得找個可以讓牠依賴的人。可是要從哪裡找起呢？

這一夜，貝爾柴布特就躲在島上唯一的小森林裡，就在瓦萊塔的南邊，旁邊就是一座高爾夫球場。這邊的樹林無法為牠提供太大的保護，但是黑暗以及牠的謹慎天性，讓牠得以躲藏不被發現。牠也覺得最好不要貿然現身。這是牠的預感本能：人總是難以捉摸。

清晨時，森林裡籠罩著一層潮濕的霧氣。大熊用舌頭清理了一下自己的毛皮，然後小心翼翼地走出有如遮陽傘一般的松林樹蔭。牠餓了！牠在附近一座位於埇爾弭（Qormi）的教堂前方的噴泉喝水。但是光喝水無法讓一隻大熊填飽肚子。貝爾柴布特於是嗅一嗅空氣，然後朝西邊走去。早上霧氣裡飄散著的動物香氣，似乎是從這個方向飄過來的。

幹得好！貝爾柴布特在一片原野裡找到了一座小村莊，那裡肯定有著多到不行的食物。

在馬爾他，大家都不會在晚間把家禽關起來，更不會把綿羊鎖進羊圈，以免受到獵食者攻擊，因為島上直到這天以前並無獵食性動物，更別提飢餓的熊。在一個農莊的庭園裡，貝爾柴布特相中了一隻肥美的母雞，隨即靈巧地用熊掌抓住母雞，輕巧地扭斷雞脖子，接著將母雞夾在手臂底下，悄然無聲地離去。

牠有得吃了，隨即大快朵頤填飽肚子。接下來的日子裡，貝爾柴布特在馬爾他的人行道上以及牧羊戶抽取了許多食物稅，牠通常會捕食美味的野鴨，偶爾也會抓隻肥嫩的小豬。口渴了就到獨棟別墅的泳池或是院子的噴泉取水。日間，牠會躲在葡萄園或是果園的陰涼處，等到夜裡，牠就會在原野裡到處尋找歐司卡。牠年輕體壯，可以奔跑好幾個鐘頭，從島的一端來到另外一端也不會感到疲累。除了孤單，牠沒別的煩惱：牠和動物不親近，已經習慣和人生活。牠不死心地尋找歐司卡與塔妮亞，不明白他們跑哪裡去了，為何拋下牠自己一個。

在馬爾他鄉間，大家開始傳言有嗜血怪女巫出沒獵食小型家禽家畜；是個一頭黑髮的高大女子，是個復仇心切的爬行天使，她穿越了數個世紀，帶走了許多無辜羔羊，將牠們開腸破肚，卻從未真正露面。很快地，她就將會開始對小孩下手，將孩童帶至她藏身的洞穴，將不會有任何人知道她會在何處吃掉被帶走的孩子。大家還傳說，古老時代一個被強暴，然後又被騎士團殺害的馬爾他處女，從冥界回來復仇了，她要用最殘暴的手段來對付島上居民們的袖手旁觀，因為他們從事發之後，便一直沒有為她平反。

某些人則認為，這只不過是些變成了野狗的流浪狗所為，於是便在瓦萊塔的報紙上大聲疾呼捕捉這些野狗，以免影響島上的觀光利益。

貝爾柴布特很會隨機應變，卻一直悶悶不樂：牠在世界上無親無靠。牠不愁吃喝，也不虞匱乏，牠既強壯又聰明，但是那個瘋癲牧師歐司卡在哪裡呢？大熊還沒有完全成年，這還只不過是牠的第三個夏天。夜裡，在找到一個過夜的地方，並把吃剩的飛禽殘渣藏到一個橙樹叢裡之後，牠心想接下來要做什麼。牠將嘴巴靠在兩隻前掌上，大大地歎了好幾口氣。牠深邃的兩隻小眼睛裡，透著無限悲傷，牠注視著黑暗，但是空氣中沒有絲毫塔妮亞、索妮雅或是歐司卡的氣味。

但是次日夜裡，牠小心翼翼地重新振作，並且繼續安靜地流浪。牠繼續偷雞或偷鴨，殺隻小羊或小豬，再將獵物的殘骸埋起來，牠接著繼續趕路，而不會留下來守著牠的食物櫃。牠是個高大的流浪漢，是隻孔武有力而自由的熊，全地中海就只有一隻牠這品種的熊，但是牠一直沒有主人的消息，也非常想念主人。牠四處找尋牠的夥伴，找尋這位會讓牠在成長過程中一直依戀的牧師。

但是日子一天天過去，牠的鼻子始終沒有擷取到一丁點歐司卡的蹤跡。大熊於是想到要找尋歐伊何納號。牠把自己遊蕩的範圍擴大到浪花翻騰的海邊，在月光照射下，牠瞇著雙眼，想看看是否能從海平面上看見那熟悉的白色船身，牠想念著自己在船上的貝爾柴酒吧。

直到偶然間抵達森格雷阿碼頭之前，大熊在馬爾他島上流浪已經有一週，甚至兩週的時間了，牠一下就認出了這港口。牠的記性很好，而且嗅覺器官也對這裡的許多氣味都有紀錄：牠嗅聞著港灣裡變質的油味、起重機的機油、油輪生了鏽的船身、銲槍冒出的火花所夾帶的刺鼻氣味，然後牠心想應該可以在這裡找到牠的家：歐伊何納號。

在海灣另外一邊的瓦萊塔，傳來了砲聲，因為宗教會議正在舉行閉幕式，所有與會人士正在踩街遊行，身上的禮袍隨風飄逸著，但是貝爾柴布特乖乖地保持安靜。一整夜，牠都在港邊遊蕩。牠再次表現出千百萬年遺傳下來的謹慎天性，躲在各個倉庫與造船廠的棚架的陰影底下。日間，牠會找個沒有光線的陰涼處躺著，也避開炎熱的太陽，就在一個廢棄的沙石場深處，是牠在附近山丘後方找到的。在好幾個世紀裡，這些通道裡被挖走的大理石，至少可以蓋出上百座教堂以及幾十公里的城牆。而如今，這裡是貝爾柴布特在日間的避難所。夜裡，這可憐而孤單的大熊才會鑽出坑道，來到港邊等候歐伊何納號。

在歐司卡被捕的次日，宗教會議派了一名代表前來瓦萊塔總警局，是一名挪威籍牧師，叫做倫侯德，他前來告訴被拘留的歐司卡，說一切都順利，甚至比意外發生之前還順利：受傷的司鐸和伊斯蘭教法學博士在前一天夜裡便都被送往斯里耶馬教會醫院接受治療。貝爾柴布特的爪子的確是撕爛了一些禮袍，而這些不肯妥協的狂熱份子也的確流了許多血，甚至還被診斷出有些骨折現象，但是塞翁失馬焉知非福，原本那些神學上的爭端全都煙消雲散了，而最終的聲明也獲得了一致通過。挪威牧師為歐司卡剝了一顆橘子，並倒了杯白蘭地給他。

「就未來的宗教戰爭因應計畫來看，您以及您所馴養的大熊真是幫了個大忙。依我看，這一切都要感謝您，也許有至少一百萬甚至更多的人都避免死亡了。以當前狀況來看，這可是忽視不得的。」

回到旅館後，歐司卡讓人把他的披風拿去熨燙，然後洗個澡。他一面冥想著自己的人生，一面重回文明。塔妮亞已經隨著歐伊何納號再次出海，業務員辛克能已經自殺，而貝爾柴布特下落不明。

牧師前往意外發生現場察看。卡車的殘骸仍在礁岩上，一半浸在海水裡。場面看起來很是怵目驚心。三溫暖浴室的圓木在距離岸邊不遠處的波濤上舞動著。馬爾他有關當局正在設法打撈這些圓木，並堆放在海灘上。可以肯定的是，在這個國家裡以前從沒見過這樣漂流木工地。歐司卡專心地檢查了這地方。完全沒有貝爾柴布特的蹤跡！他叫喚著大熊，但是橘子果園裡仍是一片寂靜。他又想起了大熊那次在索洛維基的失蹤往事。

等深夜回到普雷呂旅店時，歐司卡很驚訝地在房間裡發現索妮雅，這位烏魯大學動物行為專家正在搽口紅。沙發前的矮桌上還擺著酒和一盤蝦子。索妮雅解釋說自己因為還有假，便搭了飛機前來馬爾他。而且，她希望在這個夏天繼續她的熊類研究。

「咱們的貝爾柴布特呢？」

歐司卡於是一五一十把最近發生的事都告訴了她。索妮雅聽了似乎一點也不受感動。「要是一個業務員覺得駕著自己的卡車去衝撞海邊礁岩很好的話，而且還是在馬爾他，別人實在也無計可施，不是嗎？至於貝爾柴布特，我們一定會找回牠的。重點是，我們又團聚了。」動物行為專家終於體認她和牧師才是天造地設的一對。

「啊！」

索妮雅告訴歐司卡，說她前一天晚上投宿在斯里耶馬的喜來登飯店。在飯店裡，她已經聽說這一切了。

「飯店裡面住了一百多位形形色色的神職人員，有些人比較激動，但有些人又很沉著，但是所有的人都在談論你和大熊。」

「這我倒不意外。」

歐司卡問索妮雅是怎麼決定要來馬爾他的。

「按照賽咪的說法，是你邀請我來的。」

歐司卡記得自己是邀請守寡的農婦到地中海來度假，但顯然她決定讓索妮雅代替她來。

「賽咪病得很重，可能來日不多了。這個塔妮亞又是誰？若我的理解沒錯的話，我看你是沉溺在溫柔鄉裡了。」

講到塔妮亞，她倒沒有說錯。那麼歐伊何納號呢？再說，索妮雅是怎樣找到他的？有太多疑問了，以及若干謎團。

這個動物行為專家說，她根本不用費什麼力就能打聽到歐司卡在島上的一舉一動。整座馬爾他島都認識他。一個俄籍婊子整個冬天和夏天都黏著他，接著又拋下他棄他於不顧。按照索妮雅的說法，這個世界上有太多這樣的女人。

「我是來幫你恢復正常生活的。」

牧師說自己本身沒有任何問題，只是塔妮亞在歐伊何納號上擔任通訊員，辛克能自殺了，而貝爾柴布特下落不明。

「當然，你總是有辦法脫離困境，對你而言，這是家常便飯。」

歐司卡告訴索妮雅，歐伊何納號大約一兩週內就會返回馬爾他。但是索妮雅早就打聽清楚一切了。她一抵達機場，便撥了通電話到船上，並且得知船的回程日期仍未定。

「船總有一天要回來的，但現在是睡覺的時候了，接下來這一週，我們得找回貝爾柴布特。」

然後索妮雅便張羅著讓歐司卡吃東西喝酒，並且跟他說，他那位女通訊員已經跟著另一艘俄籍捕鯨船走了——這是歐伊何納號那位酒醉的愛爾蘭籍船長告訴她的。

33 歐伊何納號的船難

歐司卡租了一輛車，以便能夠在索妮雅的陪伴之下，奔馳在馬爾他島上尋找貝爾柴布特。他們走遍各個小鎮和村莊，總覺得自己和大熊就差了兩根手指頭的距離，但每次都一無所獲。前一天，牠才在島上南側的地方偷了一頭羊，次日卻有人回報說在瓦萊塔附近打高爾夫球的人被牠驚嚇了。

總之，氣氛不是太好。業務員辛克能的遺體已經讓法醫驗完了，主管機關也必須著手殯葬事宜。根據從芬蘭傳來的資訊顯示，死者沒有任何親屬。歐司卡於是建議將辛克能葬在馬爾他：這也是他最後的遺願。他們最後一次在樣品屋裡一起洗蒸汽浴的時候，業務員曾提到過自殺，並且希望牧師能夠幫他在馬爾他找塊墓地。當地的主管機關為他們辦好了各種必要的手續，而歐司卡則能夠以路德教派的儀式為他這可憐同胞遺體祝聖。可惜，貝爾柴布特一直還在四處躲避，要不然透過牠的祈禱，一定能夠讓這哀戚的儀式更加莊嚴，這場葬禮除了牧師以外，只有芬蘭駐馬爾他領事以及動物行為專家索妮雅。他們將遺體放進一個從岩石鑿開的地底墓園，就在瓦萊塔附近。除了一般葬禮常唸的祭文之外，歐司卡又增加了〈詩篇〉第三十四章第十八詩句：

「耶和華靠近傷心的人，拯救靈裡痛悔的人。」

在聖約翰日過後不久，歐伊何納號總算回到馬爾他了。船在森格雷阿碼頭的老地方停靠。歐司卡和索妮雅一從港務局那邊得到郵輪抵達的消息，便立即趕到碼頭。女通訊員塔妮亞確實加入了一艘俄籍捕鯨船，前往南極去了。根據歐康納的說法，她此刻應該已經到了非洲最南端附近。塔妮亞先前幫歐司卡編織了幾雙手套，並且在上頭繡了他們兩人的名字縮寫。索妮雅對於這些手套感到非常不以為然。在她看來，那個俄國婆娘跑去南極倒是一件好事。塔妮亞走了，辛克能下葬了，貝爾柴布特失蹤了。人生就是這麼一回事，隨時會從你身邊奪去你所珍視的生命，歐司卡喪氣地想著。他和索妮雅回到船上的艙房，之前他從敖德薩來到馬爾他時也是住同一間艙房，但是陪伴的人是塔妮亞。他把自己的衣物都收進櫃子裡，心情十分沉重，因為想到以前這些事都是由貝爾柴布特代勞的。不知道這隻大熊此刻在哪兒？是不是還活著？

次日晚間，大熊跑上船時，驚動了整艘船的人。牠一把推開了舷門通道上負責守衛的船員，然後立刻前去尋找著歐司卡和塔妮亞以前住的艙房，而牠毫不費力便找到了。主僕重逢實在是件最令人快樂的事。歐司卡和貝爾柴布特彼此緊緊相擁，並且喧譁了好一陣子，直到索妮雅終於成功安撫了這兩個雄性動物。他們先把大熊餵飽，然後帶牠回到自己的房間。牠在門口朝著牧師比畫了些十字架，然後才去睡覺。數日之後，歐伊何納號便起錨出海了。歐司卡前去坐在通訊室裡，頭上戴著耳機，等待著接收來自宇宙的信號，但是新任的通訊員一點也不喜歡牧師出現在這裡。因為索妮雅也不喜歡他這項消遣，於是牧師便轉移注意力到祈禱聚會，以及和貝爾柴布特在音樂廳裡的表演。歐伊何納號整個七月都在地中海西部航行，並且在許多港口都舉行了露天表演，最大的號召當然就是虔誠的大熊貝爾柴布特。就經濟收益來說，牠真的是很虔誠。

在直布羅陀的時候，輪機長跑來大熊酒館解渴。

「這艘船大概快沉了。」他一面喝啤酒，一面咕噥著。

「怎麼會呢？」其他旅客驚恐地問著。

「相信我。銲接的接縫處不斷發出聲響，大家還是早點把游泳練好。」他一面喃喃自語，一面和大熊敲杯。

歐司卡牧師提出反駁，說大家其實沒有什麼好驚恐的，因為打從他們離開黑海，他便以最誠摯的心祈禱著，而一切到目前為止都很順利。

「很好，真多謝，但是船要能航行，不能夠僅僅依靠上天的旨意。今日，航行一定要水和鐵都能配合。和從前不同了，以前只要有水和木頭即可。」

第二天，當歐伊何納號進入大西洋時，成群的海豚就在船的兩側一起游著。貝爾柴布特站在船尾的甲板上，對這群海豚發出友善的低鳴，而這群海中精靈又做出了許多海中特技。索妮雅告訴歐司卡，海豚是動物世界裡頭最令人感到不可思議的動物，但是當然略遜熊類。牠們從來不睡覺，哪怕是在冬季也一樣，誰要是吃了牠們的肉，就會喪失靈魂。歐司卡則說，人要是什麼都不吃，也一樣會喪失靈魂。

歐伊何納號沿著葡萄牙西岸朝北方前進。歐康納船長打算前往英國，讓船在那兒報廢。所有的旅客就會在倫敦下船，改搭飛機。

船在海上航行時的高度越來越低，只剩海面下的魚群還能看見船在敖德薩重新漆上的吃水線。在車庫甲板下方似乎有好幾立方公尺的海水在翻騰。輪機長此刻已經酒不離身了。抽水機不斷運作著。但是再拖下去就大事不妙了。在英吉利海峽的入口，這艘老爺船開始傾斜了，倒是沒有立即的危險，但還是有危險。歐康納船長立即前來尋找歐司卡牧師，請他立刻帶著大熊額外舉行一場祈禱會。此時是午睡時刻，但是眼前有遠比懶洋洋躺在摺疊躺椅上更重要的事。大熊酒館關門了，而歐康納船長透過船上的中央廣播請所有乘客換上運動服裝，馬上就要舉行逃生演習。這是個生死攸關的問題，所有人都必須聽從船員的指令動作。歐康納以船公司名義，向所有乘客以及歐伊何納號船組人員感謝他們的信任。

「馬上就要有地獄葬禮了。」輪機長面色陰沉地預告著。他帶著部屬從已經進水的底艙深處迅速上來到甲板。

歐司卡牧師和大熊在船上的交誼廳，正舉行著最後一次的祈禱會。貝爾柴布特神情非常凝重，並且露出幾乎是超自然的虔誠神情。牠的主人也終於有這樣一次，不再為惡魔的疑慮或是懷疑論所侵擾。透過船上廣播系統的麥克風，他唱著聖歌〈上帝是我們的堡壘〉，並且背誦著舊約〈詩篇〉裡的若干詩句。隨後，船又傾斜了一點，而廣播系統也失靈了。歐司卡便帶著貝爾柴布特急忙爬上頂層甲板，逃生行動已經如火如荼展開了。索妮雅幫著驚恐的老人家一一穿上救生衣。夜幕降臨時，英國海岸的白堊峭壁已經清晰可見，但是要想泅水仍嫌太遠。南安普敦港的燈火就在正前方閃耀著。輪機長的臉色非常難看，並且讓人家知道他對於把救生艇放到海面上的看法：

「在海難發生時，我寧可朝自己頭上開一槍。」他說著，然後點起一根香菸。

在艦橋上的歐康納船長正看著這場悲劇。他非常鎮定，一隻手扶在舵上，目測著在黑暗中逐漸變大變強的岸邊燈火。

「歐司卡！可以請你繼續唱點聖歌嗎？拜託。」他請求著，而這艘老船則繼續下沉。芬蘭牧師開始唱起了聖歌：

「洶湧的波濤，憤怒的波濤，
圍繞著我吧，我無所懼；
不管如何，和平是無限的，
因為舵手是救世主。」

貝爾柴布特幫助那些穿蓬蓬裙的女士們一一坐上救生小艇，牠全神貫注工作著，盡全力透過舔舐臉部幫助這些驚慌失措的旅客們安定心情。

歐伊何納號這艘老船在船身到處接連不斷發出的各式聲響中，終於在風力吹拂下抵達南安普敦港外沿岸，而船已經進水到煙囪部分。沒有一個人溺死！歐康納船長從艦橋高處宣布一切都不必著急。

「當地時間，目前是晚間八點三十三分，我以船公司名義，向所有乘客以及船組人員祝賀此次航行圓滿成功！」他大聲喊著，整個人有一半都泡在充滿油污的水裡。

34 賽咪的葬禮

貝爾柴布特坐著，神情沮喪，全身濕透了，又沾滿油污，牠坐在南安普敦港的碼頭上，試著用舌頭要舔乾身上的毛，但是沾黏在自己身上毛皮的黏膩液體有著怪味。歐司卡牧師和動物行為專家索妮雅，也試著要清理這液狀混合物。歐伊何納號海難的旅客們在碼頭上四處遊晃，等著人家用大型遊覽車載他們前往醫院或旅館。乘客和船組人員中，沒有任何一個人溺死，也沒有人嚴重受傷。光是大熊就獨自憑著高超泳技，救起了二十多人上岸，每救起一人，牠便再次入水找尋救援目標。

船長前來與歐司卡牧師以及貝爾柴布特握手，並為他們高效率的代人祈福致謝，因為他們的祈福最終讓全體乘客以及船組人員都獲救了。

「這沒有什麼……這下子，歐伊何納號已經沉沒並安息在一個港口海底盆地深處了。」牧師感到惋惜。

歐康納堅持要謝他，而且一切都如此順利：他如今順利擺脫這艘生鏽的大船，而且又是以最莊嚴的方式來擺脫這艘船。大海真是一艘船最引以為傲的墓園！保險公司甚至會理賠，他可以搭飛機回到愛爾蘭，在那兒買一棟舒服的別墅，並在酒窖裡面堆滿啤酒木桶。

歐司卡牧師和夥伴們住進了旅館。毫無疑問，也是時候要設法回去芬蘭，已經八月了，而歐伊何納號此刻已經是南安普敦水域裡的一團廢棄物，並且得要重新為貝爾柴布特找尋另外一個熊洞。索妮雅不想再在賽咪的農莊庭園裡度過另外一個冬天，那對她的研究而言，並不是必需的。歐司卡必須要建造更加美觀的熊洞，倘若他想要有一名女性陪伴他度過漫長的寒冷季節。

儘管歐司卡向每一家有飛往赫爾辛基的航空公司再三保證，大熊已經完全馴養，而且個性非常溫和，但是沒有任何一家航空公司同意讓牠登機。眼看似乎要對搭飛機感到絕望了，牧師卻注意到有一家愛爾蘭租賃公司，應該有一架空機要從倫敦飛往呂貝克[19]，去載運德式小香腸。歐司卡、索妮雅和貝爾柴布特可以購買這趟航程的機票，因為機上沒有別的乘客。而且到了呂貝克，要再轉往赫爾辛基就好辦多了：在德國和芬蘭之間多的是貨輪。

於是，歐康納陪著歐司卡、索妮雅以及貝爾柴布特，這兩人一熊便一起上了這架飛機。

後來，當他們搭上貨輪時，波羅的海正受到強烈風暴侵襲，貨輪搖晃得實在厲害，以至於貝爾柴布特暈船了。索妮雅感到極為吃驚，她從來「沒有觀察到這樣的反應」；因為就算在科學上，也從未聽說白熊會因為天候不佳而引起嘔吐。此時的貝爾柴布特，儘管身體微恙，仍然清理著風暴造成的損害。

在船上時，索妮雅便試著打電話到努門帕，聯絡寡婦賽咪，通知她說他們就快到了。但是沒有人接聽電話，而當索妮雅終於打聽到賽咪的身體狀況時，她非常吃驚，原來賽咪已經在一週前因為肺炎過世。

等到歐司卡和夥伴們總算回到努門帕時，他們當然立即趕到賽咪的農場。那裡只有一名前來幫忙的打掃阿姨，她讓牧師、動物行為專家以及大熊在屋裡過夜。因為死者沒有親屬，葬禮便由這名打掃阿姨幫忙張羅。

索妮雅和歐司卡接手賽咪的葬禮籌備事宜。由於外燴女廚師亞絲翠已經死了好久，於是他們便從鄰近的村鎮找來外燴廚師。數百位教區信徒出席了葬禮。人數實在眾多，以至於索妮雅不得不認為，當中有些沒穿葬禮服飾的人只是為了親眼目睹歐司卡這位脾

⑲ Lübeck：位於德國北部緊鄰丹麥半島的濱海大港。

氣暴躁的前牧師，並且看看他究竟學到了什麼教訓。

努門帕教區如今由莎莉．朗奇南主持，她是歐司卡以前的副手。她邀請了歐司卡在週日的葬禮上，一同在所有信眾面前佈道，但是歐司卡婉拒了。他已不再是教會的受薪員工。但是他很樂意為孀居寡婦賽咪的遺體祈禱祝聖。

這場葬禮儀式很莊嚴。歐司卡回憶起了死者的往事，大家一同唱起聖歌，大熊亦雙掌合十，並且在胸前比畫了幾次十字架。葬禮之後的聚餐讓一些舊相識再次聚首：水泥廠業主哈帕拉，他也老了，手裡總拄著一根拐杖；還有女教師塔依娜、農業事務顧問卡庫里，以及所悠能醫師。當然還有消防隊長勞諾、林務工康坎帕、顧問工程師塔維以及發明標槍垂直投射運動的農夫馬克拉。標槍手向牧師誇耀，自從他們最後一次相見，他已經把個人最佳成績提升了三十公分，目前已經達到十六公尺八一！女經濟顧問愛蜜莉雅．尼齊力如今已經八十多歲了，但還是有著好腳力與好眼力。在葬禮上無人見到前牧師太太莎拉，也沒看見少將馬克西姆的蹤影，也沒有人提到他們倆。反倒是歐司卡牧師擔任虔誠大熊的導師，在地中海世界獲得心靈與經濟成就的事蹟，紛紛傳回到故鄉以及他以前的教區來。多少有點感到飄飄然的牧師便堅持要將一部分功勞歸功於動物行為專家索妮雅。這其實是不必要的，努門帕的居民都還對這位女科學家與牧師大約於兩年前在熊洞裡的種種活動記憶猶新；而所有人更是對於貝爾柴布特蛻變為成年大熊的變化感到高興。他們詢問著牧師這個冬季打算讓大熊睡在哪兒。這個問題還沒有答案。在賽咪的農場庭園裡當然還保留著先前搭蓋的熊洞，但是那個熊洞對如今的貝爾柴布特而言已經太小了，再說如今地主已經過世了，擅自使用似乎也不妥。農場的前途還不明確。應該是會出售吧。

正當那些受邀來參加葬禮的幼童，忙著在院子裡爬到貝爾柴布特背上嬉戲時，大家因為懷念死去的農婦，便在農場的會客室大廳唱起了聖歌〈別害怕，可憐人……〉的第一、二、三段歌詞。

在葬禮過後一週，農場上來了一名賽咪的遠親，還有一名律師陪同。賽咪並未留下遺囑，但是這個叫做艾瓦利．雷闊拉的銷售培訓師，卻證明自己是那位火爆桑泰立．雷闊拉的姪兒。所以，這農莊從現在起歸他所有。歐司卡沒有任何異議。索妮雅和他只不過是賽咪的朋友，但他們還是詢問對方，是否能讓貝爾柴布特在搭建於庭園裡的熊洞過冬。

這位看起來比較像是偷馬賊而不像銷售培訓師的姪兒宣稱，自己很難想像要出租熊洞給他們。他打算出售農場，而庭園裡有隻成年公熊出沒，並不是個會吸引買主前來的誘因，反而有可能把這些人都嚇跑，並且拉低這塊地產的價格。

憤慨之下，歐司卡牧師便一把火燒了熊洞。索妮雅和他便在火堆上為雙手取暖，直到這堆火只剩下灰燼。接下來能做的，只剩下向這座曾經熱情接待他們的農場道別，然後再次收拾行李，他們也沒遺漏貝爾柴布特的燙衣板，接著便離開了。這一次，他們朝著北方出發。索妮雅堅信要讓貝爾柴布特過冬的最佳地點在拉普蘭。

35 大熊專用馱鞍及坐墊

歐司卡和夥伴們搭火車前往羅凡尼耶米（Rovaniemi）。在歐司卡與貝爾柴布特待在「博陽侯維旅店」的同時，索妮雅則外出去打聽這個地區出租木屋的消息。

貝爾柴布特一如往常地一一打開行李箱，將衣服一件一件吊掛起來，把襯衫和裙子依序收進櫃子裡。然後牠去沖了澡，並且在刷牙之後，把浴室交給牧師使用。牧師洗完澡走出浴室的同時，索妮雅剛巧也從房屋仲介那兒回來了。她一臉雀躍。

「我租到一棟圓木屋可以過冬了！」

歐司卡很清楚得找個屋子好過冬，不僅僅是為了貝爾柴布特，也是為了他自己和索妮雅，但是他沒準備好要這麼快就做好決定。在掃除所有的障礙之後，索妮雅簡直把她所找到的木屋吹捧上天了：她說找到一間幾乎全新的豪宅，坐落在遙遠的北方，用的是堅固的松樹圓木，就在卡爾米山（Kälmi）的西南坡。屋裡一切都令人讚歎：現代化設備的廚房、寬闊的三溫暖浴室、貼了瓷磚的盥洗室、臥房數間、一個大客廳，甚至還有一個木造高台。高台上的景觀極好，可以看見一望無際的白色凍原，彷彿滿山的綿羊，不管是在芬蘭這一面或是挪威那一邊都是如此景象。以直線距離來說，這棟木屋位於努囊能村（Nunnanen）東邊二十二公里，在埃農泰基厄（Enontekiö）省。卡爾米山矗立在寇薩山（Korsa）的南邊，「雷門若基國家公園」的界線就在那兒緊貼著艾瓦羅若基河（Ivalojoki）的源頭，並在那兒突然轉彎。房仲向索妮雅打包票，說那裡的景色絕對壯闊，而本身來自於北方的索妮雅也幾乎不疑有他。

「還沒完呢：這棟夢幻之屋整個冬季的租金，只有一般正常價格的一半！」索妮雅沾沾自喜地說著。

歐司卡告訴她，租金多寡不是問題，他和貝爾柴布特整個夏天在地中海沿岸已經賺了不少錢。

「我們明年春天還會需要用錢，結婚買房子都會需要錢。」索妮雅斬釘截鐵地說著。

這個結婚的計畫讓他措手不及，這不完全是他腦中對未來的規劃，但是從另外一面來看……又有何不可？畢竟，組成新家庭的念頭也不是那麼糟糕。他沒有讓這個話題繼續下去，轉而問他的未婚妻有關她剛剛承租下來的木屋更多的細節。索妮雅回答：

「這棟木屋是由一個目前已經破產的創投公司蓋的，以前這家公司會用直升機帶著客人去木屋度假，當然也少不了酒和美女。」

「為什麼搭直升機？為什麼是在卡爾米山上？不能夠找個近一點，靠近公路的地方嗎？」

索妮雅耐心地解釋，這個計畫最有趣的地方，就在於把這個招待所蓋在歐洲最後的處女地中央，如此更具異國情調。拉普蘭最廣大的無人地帶就在那兒。甚至連所有建材都是用直升機運送過去的，因為沒有任何一條公路通到那附近，甚至連跑馴鹿的小徑都沒有。就是因為這樣，在目前這個經濟危機的時機，這棟豪宅的租金才會如此低廉。但是那裡有一組柴油發電設備，而且只要有行動電話，歐司卡想要和誰聯繫都不是問題。

索妮雅已經預付了租金，她已經拿到數把鑰匙以及一張上頭標示了木屋位置所在的地圖，另外還有房仲在努囊能村的通訊地址，聯絡人是馴鹿飼養人伊司寇。他們立刻決定列出過冬必須購買的生活物資與設備清單，然後出發前往努囊能。歐司卡衷心期盼索妮雅不會最後連直升機都租了，如此一來，花費就太貴了。

「當然沒有，我們不能夠這樣浪費錢。」

「但我們要怎樣才能夠把所有的過冬物資運到森林裡頭？」

索妮雅已經有了萬全的準備。貝爾柴布特如今已經是一隻孔武有力的高大公熊。在牠身上套個馱鞍，這樣牠便能夠輕鬆地搬運至少一百公斤的物品。索妮雅以自己的專業角度評估，以大熊的身體強度，即便是身負重物，若有必要的話，也能夠從努囊能到卡爾米山一天來回兩趟。等到下了雪，而貝爾柴布特也入睡了，他們則能夠以雪上摩托車來補充物資，而別墅裡就有一輛雪上摩托車。

他們分工合作：索妮雅帶著購物清單前去採買過冬的物資；歐司卡和貝爾柴布特則搭上計程車，前往寇卡洛瓦拉（Korkalovaara）區，去找馬具工匠奧利能。這位工匠住在一間獨棟房子裡，車庫就是他的工作間。幸好他沒有養狗，歐司卡不必引起任何騷動，便能夠和大熊現身訂做他們需要的工具。

「我為許多種動物製作過馱鞍，但這還是頭一回有人找我為熊訂做工具。」奧利能開心地說。他得知有很多物品要載運，便建議讓物品的重量平均分散在兩側，裝在四個袋狀的分格裡。也可以在熊背肩骨隆起的部位，安裝一個讓人乘坐的坐墊。

奧利能為貝爾柴布特量身。大熊儘管覺得這舉動有點怪異，仍然任憑這位工匠在牠的腹部與背部爬上爬下的。

「牠讓我有點害怕，希望牠不會咬人。」馬具工匠憂心地說著。

「牠……通常不咬人。」

歐司卡牧師想起了貝爾柴布特在馬爾他宗教會議大鬧的事蹟，但是他不敢把這樁意外告訴奧利能。

工匠說，三天內會把馱鞍做好，因為這訂單比較特殊，而下單的顧客又急著要出發去健行。等歐司卡和貝爾柴布特依約在完工那天前來試用馱鞍時，他們都覺得這工藝實在完美：前方的袋子比較大，架在背部隆起然後以一條皮帶從腹部繫住，再用另外一條皮帶從大熊的兩隻後腿之間穿過，與腹部的皮帶相扣。這袋子與皮帶都是以馴鹿皮製作的，袋子約垂落在大熊的胳肢窩附近，離地面還算高。腹部皮帶的扣環則設計在側面和背部皮帶相接處。在背部奧利能還設計了一個堅固的坐墊。歐司卡牧師第一眼便覺得這坐墊夠大，可以容納索妮雅的豐臀。後方的袋子也用一條腹部皮帶繫住，並且用縱向的皮帶與坐墊相連，同時用比較細的皮繩固定在腰際；工匠認為這樣的設計很有用，因為他發現大熊常常不知為了什麼原因，習慣用後腳直立站起。

「實際還是要看物品大小，但這些袋子應該可以裝入一百至兩百公斤的物品。」奧利能說。他還提到，自己有時候也會製作些馴鹿使用的馱鞍，這在芬蘭夏天很常見。「有了這工具，真是可以抵過十頭馴鹿的載貨量。」他說。

歐司卡付清費用給工匠，並感謝他如此精緻出名的工藝，隨後索妮雅便駕著一輛租來的小卡車，來到工匠的房子前接牧師和貝爾柴布特。車上裝滿了袋子和紙箱，據她的說法，裡頭的物資足夠他們度過一整個冬天。索妮雅也為歐司卡買了個耳機以及一堆纜線，好讓他能夠收聽來自宇宙的信號。據說在卡爾米山別墅裡有個很強力的天線。

36 令人訝異的太空訊息

在努囊能，歐司卡和索妮雅聯絡上了養鹿人伊司寇，他是個六十多歲，臉色看起來有些陰沉的老傢伙。自從「潛力多多產業公司」蓋好了這棟卡爾米別墅，便一直都是由他在負責維修保養。養鹿人幫他們把物品一一裝載到大熊身上。這堆行頭有點讓他吃驚。這隻熊怎麼會有這麼大的力氣搬運這麼多的東西，他不是在做夢吧，除了讓人感到不可置信的大量香檳、燻肉以及罐頭水果外，還有這所有的書以及行李！

「還有一個燙衣板要帶進森林！真是異想天開！另外還有五根標槍，這是要做什麼用？」

歐司卡表示他在練習標槍垂直投射。「我把標槍射向天空。」他說。

「原來如此，那裡倒是不缺地方讓你練習。」伊司寇說。

此時已是九月初，早晨天氣晴朗但是多風。山坡上以及泥炭沼澤的邊界已經染上了秋天的顏色。養鹿人走在前方，歐司卡引導馱著重物的大熊前進，索妮雅負責壓隊，同時留意是否有物品掉落在路上。到了沼澤地帶，她就會爬上坐墊，以便能夠輕易通過最難行走的路段。貝爾柴布特以穩健而規律的步伐前進著，彷彿牠已經當了一輩子馱運貨物的熊。將近中午的時候，他們來到了卡爾米山。歐司卡牧師已經累壞了，他一身教士的肌肉並不適合走這麼艱難的山路。相反地，索妮雅和貝爾柴布特都還精神抖擻，就和已經習慣在凍原地帶到處跑跳的伊司寇一樣。牧師建議讓養鹿人帶著貝爾柴布特回去努囊能載運剩下的行李。

「一旦我們獨處，我也有可能會宰了牠。」伊司寇低聲咕噥著。他覺得這些都市人故意帶著熊來到拉普蘭，實在是不可思議。這個地區的熊已經對馴鹿群造成太多損害了。

「不是我在胡說，等到春天來時，牠就會開始吃小鹿，同時生吞至少一百個人。」

索妮雅爬上貝爾柴布特的背部，並表示她也一起出發，以免養鹿人試圖宰了大熊。

「也許在春天來臨之前，我還是會來宰了牠。不管牠是否馴化了，熊終歸是熊。」

歐司卡警告他最好別輕舉妄動。貝爾柴布特會一些可怕的把戲。

「要是我帶著槍，牠再有厲害的本事也救不了自己。」養鹿人咕噥著。

歐司卡說貝爾柴布特也會使用槍械，甚至還是個高手。

「比如，我們在馬爾他一起獵過水鳥。這隻熊對著成列飛過天空的火鶴鳴槍，每一次擊發都可以見到有鳥掉落海面形成浪花。」

這訊息倒讓伊司寇好好思索了一番。稍後，他在埃農泰基厄的酒吧裡，酸溜溜地抱怨著這些城市來的瘋子牧師，說他們竟然還教熊開火射擊無辜的養鹿人。

卡爾米圓木別墅坐落在山的西南坡，地點被一望無際的水平視野圍繞著，位置大約在山林線的邊緣，旁邊是長了苔蘚的石堆；腳底下則是濃密的松樹林，一直延伸到河谷。今年最早降臨的幾次霜，已經讓熊果、矮樺樹都染上了紅、藍、黃的顏色，顏色是如此鮮豔，以至於讓人有種奇特的浪費感覺：這些如珍寶一般的顏色實在太美，不該就這樣花用。北邊矗立著寇薩山靛青色的外型，更遠一點，則是挪威山區的明顯山線。在南邊，在烏那思（Ounas）河谷的分水處，網狀的沼澤地和濃密的漢海瑪（Hanhimaa）森林，交織成一片參雜了灰色的碧綠。在一處松樹林的邊界，索妮雅跨坐在貝爾柴布特多毛的背上，正跟隨在養鹿人伊司寇的腳步後方離去，而養鹿人的身影早已經隱沒。

歐司卡牧師感覺自己終於回家了。他和大熊度過了一趟漫長的旅程，在他出生的歐洲大陸上走了一遭。他偶然出發，沒有明確的目標，但其實他有目標：那就像是個套馬索，連結了波羅的海以及大西洋、巴倫支海、白海，然後穿越廣大的俄國直到敖德薩與黑海，接著在溫暖豔陽下航行在地中海裡，最後沿著大西洋北上，並再次進入波羅的海抵達此地，來到這個古老大陸所能夠提供給他最後的處女地深處。

這樣的漫長旅程，沒有幾個教堂牧師有機會體驗，更別提那些主教。這樣的旅程散發出神聖的光芒，不時流露出艱苦戰役的往事回憶。對一個馴養熊的人而言，真是美好的一仗。卡爾米山別墅並不是非常大，但裡頭仍有數個房間，一個大客廳，一個附有會客室以及三溫暖浴室的高台，以及一個在岩石中開鑿出來的山洞，以便安裝發電機組，另外還有一個酒窖，在屋子後方的山林深處則另外有一個防空洞。防空洞裡有幾張床、一架電視機，以及一疊色情書刊。

在石堆高處，直升機停機坪的後方，有一個塗成灰色的碟型天線，大小有如兒童用泳池，在風中不斷發出嘶嘶聲響。歐司卡動手調整天線角度，讓天線不再接收人造衛星的傳送訊號，改接收外星文明的訊號。

在壁爐乾燥的石頭外架上，牧師找到了一本由前任屋主留下的紀念小冊：《自一九八九起，潛力多多不可忘的回憶》。裡頭多是旅客們的惡作劇，以及低俗不堪的黑色幽默。

「正好當火種。」歐司卡心想。

天黑時，索妮雅和貝爾柴布特總算從努囊能回來了。這一回，他們都精疲力竭了。歐司卡已經把三溫暖浴室加熱好了，也準備好了餐點。他們洗了蒸汽浴，吃了晚餐，然後就寢。

隨後數日，他們便專心在木屋裡安頓下來。索妮雅和貝爾柴布特再一次把所有衣服整理好，收進櫥櫃以及更衣室裡。他們整理著屋內，歐司卡把書籍搬上高台去，並且安裝了天線接收器的纜線。歐司卡和索妮雅準備著幾道可以恢復體力的美味菜餚——炒鹿肉綴以庭園內的越橘——並且喝著索妮雅因為先見之明而購買的美酒，她在羅凡尼耶米買了幾箱。貝爾柴布特不再進食，並且不斷打呵欠準備進行第三次的冬眠。索妮雅在防空洞裡為牠布置了熊洞。他們為牠鋪設了苔蘚以及乾熊果的細枝，另外還清掃了通氣孔，並讓洞門保持開啟。貝爾柴布特很快便習慣了這個新的住所，然後在九月底的某一天，當戶外吹著刺骨寒風時，牠便前來拉扯歐司卡的衣袖：該是冬眠的時候了。他們陪著大熊進到石洞裡，洞裡保持著恆定的清涼，可以確保大熊在冬眠時的安穩。索妮雅溫柔地為她的忠心戰士唱了一首古老的搖籃曲：

「睡吧，噢睡吧，我的金鳥，
閉上雙眼，我的小燕。」

歐司卡為幾家歐洲期刊寫文章：是有關馬爾他騎士團遷徙的系列文章、若干在歐洲邊界的旅遊紀實，以及一篇比較重要的學術論文，題目是「恐龍之滅絕與金字塔之謎的真相」。他在文章裡頭提出早已存在於地球的假設，在遠古時代，曾經發生過一場毀滅性的核子大戰，殺光了地球上最巨大的各種生物。當時的人類建築了金字塔造型的抗放射線工事，並且利用地球上各種自然洞穴來避免輻射自雲層飄散，同時把小型動物也帶進洞裡，除了哺乳類動物，也包括昆蟲，另外還有各種植物、苔蘚以及高大杉木的種子。根據歐司卡的說法，毫無疑問地，這就是諾亞方舟神話的起源。就在核災造成當時文明的崩壞的同時，各種恐龍也一起滅亡了，因為牠們的體型過於龐大，無法進入洞穴。但是在數千萬年之後，人類還記得曾經謹慎地用石頭建造過許多房間；換句話說，埃及與印加金字塔起初並非王室陵墓。那是用來躲避一場遠古戰爭的原子放射線的避難場所，而人類在隨後的好幾千萬年裡仍持續建造著，最後甚至遺忘了最初建造的目的。

索妮雅在準備自己的研究論文的同時，因為自己的職業與天生的好奇心使然，偷偷地翻閱著牧師在索洛維基列印出來的電腦紀錄。在其中的一張紀錄上，由許許多多小片段組成的線條其實很清楚，有點像是某種編碼的語言。動物行為專家努力思索著這些線條究竟代表著什麼涵義，最終她想到這些線條應該存在著數學邏輯。她以十為基礎來分析這些線條，得到不斷出現的數字2、4、14、6。當然，也有可能這系列的數字只是某個俄國無線電玩家的惡作劇，或是哪個酒醉水手無意間的傑作。反正索妮雅決定要解開這個謎底。她有一整個冬天的時間。

晚間，他們在壁爐裡生了火，並且點起了蠟燭。兩個人都洗了三溫暖，全身放鬆地沉浸在圓木別墅裡的恬適氣氛，並且聽著從寇薩山傳來的野狼叫聲。第一場雪已經降下了，綠黃交錯的極光在天上舞動著，月光格外皎潔，岩石地洞深處，幾乎聽不見柴油發電機組為這對躲進深山的愛侶發電而發出的沉悶轟轟聲響。

這樣有如田園詩歌一般的平靜，卻因為一名不速之客的出現而受到干擾，來者是代理公設獸醫托司帝。他拖著腳步來到卡爾米山，手裡拿著指南針，鼻頭還掛著鼻水。他抵達時是十月的某個夜晚，戶外正下著冰霰。他是為了公務來此，因為他得知歐司卡所飼養，在內政部編號為 1994/007 的大熊已經進入國境，卻沒有按照法令規定進行隔離檢疫。所以他必須前來將大熊麻醉，並運往任何一座動物園，以便進行為期四個月的隔離監控。

「為什麼要麻醉牠，牠已經睡了。」歐司卡抗議著。

動物行為專家的專業意見也無用武之地。這名公務員強調，大熊有可能感染目前在歐洲肆虐的寄生蟲，以及其他熊類動物疾病，得要一一都檢查出來。索妮雅要他當心：

「不要吵醒熟睡中的熊。」

這名頑固的公務員無視於諸多反對，執意進入防空洞。首先是持續了幾秒鐘的死寂，接著便可聽見貝爾柴布特在低鳴，同時鐵門宛如巨大的加勒比鐵鼓強力震動著，歡送被丟出熊洞的可憐獸醫。托司帝狼狽地拖著受傷的腿回到木屋，開立必要的檢疫證明。一切又恢復正軌。再說，若非他們在一週之後用雪上摩托車把跛腳的獸醫送回努囊能，說不定，還會讓他把感冒傳染給動物行為專家以及牧師呢。

到了耶誕節前四週，他們開始設陷阱要捕捉雷鳥，用的是愛沙尼亞共和國總統雷納特・梅里（Lennart Meri）所大力推崇的方法。這位總統先生曾在五〇年代參加堪察加（Kamchatka）探險之旅，並在旅途中遇見一名狩獵高手，同時又是克里雅克族⑳養鹿人埃以泰基（Aïteki）。這位獵人把一種傳統的陷阱加以改良：在空香檳酒瓶裡注入熱水，然後蓋緊瓶口，接著利用這些熱水酒瓶在雪地上融出一個一個小洞，隨後在這些洞裡置入美味的漿果，那些雪白的雷鳥便會興高采烈地前來啄食，隨後卻無法從這個冰凍陷阱裡脫身。最後就只能任憑埃以泰基把牠們一一收進獵物袋裡。

歐司卡和索妮雅把這個完美技巧運用在卡爾米山上：他們每天都會喝掉兩至三瓶堆滿了酒窖的香檳，接著在香檳酒瓶裡注入熱水，接著套上滑雪板，依循埃以泰基的方法前去設陷阱捕捉飛禽。狩獵的收穫總是不少，為了獎勵一整天的辛勞，他們會多開一瓶

⑳Koriak：分布於堪察加半島上的北亞遊牧民族。

酒來犒賞自己，搭配一盤美味的白醬雷鳥丁。說到底，人不能只靠麵包過活，總之，在這北大荒的嚴寒氣候底下沒辦法，更別提老天的目光根本瞧不到這裡。

這段時間一直浸淫在宗教裡頭的索妮雅，在耶誕節前不久突然有了預感，覺得她所發現的那一組數字也許和《聖經》有關。老實說，這實在過於簡單，就像小孩子的把戲：第一個數字代表舊約或是新約，第二個數字代表篇名，第三個數字代表章節，第四個數字代表詩句。沒錯！《聖經》是世界上發行量最大的典籍，是我們的文明根本，所以來自陌生星球的高智慧生物理所當然會利用來傳遞訊息。以眼前的實例來說，這就很好破解了，一切都得感謝牧師隨身攜帶的老舊口袋版《聖經》。索妮雅決定在耶誕節之前，先不告訴歐司卡這項驚人的發現。這可是她要送給未來老公的禮物，再由他決定是否要把這來自宇宙的信息轉告給全體人類。他接下來的日子可有得忙了。

平安夜時，在上飯桌之前，索妮雅閱讀了耶誕節福音。晚餐後，在歐司卡送給她一只金戒指之後，這名少婦也要送禮給未婚夫了：她宣布已經解開在索洛維基接收到的外星密碼。內容取自《聖經》新約（2），約翰福音（4），第14章，第6句經文。歐司卡立刻查對內容，看看索妮雅所言是否正確。

「太不可思議了！應該就是這個了！全體人類都會為此感謝我們！代代相傳，阿們！」

在這耶誕節的夜裡，就著燭火以及壁爐裡映射出來的亮光，歐司卡牧師用響亮的聲音朗誦出《聖經》裡這驚人的訊息：

「我就是道路、真理、生命。」

國家圖書館預行編目資料

牧師的小熊僕人／亞托．帕西里納（Arto Paasilinna）著, 武忠森譯.
-- 初版. --臺北市:寶瓶文化, 2013. 06
面； 公分. --(Island；201)
譯自：Rovasti Huuskosen petomainen miespalvelija
ISBN 978-986-5896-30-0（平裝）

881.157 102009066

Island 201

牧師的小熊僕人

作者／亞托．帕西里納（Arto Paasilinna） 譯者／武忠森
外文主編／簡伊玲

發行人／張寶琴
社長兼總編輯／朱亞君
主編／簡伊玲．張純玲
編輯／禹鐘月．賴逸娟
美術主編／林慧雯
校對／禹鐘月．陳佩伶．吳美滿
企劃副理／蘇靜玲
業務經理／盧金城
財務主任／歐素琪 業務助理／林裕翔
出版者／寶瓶文化事業有限公司
地址／台北市110信義區基隆路一段180號8樓
電話／(02) 27494988 傳真／(02) 27495072
郵政劃撥／19446403 寶瓶文化事業有限公司
印刷廠／世和印製企業有限公司
總經銷／大和書報圖書股份有限公司 電話／(02) 89902588
地址／台北縣五股工業區五工五路2號 傳真／(02) 22997900
E-mail／aquarius@udngroup.com

法律顧問／理律法律事務所陳長文律師、蔣大中律師
如有破損或裝訂錯誤，請寄回本公司更換
著作完成日期／一九九五年
初版一刷日期／二○一三年六月
初版三刷日期／二○一三年六月四日

ISBN／978-986-5896-30-0
定價／三○○元

Original title "Rovasti Huuskosen petomainen miespalvelija"
First published in Finnish by Werner Söderström Corporation(WSOY) in 1995, Helsinki, Finland. Complex Chinese language edition published by arrangement with WSOY, through The Grayhawk Agency.
Printed in Taiwan.

愛書人卡

感謝您熱心的為我們填寫，
對您的意見，我們會認真的加以參考，
希望寶瓶文化推出的每一本書，都能得到您的肯定與永遠的支持。

系列：Island201　　書名：牧師的小熊僕人

1. 姓名：________　性別：□男　□女
2. 生日：____年____月____日
3. 教育程度：□大學以上　□大學　□專科　□高中、高職　□高中職以下
4. 職業：________
5. 聯絡地址：________
　聯絡電話：________　手機：________
6. E-mail信箱：________
　□同意　□不同意　免費獲得寶瓶文化叢書訊息
7. 購買日期：____ 年 ____ 月 ____日
8. 您得知本書的管道：□報紙／雜誌　□電視／電台　□親友介紹　□逛書店　□網路
　□傳單／海報　□廣告　□其他
9. 您在哪裡買到本書：□書店，店名________　□劃撥　□現場活動　□贈書
　□網路購書，網站名稱：________　□其他________
10. 對本書的建議：（請填代號　1. 滿意　2. 尚可　3. 再改進，請提供意見）
　內容：________
　封面：________
　編排：________
　其他：________
　綜合意見：________
11. 希望我們未來出版哪一類的書籍：________

讓文字與書寫的聲音大鳴大放

寶瓶文化事業有限公司

（請沿此虛線剪下）

寶瓶文化事業有限公司　　收

110台北市信義區基隆路一段180號8樓
8F,180 KEELUNG RD.,SEC.1,
TAIPEI.(110)TAIWAN R.O.C.

（請沿虛線對折後寄回，謝謝）